Rita

THOMAS HERMANNS

Mörder Quote

GOLDMANN
Lesen erleben

Buch

Tanya, attraktive Blondine und toughes Exmodel, ist seit sechs Staffeln Mitglied der Castingshow-Jury von »Music Star 3000« und hat den gigantischen Erfolg von Deutschlands beliebtester TV-Show mitbegründet. Langsam wird sie aber des Show-Zirkus müde und möchte aussteigen. Diese Staffel wird auf jeden Fall ihre letzte sein, was außer ihr allerdings keiner weiß. Doch diese Staffel wird sowieso anders als alle bisherigen, denn plötzlich stirbt in jeder Folge ein Showkandidat. Schon bald ist klar, dass die Tode alles andere als natürliche Ursachen haben. Verdächtige gibt es genug, denn eine Castingshow ist kein Ponyhof – es wimmelt nur so von dunklen Motiven und halbseidenen Gestalten, auch jenseits der inzwischen üblichen Kandidaten-Ansammlung von Exkriminellen, Stangentänzerinnen, Gothic-Prinzessinnen und Rap-Proleten. Auch im Umfeld der Show gibt es hemmungslose Typen wie zum Beispiel skrupellose PR-Chefs, brutale Paparazzi und klatschsüchtige Maskenbildner.
Als die Öffentlichkeit von den Morden erfährt, steigen die Einschaltquoten und die Werbeschaltungen der Sendung ins Unermessliche. Hat der Sender jetzt nicht die Pflicht, die Show zu stoppen? Ist ein Menschenleben nicht wichtiger als die Mörderquote? Nicht, wenn die Kandidaten selber weitermachen wollen – bis zum bitteren Ende. Und so kommt es zum größten Showdown der Fernsehgeschichte.

Autor

Thomas Hermanns ist Showmacher und Experte für Popkultur. Er erfand den Quatsch Comedy Club, moderiert die gleichnamige TV-Show und zahlreiche große TV- und Live-Events. Er ist unter anderem Gewinner der Goldenen Kamera in der Kategorie »Comedy« und bekam zweimal den Deutschen Comedy-Preis verliehen. 2011 schrieb er sein erstes Musical »Kein Pardon«.

Von Thomas Hermanns außerdem bei Goldmann lieferbar:

Das Tomatensaft-Mysterium. Fliegen in der Comedy Class (47262)

Thomas Hermanns

Mörder Quote

Roman

GOLDMANN

Verlagsgruppe Random House FSC-DEU-0100
Das FSC®-zertifizierte Papier *München Super* für dieses Buch
liefert Arctic Paper Mochenwangen GmbH.

1. Auflage
Originalausgabe September 2012
Copyright © 2012
by Wilhelm Goldmann Verlag, München,
in der Verlagsgruppe Random House GmbH
Umschlaggestaltung: UNO Werbeagentur München
Umschlagfoto: © Getty Images/Ryan McVay
und © shutterstock/Stephanie Swartz
Autorenfoto: © Stephan Pick
Redaktion: Christiane Düring
BH · Herstellung: Str.
Satz: omnisatz GmbH, Berlin
Druck und Bindung: GGP Media GmbH, Pößneck
Printed in Germany
ISBN: 978-3-442-47638-1

www.goldmann-verlag.de

Für Magdalena und Petra,
die Krimifans!

Zehn Wochen Castingshow.
Neun Leichen.
Ein Gewinner.

WOCHE 1:

GET THE PARTY STARTED

KAPITEL 1

Tanya schaltete das grelle Neonlicht in ihrer Garderobe ein und schob todesmutig ihr Gesicht näher an den Spiegel. Da waren sie. Drei kleine Falten unter dem linken Auge. Noch sehr klein, noch nicht tief, aber unübersehbar. Es war so weit.

Seufzend ließ sie sich in ihren Schminkstuhl zurückfallen und betrachtete sich. Sonst noch alles gut – eine blonde Frau mit perfektem Haar, perfekter Figur und perfekten Zähnen schaute kritisch zurück. Ehemaliges Model, eindeutig eine Schönheit. Offiziell 35. In Wahrheit 41. Und ab heute offiziell faltig. Es war zum Mäusemelken.

Tanya goss sich ein Glas stilles Wasser ein und versuchte sich auf das Wesentliche zu konzentrieren. Heute war der erste Liveshow-Tag der siebten Staffel der Hit-TV-Show *Music Star 3000*, wie immer mit ihr, Tanya Beck in der Jury. »Deutschlands immer noch aufregendste Blondine«, wie die BILD nicht aufhörte zu betonen.

Als ob die Zeitung ihren baldigen dramatischen Fall aus dieser Kategorie schon jetzt vorbereiten würde. Und sie würden sich nicht lange gedulden müssen, falls aus den Faltenspuren tiefere Gräben würden. Es sei denn, sie ging freiwillig, wie sie es sich eigentlich schon letztes Jahr vorgenommen hatte, ehe sie sich doch noch einmal überreden hatte lassen – eine Staffel mehr, eine Runde mehr auf diesem bekloppten, schrill-bunten Karussell, für das gute Geld, für den Ruhm, die Annehmlichkeiten, den besten Tisch im Restaurant, die Freikarten zu den Veranstaltungen, das Gefühl, wer zu sein.

Warum auch nicht?

Sie warf einen letzten strengen Blick in den Spiegel. Darum nicht!

Weil sie es schon lange müde war und man das jetzt immer deutlicher sehen konnte. Weil Veranstaltungen, beste Tische und Freikarten sie schon lange nicht mehr interessierten. Weil sie genug Geld hatte – und weil sie auch ohne Kameras jemand war. Das hoffte sie jedenfalls jeden Tag.

Tanya seufzte und griff nach den Unterlagen der neuen Staffel, sorgfältig aufbereitet von all den fleißigen, unbezahlten Medienpraktikanten, die Jahr für Jahr aufs Neue leicht panisch durch die Studiogänge schwirrten wie frisch gewaschene Dackel.

Die zehn Folder enthielten jeweils ein großes Foto von dem Kandidaten und eine sehr kurze Zusammenfassung seines bisherigen Lebens. Die Zusammenfassungen waren deswegen sehr kurz, weil erstens die meisten Teilnehmer einer TV-Gesangs-Castingshow in ihrem Leben noch nicht viel erlebt hatten und zweitens die Autoren der Show schon im Vorfeld festlegten, welche Rolle der oder die Einzelne auf der Bühne der jeweiligen Staffel einnehmen würde.

Manchmal konnte man sogar anhand der Texte spüren, wer ein möglicher Gewinner sein würde – oder wen die Autoren der Sendung auf jeden Fall so sahen. Vor zwei Staffeln war es sonnenklar gewesen: »Der charmante 20-Jährige aus Minden jobbt neben seinem Hauptberuf als Step-Aerobic-Lehrer noch in einem Heim für krebskranke Kinder, wo er auch die Theatergruppe leitet und mit selbstkomponierter Musik versorgt.« Spätestens nach der Weihnachtsfolge, mit all den todkranken Kindern im Publikum, war die Sache entschieden gewesen.

Dieses Jahr war es schwieriger. Schon bei den sogenannten »Vorrunden« hatte Tanya niemanden gesehen, der ihr auf Anhieb wie ein Gewinner oder eine Gewinnerin vorkam. Aber vielleicht war sie dieses Mal auch schon viel zu angeekelt gewesen von den endlosen Provinz-Turnhallen, dem Geruch von Angst und Pickelcreme, den Sprüchen ihrer Mitjuroren und den vielen Bekloppten, die in den letzten Jahren immer länger abgefilmt wurden als die normal begabten oder einfach nur netten Kids.

Der Hang dieses TV-Karussells zur Geisterbahn war unübersehbar – und so auch in den Bildern und Leben deutlich zu erkennen, die jetzt vor ihr lagen:

Zehn junge Leben voller Träume und voller Hoffnung auf das Preisgeld von 100.000 Euro und den Plattenvertrag. Zehn junge Menschen, die der nächste Michael Jackson oder die nächste Madonna werden wollten und nun die Chance bekamen auf die nächste Kelly Clarkson oder den nächsten Mark Medlock (nicht zynisch werden, dachte Tanya, sonst stehst du die Staffel nicht durch. Deine letzte!). Zehn mögliche Superstars von morgen – oder wie sie es jetzt eigentlich schon in- und auswendig konnte:

13

- Die Schlampe
- Die Türkin
- Der Engel
- Die Transe
- Die Teufelin
- Der Schwiegersohn
- Der Schwule
- Der Rocker
- Der Verbrecher
- Der Freak

Lauter nette junge Leute.

Besonders den Freak dieser Staffel fand Tanya extrem. Hatte früher ein normaler Therapiefall gereicht, wie zum Beispiel Hans-Jörg aus der dritten Staffel mit der Baby-puppen-Sammlung oder Kristina aus der fünften Staffel mit dem Waschzwang, war es den Castingleuten dieses Mal gelungen, »Mephisto« zu finden, einen Mann um die 40, der schon bei den Vorrunden nur mit einer silbernen Teufelsmaske auftrat. Niemand in der Show jenseits der Chefetage kannte seine wahre Identität, und er hatte sogar die Sondererlaubnis erhalten, verkleidet aus dem Nichts direkt zu den Proben und den Liveshows zu kommen.

Tanya tippte darauf, dass sich unter dem dämonischen Getue ein ganz normaler Michael oder Jürgen verbarg, der sich wichtigmachen wollte, eine Art Castingshow-Si-do. Im schlimmsten Fall war es ein Enthüllungsreporter, der die Geheimnisse hinter den Kulissen der Castingshow aufdecken wollte.

Das wäre wenigstens mal eine Abwechslung, dachte sie und musste grinsen. Günther Wallraff sang als Teufel verkleidet live »Born to be wild«. Jedenfalls konnte es nicht schaden, »Mephisto« ab und zu ein gutes Juryurteil zukommen zu lassen.

Sie blätterte weiter durch die Papiere. Nun musste sie nur noch die Vornamen der Kandidaten (wie immer hatte niemand in dieser Castingshow einen Nachnamen) zu den Showfunktionen zuordnen. Obwohl – im Kopf der Zuschauer waren inzwischen die »Rollennamen« der Akteure definitiv »echter« als die Namen in den jeweiligen Personalausweisen. Das Finale wäre sicher eher »Die Transe gegen den Rocker« als – und jetzt musste sie doch wieder nachsehen – »Chantal gegen Uwe«.

Das Publikum liebte die Labels, die die Presse und die Script-Autoren den einzelnen Teilnehmern verpassten und die sie – was sie alle noch nicht wussten, nicht mal die jungen, ach so medienerfahrenen Mitglieder der Twitter- und Facebook-Generation – nie wieder loskriegen würden. In jedem Lokal in Deutschland, Österreich und der Schweiz würde es heißen: »Guck mal, da sitzt der Freak aus MS 3000« oder »Mensch, da geht doch die Schlampe aus MS«.

Wichtig war: Der Name der Sendung würde dabei immer gesagt werden. Chantal oder Uwe eher selten. Das war der Preis, den die netten jungen Leute für acht Millionen Zuschauer zahlen mussten, und das war die Basis des Erfolgs der Sendung, die Tanya bisher schon zwei Eigentumswohnungen eingebracht hatte. Nicht mehr, aber auch nicht weniger.

»Schatzi, machst du dich wieder selber?«, schrillte es plötzlich durch die aufgerissene Garderobentür. Tanya hasste es, wenn Leute nicht anklopften. Auch hier in dieser sogenannten »VIP-Garderobe« (die aus der immer gleichen Mischung aus grauem Teppichboden, roten Kunstledersofas, quadratischen Beistelltischen und EINEM Kleiderständer bestand und in die dauernd Leute reinkamen – meistens einer der neuen Dackel mit treuem Blick und der Frage »Brauchen Sie noch etwas?«) erwartete Tanya mindestens das Benehmen ihrer sechsjährigen Nichte: Klopfen, dann ein »Herein« abwarten.

»Sag mal, Schatzi, hörst du mich nicht, ich hatte dich etwas gefragt!«

Tanya versuchte einen huldvollen Blick, drehte sich in ihrem Sessel und warf ihn auf Manfred »Mausi« Schmitz, den ewigen und scheinbar unkündbaren Hauptmaskenbildner der Show, der wie immer mit einer seelischen Mischung aus Beyonce und Inge Meysel dramatisch und permanent beleidigt in der Tür lehnte.

»Ja, Mausi, mache ich«, gab sie knapp zurück und sah an den noch tiefer sinkenden Mundwinkeln in seinem verbrannt braunen Gesicht, dass sie damit ihr sowieso schon angeschlagenes Verhältnis nicht verbessern würde.

»Dann mach ich aber noch das Finish. Ich muss dich sehen, bevor du rausgehst, das hab ich im Vertrag«, maulte die Diva, gefangen im Körper eines Puderpinsels, und schloss die Tür mit einem zu lauten Klacken, wie auf der Bühne eines Boulevardtheaterstückes. Tanya musste grinsen. Punkt für sie.

Wenn sie sich jetzt von Mausi hätte schminken lassen, sähe sie aus wie in der allerersten Staffel der Show: wie eine Transe mit zwei überraschend echt aussehenden Brüsten. Apropos – sie schob die Hände unter ihre Brüste, hob sie an und ließ sie wieder sinken. Bei »Sandy und Danny« war noch alles in Ordnung. Sie hatte ihre Brüste selber so getauft, denn: einmal Grease-Fan, immer Grease-Fan! Sie summte »We go together like whop bamalama be bop bam boom«, während sie sich geschickt an einigen Stellen so wieder abschminkte, dass die späteren zu dicken Puderschichten der blöden Mausi ihrem Gesicht im TV-Bild keinen Schaden antun konnten. Sie war, was sie war, und sie blieb, was sie blieb: Deutschlands IMMER NOCH aufregendste Blondine!

KAPITEL 2

Sascha klappte den leeren Koffer zu und sah sich in dem kleinen Hotelzimmer um. Es war okay, kein Luxus, aber auch keine Absteige. Und vor allem war er froh, dass er nicht mit den anderen Kandidaten zusammen in einem sogenannten »Haus« wohnen musste, wie es in anderen Castingshows üblich war, sondern abends eine Hoteltür hinter sich zumachen konnte. Er hatte absolut keine Lust auf all den Psychokram, der in solchen »Häusern« für die Einspieler in der TV-Show sorgte. So was wäre nur schlecht für seine Konzentration. Er stellte den Koffer in eine Ecke, setzte sich aufs Bett und fixierte seine drei

Motivationsbilder, die auf dem Nachttisch eine Diagonale bildeten. Diese Mädels würden ihn zum Sieg führen – da war er ganz sicher. Die Heilige Dreifaltigkeit seines jungen Popfan-Lebens: Madonna, Britney, Gaga. Oder, wie sein Kumpel Angelo es immer formulierte: »Drei Schlampen und kein Halleluja!«

Als er an Angelo und die Gang dachte, wurde er einen Moment lang sentimental. Der gestrige Abend in ihrer gemeinsamen Stammkneipe, dem *Rainbow*, war einfach der Hit gewesen. Zu lustig die »Better the devil you know«-Choreografie, die die Jungs für ihn aufgeführt hatten, zu innig die Blicke, die der süße Barkeeper ihm am Ende des Abends noch zugeworfen hatte und die er – Profi, der er ab heute war – nicht mit einer Runde Wildsau-Schnäpsen beantwortet hatte.

»2 qte!«, hatte Angelo ihm heute Morgen zusammen mit einem Handyfoto vom Barkeeper gesimst, und Sascha stimmte ihm zu. Aber er musste sich jetzt auf das Wesentliche konzentrieren. Auf den Wettbewerb. Auf die nächsten zehn Wochen. Denn er war sich sicher, dass es auch wirklich zehn Wochen werden würden, nicht drei und nicht sieben. Er würde am Schluss im Finale stehen. Darauf hatte er sich ein Leben lang vorbereitet, seit er zum ersten Mal mit sechs Jahren unter dem Weihnachtsbaum »Last Christmas« vorgesungen hatte.

Das Foto vom Barmann speicherte er trotzdem. Wenn er als Popstar ins *Rainbow* zurückkäme, würde es definitiv statt »Wildsau« Champagner geben. Und wer weiß, was noch …

Es klopfte an der Tür. Sascha sprang auf, checkte seine Haare im Spiegel über dem Waschbecken und öffnete. Einer dieser niedlichen Orga-Typen stand vor ihm mit der unumgänglichen Cargohose plus Baseballkappe auf dem Kopf, also hetero. »Hi! Der Shuttle wäre dann da. Herr Schmitz erwartet Sie in der Maske.«

Sascha warf seinen drei Mädels am Bett einen Blick zu. »Ladys, habt ihr das gehört? Shuttle! Maske! Und ich werde gesiezt – ich denke, wir vier sehen uns demnächst bei den MTV-Awards!« Er strahlte den Cap-Typen mit seinem perfektesten Showstar-Lächeln an. »Ich bin gleich da, Herr ...?«

»Frank.« Der Typ grinste und schob dabei die Kappe etwas weiter hoch, sodass eine blonde Locke wie zufällig herausrutschte.

Sascha strahlte auf 1000 Watt zurück und schloss die Tür etwas zu sanft. Vielleicht doch nicht so ganz hetero ... Im Showgeschäft war ja alles möglich.

Auch Tanyas nächster Besuch polterte einfach ins Zimmer, dieses Mal allerdings mit der Masche, erst kurz und hart zu klopfen und dann ohne Aufforderung hereinzukommen.

So machten das Menschen mit Macht, dachte sie. Menschen, wie PR-Chef Peter de Bruyn, der sich wie üblich ohne jede Begrüßung in eines der Sofas fallen ließ und sie lange und wortlos aus seinen engen kleinen Augen anstarrte, als ob er sie für eine Auktion einschätzen müsste.

»Auch dir einen guten Morgen, Peter! 13 Uhr ist bei dir

doch noch Morgen, nicht wahr?« Sie hob leicht royal eine Augenbraue. »Was kann ich für dich tun?«

Peter de Bruyn fuhr sich mit der Zunge über die schmalen Lippen, holte einmal Luft und dann schoss es hektisch aus ihm heraus, als ob er Koks genommen hätte, was vermutlich auch der Fall war. »Die PR-Möglichkeiten der Staffel, Tanya. Was können wir wem anbieten und wann. Was gibt es in deinem Bereich, was die Leser der größten deutschen Tageszeitung interessieren könnte und warum? Was kannst du zum Erfolg der Show in dieser Staffel beitragen außer deinen alten Playboy-Fotos und deinem hübschen Dekolleté im Bild? Gibt es Neuigkeiten, alte Sünden, neue Affären, Ex-Boyfriends, die uns interessieren, neue Boyfriends, die wir dir besorgen können, Süchte, Ängste, Krankheiten? Eine siebte Staffel ist immer schwer, ich brauch da deine volle Kooperation!« Als Tanya das erste Mal den PR-Mann so erlebt hatte, war sie überzeugt davon, er wolle sie verarschen. Sie dachte, er würde ihr eine Persiflage vorspielen aus irgendeinem B-Movie, in dem der böse Presseagent das verschüchterte Starlet zu Indiskretionen drängt, derentwegen sie dann schließlich draufgeht und er tief gebrochen aus der Branche aussteigt.

Aber nach ihrer ersten ganzen Stunde war ihr klar geworden, dass der aalglatte Mittdreißiger de Bruyn das alles, inklusive seiner englischen Maßschuhe und seiner navyblauen Hemden, wirklich ernst meinte. Das ganze Konzept Peter de Bruyn war sogar äußerst bitterer Ernst. Und als er dann ihre alten Gymnasiums-Zeugnisse mit den schlechten Mathenoten ausgegraben hatte und an die Presse unter der Überschrift »Sind Blondinen sogar zu doof für eine Casting-Jury?« weitergegeben hatte, mit der Absicht eine »kontroverse Debatte« anzuzetteln, hatte sie begriffen, welche Rolle der Mann nun in ihrem Leben spielen würde. Sie hatte daraufhin aufs Gründlichste ihre Vergangenheit durchforscht, bevor er es – immer im Dienst der Show natürlich – selber tun würde.

Leider gab es aus ihrer alten Profimodel-Zeit noch einige hässliche Agentur-Bilder, die sie nicht ganz verstecken konnte – aus den Jahren, als ihr Portfolio noch aus Privat-Schnappschüssen vom Strand auf Ibiza bestanden hatte sowie den sehr schönen Fotos mit 80er-Jahre-Katzenpullovern und den entsprechenden Laura-Branigan-Haaren vor dem Weihnachtsbaum im elterlichen Reihenhaus.

Aber ganz Schlimmes war Gott sei Dank nicht dabei. Keine Schönheits-OPs, keine Drogen, keine Magersucht, keine Pornos. Auch die Änderung ihres bürgerlichen Namens von Tanja Becker zu Tanya Beck war in der Modelwelt normal. Wobei sie sich damals vielleicht beim Nachnamen etwas mehr hätte anstrengen können, um all diesen Bier-Gags zu entgehen.

Blieb nur die Sache mit ihrem Alter – aber das war heutzutage nun wirklich keine Schlagzeile mehr wert. »TV-Moderatorin schummelt bei ihrem Alter« würde genauso wenig Zeitungen verkaufen wie »Pole schmelzen weiter«. Es war trotzdem amüsant zu beobachten, wie oft diese »holländische PR-Cruise-Missile« (O-Ton Produzent) versucht hatte, einen Blick auf ihren Personalausweis zu werfen, indem er zum Beispiel plötzlich im Flughafen am Schalter neben

21

ihr auftauchte und sogar einmal von ihr erwischt worden war, als er ihre Handtasche durchsuchen wollte – nach einem Tempotaschentuch, wie Peter damals behauptet hatte. Warum ausgerechnet ihm in so einer Situation keine bessere Lüge eingefallen war, fragte sich Tanya noch heute. Wahrscheinlich war sein Koks gerade ausgegangen und sein Gehirn deshalb auf Stand-by gestellt.

Apropos Stand-by – sie musste sich wieder konzentrieren. »Leider gibt es nichts Neues«, flötete sie scheinheilig und betrachtete dabei seinen zu engen schwarzen Designeranzug, der sich an der Hüfte schon etwas beulte. »Du weißt, ich bin die Nonne der Show! Frag doch mal deinen lieben Freund Marco.«

Sie musste lächeln. Beim Namen des Jury-Obermotz zuckte sogar Peter zusammen wie der Teufel beim Weihwasser. Der Juryboss und eigentliche Chef der Show, Ex-Musikproduzent mit Sternzeichen Bulldogge und Aszendent Stalin, bestehend aus 85 Kilo reinem Testosteron, war der einzige Mensch, vor dem Peter Angst hatte. Wie übrigens jeder in der Show außer Tanya: Kandidaten, Mitarbeiter, Stargäste. Tanya nannte Marco Deutz heimlich »Hitlers unsympathischeren kleinen Bruder«. Nur das Publikum liebte ihn bedingungslos – besonders für seine »Sprüche«, wenn er wieder mal ein hilfloses minderjähriges Kandidatenhühnchen grillte und in aller Öffentlichkeit zerlegte wie einen Truthahn an Thanksgiving …

»Mies, mieser, Marco!«, war sein berühmtester Spruch, den es inzwischen auch auf T-Shirts und Kaffeetassen gab. Für den guten Morgen an einem bestimmt sehr fröhlichen Frühstückstisch, dachte Tanya und schlug aus dramaturgischen Gründen elegant die Beine übereinander.

»Ich hab Marco schon gefragt, der hat auch nichts«, schnaufte Peter fast kleinlaut. »Seine Neue ist eine thailändische Schönheitskönigin ... aber das ist jetzt ja nicht so wahnsinnig überraschend ...«

So konnte man es auch formulieren, dachte Tanya, während sie sich ein stilles Wasser nachgoss. Marcos Frauenverbrauch und seine Vorliebe für stumme wunderschöne Asiatinnen waren in der deutschen Medienlandschaft schon Folklore. Seine Dreimillionen-Euro-Jacht, die jedes Jahr nach der Staffel vor Bangkok auslief, hieß im Medien-Volksmund der »Lotus-Pflücker«. Und so gab es auch dieses Jahr wieder eine neue bildschöne, schüchterne junge Frau, die mit Louis-Vuitton-Taschen behängt in zu kurzen Kleidchen durch die Studiogänge irrte und die Schrift der Hinweisschilder nicht lesen konnte. Tanya hatte sie schon am Morgen gesehen, sie hatte das Herrenklo mit dem Produktionsbüro verwechselt.

»Vielleicht ist sie ja dieses Mal ein Mann – das kommt öfter in Thailand vor ...«, frotzelte sie. Langsam machte ihr Peters Besuch Spaß. Denn größer als dessen Angst vor Marco war höchstens noch sein oft erwähnter Ekel vor allen sexuellen Zwischenstufen. Er war bekannt dafür, den schwulen Kandidaten verzweifelt Affären mit weiblichen Kandidatinnen zu verordnen, um so sein Gewissen und seine eigenen Ängste zu beruhigen.

»Ich glaube nicht, dass sie ein Mann ist«, sagte Peter nachdenklich. »Wäre super gewesen!«

Tanya warf ihm einen verblüfften Blick zu. Peter war wohl wirklich auf Entzug. »Na, dann bleibt nur noch Pitterchen«, sagte sie. »Da geht doch immer was.«

Das sogenannte »Pitterchen« war der Dritte im Jurybunde, ein älterer Komiker aus Köln, der für bunte Hemden und hysterische Lachanfälle in der Show bekannt war sowie für seinen Hauptspruch »Isch kann ni mi!« – was so viel hieß wie »Ich halte es nicht mehr aus«.

»Vielleicht hat er bei einer seiner Tourneen wieder seinen Wagen zersäbelt«, schlug sie vor und bemühte sich um einen konstruktiven Gesichtsausdruck. »Du weißt doch, wer fährt nach einer halben Flasche Wodka immer noch selber nach Hause … das Pitterchen!« Tanya hatte nicht vor, so zynisch zu klingen wie Peter, aber sie wollte ihn jetzt loswerden. Und es klappte.

De Bruyn stand auf und schlängelte sich zur Tür. »Gut, ich frag ihn. Aber ich sage es dir noch mal, Tanya …« – wie sie diesen Satz hasste – »jede siebte Staffel einer TV-Hit-Show ist schwierig. Es besteht immer die Gefahr, dass es langweilig wird, dass sich die Formel überholt hat. Wir brauchen in dieser Staffel Drama! Ohne Drama keine Quote! Ohne Quote keine dritte Eigentumswohnung. Denk dran, du bist für mich eine Teamplayerin – nicht nur die Titte in der Mitte!«

Mit diesen Worten verließ der PR-Chef den Raum, ohne die Tür zuzumachen. Tanya stand wütend auf und schloss sie. »Die Titte in der Mitte« – wenn sie Pech hatte, würde das auf ihrem Grabstein stehen.

Sie setzte sich wieder hin und atmete durch. Eine Staffel noch! Um sich abzulenken, nahm sie wahllos einen Brief aus der Kiste ihrer Fanpost. »Liebe Tanya!« Er war sauber mit dem Computer geschrieben und ausgedruckt. »Vergeben Sie Ihre Stimme richtig! Es hat nur eine Person verdient zu gewinnen. Alle anderen sind hinfällig!«

Der Brief war weder unterschrieben, noch hatte er eine Adresse. Einen kurzen Moment kam ihr das Wort »hinfällig« komisch vor. Es war eigentlich zu hochtrabend für ihre Fanpost. Aber in dieser Show war Wortwahl auf jeden Fall der geringste exotische Faktor. Tanya legte den Brief weg und warf einen letzten Blick in ihren Spiegel.

Mehr Drama, dachte sie. Wir brauchen viel mehr Drama!

KAPITEL 3

Sascha saß nervös in seinem Schminkstuhl im Make-up-Raum, starrte auf die Wand voller Autogrammkarten vor sich (wer oder was war »Captain Jack«?) und wartete auf das Kampfkommando Mausi Schmitz, das neben ihm schon schnaufend zugange war. Nicht nur um seinen Look machte er sich Sorgen – er hatte sich immer selber geschminkt, seit er live auftrat, und wusste genau, was ihm stand und was nicht –, sondern mehr noch ärgerte ihn, dass ausgerechnet dieser ewig betrunkene Stammgast des *Rainbow* gleich auf ihn einpudern würde. Wie oft hatten er und seine Gang sich schon über diese »alte Kölsch Krähe« mokiert, die immer am gleichen Platz am Tresen thronte, immer hackedicht und immer bösartig. Und wie viele Spitznamen hatten sie ihr schon gegeben – »Alexis Zombie« zum Beispiel oder »Karin Kruger – Freddies hässliche Mutter«. Und nun das: Ausgerechnet Mausi musste an Saschas wichtigstem Karrieremoment mitarbeiten. Dafür oder dagegen, das blieb abzuwarten.

Im Moment arbeitete er an der »Teufelin«, Gothic-Prinzessin Xena direkt neben Sascha. Das hieß, er rollte die Augen in Richtung der Styropor-Decke und betrachtete das blauschwarz gefärbte Haar mit Abscheu. »Schatzi, das ist kein Haar mehr, das ist Restmüll!«, schnaubte er in Richtung Spiegel, während er die Haarwurzeln sorgfältig mit dem Stielkamm und einem ekelverzerrten Gesicht freilegte. »Was sollte das hier mal werden? Amy Winehouse goes Manga?« Sascha warf einen Blick auf Xenas Gesicht. Es blieb völlig ausdruckslos. Stumm ging sie in ihrem Handy ihre SMS durch. Sie hatte sich wohl nicht zur »Princess of Darkness« beim letzten Bloody Sunday Goth-Festival in Herne wählen lassen (Sascha hatte natürlich alle Homepages aller Mitkandidaten genau studiert), um sich jetzt von einer Friseurhusche nerven zu lassen.

»Das ist mein Style«, presste sie nur knapp durch ihre blau geschminkten Lippen und erwischte dabei Saschas Blick im Spiegel. »Take it or piss off!«

Mausi gab einen zischenden Laut von sich, griff zur Spraydose und streckte den Arm weit aus wie zum Aufschlag beim Tennis und nebelte Xena minutenlang mit Haarspray ein. Sie bewegte immer noch keinen Mundwinkel.

»Fertig!«, verkündete der Maskenbildner erschöpft. »Geh mir aus den Augen!« Xena stand auf, schob ihren alten Kaugummi wieder von der Stuhllehne zurück in den Mund und schlurfte kauend aus dem Raum.

»Na, wen haben wir denn da!«, tönte es einen Moment später über Saschas Kopf wie ein tuntiges Gottesgericht. »Das kleine Mäuschen aus dem *Rainbow*. Spielst du immer noch Rühr-mich-nicht-an, oder hast du inzwischen einen echten Kerl an deinen Schniedelwutz gelassen?«

Sascha schloss die Augen. Na großartig! Er hatte sich noch nicht mal entschieden, ob er die Show als Pseudo-Hete bewältigen oder sich schon in der ersten Liveshow stolz und hoffentlich punktewirksam outen würde, da wurde er bereits in der Maske vor seinen Gegenkandidaten enttarnt, und zwar von einem ältlichen James-Bond-Girl in Marc-Jacobs-Trainingsanzug.

Er schielte nach links. Dort saß inzwischen das Blondchen Lilly samt ihrer Eiskunstlaufmutti. Beide starrten hoch konzentriert in den Spiegel. Rechts von ihm saß dieser Mittdreißiger Rocker-Typ und spielte mit einem Taschenmesser an seinen Fingernägeln herum. Und in der Ecke hinter ihm machte sich Stangentänzerin Ayleen für ihr erstes Backstage-Interview warm, indem sie sich dehnend im Spagat ihre üppigen Brüste auf ihre Knie legte.

Es hätte kaum schlimmer laufen können, dachte Sascha und korrigierte sich sofort. Doch, es hätte schlimmer laufen können, – Ayleens Kamera hätte schon eingeschaltet sein können, und damit wäre Mausis Outing gleich mal auf Chip gebannt worden – für zukünftige redaktionelle Zwecke und für die Youtube-Ewigkeit.

»Ich glaub, ich mach dich erstmal ein bisschen weniger schwul …«, schallte es von oben herab.

Sascha atmete noch einmal tief durch. Einfach buddhistische Ruhe bewahren. Wie Lady Gaga im Video. Einfach nur »Poker Face«.

Als Tanya den Schminkraum betrat, bemerkte sie gleich, dass etwas nicht stimmte. Die aktuellen Schwingungen im Raum ließen den Gazastreifen eher wie Tropical Island erscheinen. Irgendwo wurde hier Krieg geführt, und zwar mit scharfen Waffen.

Mausi hatte gerade den Tochter-Teil der Mutter/Tochter-Nummer in Arbeit, die sie schon bei den Vorrunden zum Wahnsinn getrieben hatte. Ehrgeizige Mütter waren bei *Music Star 3000* nichts Ungewöhnliches, aber dieses Modell mit der Figur einer 30-Jährigen und den Händen einer 60-Jährigen war doch außergewöhnlich anstrengend gewesen. Wenn die Tochter nicht so talentiert, ruhig und hübsch gewesen wäre, hätte die Produktion sie nie in die Show aufgenommen. Aber das Mädchen erfüllte das Profil »blonder Engel« einfach perfekt – und Tanya war sich sicher, dass sie genau darauf schon ein Leben lang von Mami gedrillt worden war.

Tanyas Blick wanderte weiter. Die Stangentanz-Schlampe gab gerade ihr erstes Interview. Sätze wie »Ich zeige meinen Körper gerne, da ist doch nichts dabei« und »Ich steh zu meiner Brust-OP. Ich mag meine Möpse!«, prasselten im breitesten Thüringisch in die willige Kamera, und Tanya war sich sicher, dass die Autoren die Provinzstripperin Ayleen aus Erfurt spätestens in der dritten Folge ein Duett mit der streng religiösen Muslima Fatima singen lassen würden. Offiziell zur Völkerverständigung, inoffiziell zum Showdown »Arsch gegen Allah«. Wahrscheinlich würde es wieder mal eine Coverversion von »We are the World« werden.

Selbst der selbstbewusste kleine Schwule vor dem Schminkspiegel sah panisch aus. Tanya mochte ihn schon seit seinem ersten Vorsingen (In Celle? In Oberhausen? In Trier?). Er war zwar übertrieben ehrgeizig wie alle seine Altersgenossen, aber er hatte dabei immer noch eine gewisse kindliche Unschuld, als ob die Fernsehwelt ein großer Abenteuerspielplatz wäre und er gerade dabei, auf den höchsten Baum zu klettern. Und sie mochte seine Stimme – ein schöner Poptenor, der ihn sicher in der Show zusammen mit seiner »Oh-wie-süß«-Optik bei den anrufenden Girlies weit nach vorn bringen würde. Wenn er keine Fehler machen würde. Und gerade im Moment sah er so aus, als hätte er einen großen Fehler gemacht.

Den vierten Kandidaten, der neben dem Kleinen saß und vor sich hinstarrte, hätte sie fast übersehen, und sie kannte auch den Grund dafür. Uwe, der »ehrliche Rocker«, war ihr von Anfang an unheimlich gewesen. Nicht nur, dass sie sich jetzt schon musikalisch vor seinen Bon-Jovi-Versionen fürchtete, auch sein Lebenslauf, die Realschule, die lange Arbeitslosigkeit, die Hartz-IV-Spirale und seine Hobbys »Bier« und »Kumpels« hatten ihn Tanya nicht sympathischer gemacht. Aber die Produktion wollte unbedingt einen ehrlichen Ossi aus Meck-Pomm »mit dem Herz am richtigen Fleck«.

»Mausi, ich muss raus!« Tanya sah ungeduldig zu Madame-Dreiwettertaft hinüber, aber die schien zur Abwechslung mal begeistert zu sein.

»Moment, Tanya Schatz, ich muss bei dem Mädel hier nur noch brushen! Schau, ich mache in null Komma nichts aus einem blassen, blonden Teenie eine Göttin! Eine junge Marilyn Monroe gekreuzt mit Madonna in ihrer ›True-Blue-Phase‹!«

»Was ist denn brushen?« Der Mutti-Designerfummel-Drachen beugte sich misstrauisch vor, eine Art Amanda Lear in Ruhrgebietsformat – geliftet, gebräunt und in Tiger-Leggings und Versace-Shirt so schick wie eine russische Puffmutter auf Ballermann-Besuch.

»Brushen kommt von Air Brush«, belehrte Mausi nun gnädig sie und den restlichen Raum – »der Teint wird mit einer Art Sprühpistole aufgetragen und verschließt so die Poren viel gleichmäßiger. Der Effekt ist ein glatteres Gesichtsbild, als wenn ich mit der Hand auftrage.«

»Aber ist das nicht ein bisschen – puppenhaft?«

Tanya musste grinsen. Respekt, die Tante wich im ersten und bestimmt nicht letzten Kampf »Mutti gegen Mausi« keinen Zentimeter.

Ihr Kontrahent schnaufte. »Puppenhaft ist nicht der richtige Ausdruck«, schoss er scharf zurück. »Schauen Sie, bei Ihnen – da hat vielleicht die Mischung aus ägyptischer Erde und Schönheitschirurgie zu einer gewissen optischen ... Starre ... geführt. Aber meine Methode macht aus Ihrer kleinen Prinzessin ein singendes Topmodel!«

Eins zu null für Mausi! Die Tigertante zog sich schmollend zurück, und ihre kleine Prinzessin sah weiterhin ausdruckslos und geduldig in den Spiegel. Tanya fiel auf, wie klaglos sie die ganze Prozedur über sich ergehen ließ.

»Lilly, du kannst los!« Mausi richtete sich auf und betrachtete sein Werk im Spiegel. Und, fast gnädig: »Schatzi, du siehst göttlich aus!«

Ein paar Minuten später hatte Tanya nun endlich auch ihr »Finish« erhalten und innerlich schon wieder abgeschminkt. Bevor sie den Raum verließ, beschloss sie, eine kleine aufmunternde Rede für die Kandidaten zu halten, um sich selbst für ihre Juryurteile in der Sendung ein bisschen aufzuwärmen. Die Backstage-Kamera war mittlerweile ausgeschaltet, und Ayleen hatte ihre Weisheiten über die uralte Kunst des Stangentanzes (»Macht Frauen selbstbewusster und erotischer!«) zu Ende gebracht.

»Ich wollte euch allen für die heutige Show viel Glück wünschen«, sagte Tanya. »Ich weiß, das erste Mal live ist das schwerste. Aber ihr schafft das schon. Toi, toi, toi.«

Sie sah in ihr Testpublikum. Dem Schwulen, dem blonden Engel und der Stangenschlampe hatte sie ein Lächeln abringen können. Bei dem Rocker und natürlich bei Mausi hatte diese kleine Soap-Opera-Rede nichts gebracht. Mist! Das hieß, sie musste sich in der Liveshow mehr Mühe geben.

Mehr Herz, sagte sie sich. Mehr Charme, mehr Wärme. Die Titte in der Mitte sollte dringend noch ein bisschen Oprah Winfrey channeln. Mit diesem Vorsatz verließ Tanya schnell den Schminkraum und machte sich auf den Weg zum Tonraum.

Als Tanya gegangen war, herrschte einen Moment lang eine merkwürdige Stille im Raum, wie in einem Zoo ohne Wärter. Mausi trat hinter Uwe und wollte ihm gerade in die Haare fassen, als der Rocker plötzlich sein Messer mit einer ruckartigen Bewegung direkt in den Schminktisch donnerte. Mausi war kurz davor, sich aufzuspulen, aber als er Uwes Gesicht im Spiegel sah, verstummte er. Und auch Sascha, Ayleen und Lilly konnten von ihren Plätzen aus den Satz lesen, den Uwes Lippen im Spiegel formten: »Pass auf, du Schwuchtel, sonst bist du tot.«

KAPITEL 4

Eine halbe Stunde später stand Sascha zum ersten Mal in den Kulissen des riesigen Studios und beobachtete jedes Detail, als ob sein Leben davon abhängen würde. Hinter einem schwarzen Vorhang gab es ein Warteareal für die Kandidaten, und durch ein kleines ausgerissenes Guckloch im Stoff beobachtete er die sogenannte »Pre-Show«, also die Vorbereitung der Sendung.

Das riesige Studio war rappelvoll, über 800 Zuschauer plus Crew. Ausverkauft. Diese Karten waren äußerst beliebt. Diese Show war äußerst beliebt. Und er war mittendrin.

Sascha war neben seiner inneren Popdiva durchaus auch Kerl genug, um Fan technischer Abläufe zu sein. Er beobachtete fasziniert, wie gerade ein Kameramann mit einer ziemlich großen Kamera in einem Gestell auf der Schulter um ein Stehpult rasante Kreise zog. Ein anderer Typ führte ihn, damit er nicht von der Bühne fiel oder in andere Kameras hineinknallte. Das Ganze hatte etwas von einer Tanzchoreografie. Oder von Kinderspielplatz, wenn man so wollte, eine Art Blinde Kuh mit Steuermann.

Auch die Scheinwerfer, die hoch oben über der Bühne montiert waren, begeisterten Sascha. Hunderte von Lampen hingen an verschiedenen Stangen in zehn Metern Höhe, dazu Ventilatoren, Discokugeln in verschiedenen Größen und Meter um Meter Kabel. Es gab Windmaschinen, die eine Art dünnen Nebel durch den Raum schossen, damit so die Streifen aus Licht über dem Geschehen besser sichtbar wurden, die die Scheinwerfer im Rhythmus der Musik abfeuerten. Das hier war keine Provinzdisco, das war Hollywood. Auf dem schwarz glänzenden Boden spiegelte sich das Licht, und gerade in diesem Moment, kurz vor der Show, wischten zehn Putzleute ein letztes Mal über den Boden. Ein hektischer, dicklicher Mann mit weinrotem Jackett sprang ohne Applaus auf die Bühne und riss trotzdem beglückt die Arme hoch. Und am Rand putzte eine Frau kniend dem wartenden Moderator mit einem Lappen die Schuhsohlen, während der seine Karten studierte.

Sascha konnte es nicht lassen. Er steckte den Kopf weiter durch den Vorhang, um einen Blick auf das Publikum zu werfen. Schon jetzt hielten viele ihre Schilder hoch. Auf einem Schild stand »Sascha, we love you!«.

Sascha wurde endgültig aufgeregt. Endlich. Es war so weit.

Tanya stand wie immer perfekt im Timing backstage hinter der Auftrittstür der Jury und beobachtete auf einem Monitor, wie der Warm-Upper das Studiopublikum einpeitschte. Nach all den Jahren in der Branche hatte sie sich trotzdem noch nicht an den immer gleichen Vorgang gewöhnt, wie aus einer Gruppe freundlicher, normaler Studiobesucher in einer Viertelstunde ein Hexenkessel geschmiedet wurde. Mit abwechselnd mauen Scherzen und harten Drohungen wurde dem Publikum dabei klargemacht, was die Fernsehproduktion jenseits des bezahlten Eintritts von ihm erwartete: Harte Arbeit! Völliger Einsatz! Totale Verausgabung! Irgendetwas zwischen drittem Weltkrieg und Marslandung. Und das Ganze noch mit Choreografie: In Wellen wurde aufgestanden, hingesetzt, »spontane« Ovationen geprobt auf verschiedenen Levels. Level 1 »Franz Beckenbauer ist da!«, Level 2 »Der Dalai Lama ist da!!« und Level 3 »Osama bin Laden ist wieder da, und wir zünden seinen Bart an!!!«.

Der Aufwärmer arbeitete heute Abend zur ersten Sendung besonders hart an dieser speziellen Mischung aus WM-Finale und Reichsparteitag und hatte schon Schweiß auf der Stirn und unter den Achseln vor lauter persönlicher Begeisterung über dieses Ereignis. Denn das war ja diese Sendung ohne Zweifel, dachte Tanya ironisch:

ein Ereignis von nationaler Bedeutung! Zehn junge Leute würden Lieder singen, drei Menschen würden etwas
dazu sagen, dann würden Menschen anrufen, wobei der
Sender an diesen Anrufen jede Menge Geld verdiente,
und dann würde ein junger Mensch ausscheiden. Ein ein-
maliges, unfassbares, nie wiederkehrendes Ereignis – dagegen war das Ende Roms ein privates Grillfest gewesen!

Tanya winkte die Kostümassistentin weg, die mit einer Fusselbürste an ihr herumgewischt hatte, und warf einen letzten prüfenden Blick in den bodenlangen Spiegel,
der von einem der freundlichen Dackel gehalten wurde.
Das Kleid der ersten Folge war eigentlich ein Stehkleid,
das hieß, die geheime Konstruktion unter dem pinken
Chiffon-Nichts war so kompliziert, dass ein Hinsetzen
fast nicht möglich war, ohne die Gefahr des Bruchs einzelner Beck'scher Rippen oder des Herausfallens einzelner Brüste. Aber Tanya wäre nicht Tanya gewesen, wenn
sie nicht mithilfe eines genau platzierten Klettverschlus-
ses und in Absprache mit der Regie nach ihrem Gang
zum Jurypult (für den das Kleid einfach perfekt war!)
im Umschnitt auf den Moderator kurz diesen Verschluss
lösen konnte. So würde sie sich ans Pult setzen können,
ohne dass irgendetwas implodierte oder aufsprang. Dass
sie allerdings danach nicht wieder würde aufstehen können, stand auf einem anderen Blatt, aber das war in dieser
Show auch nicht vorgesehen.

»Tanya Schatz, ich hab dich so vermisst!«, sabberte es
hinter ihr.

Ohne hinzusehen, erkannte Tanya an der Alkoholfahne

und dem weinerlichen Tonfall sofort ihren Mitjuror, das fröhliche Pitterchen, kölsches Original, Karnevalsgröße und Witzeerzähler, dessen Deftigkeiten und Zoten in der Jury seit Jahren nur getoppt wurden von seinem Wodkaverbrauch und seinem Selbstmitleid. Wie immer war sie fasziniert von seinem Offstage-Gesicht – die Mundwinkel depressiv herunterhängend, der Bauch wabbelig und unförmig über den zu bunten Anzughosen – und dann dem Wechsel, wenn sein Name genannt wurde und er mit breitem Grinsen und aufrechtem Gang seinem Applaus entgegenschritt. Um schließlich – jedes Mal – nach drei Schritten scheinbar über eine Stufe zu stolpern, sich auf den Boden fallen zu lassen und zum ersten Mal (von sehr vielen Malen) am Abend auszurufen: »Isch kann ni mi!« – was dann immer zu noch tosenderem Applaus führte. Zirkus blieb Zirkus, egal in welchem Jahrtausend.

»Ich habe dich nicht so sehr vermisst, Peter, aber trotzdem schön, dich zu sehen!«, gab Tanya wieder eine Spur zu ehrlich zurück (Achtung, Tanya, es ist erst die erste Show …), während sie Pitterchen mitsamt seinem streng riechenden Atem auf den nötigen Abstand brachte. Warum dachten eigentlich immer alle Männer, dass man Tanya Beck ungefragt auf die Wange küssen dürfte? Na gut, wenn sie die Rocklänge im Spiegel betrachtete, war die Antwort nicht ganz so schwierig. Ein so kurzer Saum war kein Grenzzaun, eher eine Landebahn.

»Oh, Madame T ist wieder zickig heute«, ertönte es, und Marco Deutz höchstpersönlich stand plötzlich hinter ihr, samt seiner drei Assistentinnen, die ihm Scripte trugen,

Wasserflaschen brachten und wahrscheinlich nach jedem Klogang noch den kleinen Marco abwischten. »Länger nicht richtig durchgenudelt worden, liebe Tanya? Oder, Pitterchen, was meinst du?«

»Marco, isch jrüsse disch!« Das alte Pitterchen kicherte devot.

»Dir auch einen schönen Abend, Marco«, gab Tanya zurück und zog sich auf ihre alte Königinnen-Strategie zurück. »Wie man bei dir sieht, macht viel Durchnudeln auch nicht charmant!«

»Und jetzt ist es so weit, liebes Publikum.« Der Warm-Upper erlöste Tanya aus der Warteschleife und von den Sprüchen ihrer Mitjuroren. »Begrüßen Sie nun die drei, auf die Sie alle gewartet haben, das Trio Infernale des deutschen Fernsehens, die drei von der Gag-Tankstelle, die drei Fragezeichen, die keine Fragen offenlassen, die härteste Jury jenseits von Guantanamo …«

Tanya rollte mit den Augen – der Mann ließ wirklich keine Panne aus.

»Hier sind Tanya Beck, das Pitterchen und natürlich der einmalige Marco Deutz!« Der Lautstärke-Level im Studio war nun endgültig bei Fliegeralarm angekommen.

Wie immer hielt Marco ihr scheinbar charmant den schwarzen Abhang auf, durch den sie auftraten. »Denk daran, Madämmchen«, zischte er durch die cool grinsenden Lippen, »vor deinem Namen steht in dieser Show nicht das Wort ›einmalig‹. Schlampen wie dich gibt es jede Menge!« Und damit ging der berühmte Marco Deutz direkt in die Studiomitte, reckte die Arme wie ein siegreicher Boxer, wartete ab, bis Pitterchen gefallen war, half ihm dann scheinbar auf, um ihn dann zur großen Belustigung aller noch einmal fallen zu lassen. »'n Abend, ihr Pfeifen!«, brüllte er in die Menge, während Tanya schnurgerade und lächelnd wie auf einem Laufsteg direkt zum Pult ging und sich dort ihren Applaus abholte. Auf jeden Fall klatscht ihr für das Kleid, dachte sie. Das Kleid klappte. Und natürlich wie immer Sandy und Danny.

Sie setzte ihr professionellstes Lächeln auf, als die Kamera drei ihr Gesicht im Vorspann exakt bei Sekunde zwölf einfing, abfilmte und dann das rote Lämpchen über dem Objektiv wieder erlosch. Der Verfolgerspot würde die Fältchen am Auge wegblenden, dachte sie, alles war gut. Wie immer klatschte sie betont in die Hände, als der Moderator die Treppe herunterkam. (Der wievielte Moderator dieser Show war das nun eigentlich schon? Der dritte? Der vierte?) Innerlich wünschte sie ihm viel Glück und dass er synchron mit seinem Teleprompter-Fahrer sein möge. Sie hatte hohen Respekt vor diesem versteckten kleinen Mann, der immer den Moderationstext zum Ablesen auf einem Computerbildschirm herunterschob. Er saß weit hinten im Studio in einer abgehängten Ecke und musste sich auf den Moderator und dessen Sprechtempo konzentrieren wie ein Schlangendompteur auf seine Star-Kobra.

Tanya sprach natürlich ungescripted. Während der Moderator sein Opening ablas und erst sie, dann Pitterchen und schließlich – natürlich länger – Marco begrüßt hatte, sah Tanya kurz auf ihren Notizzettel, der vor ihr auf dem Pult lag. Die Redaktion hatten ihnen die Namen der Kandidaten und die jeweiligen Songs aufgelistet, außerdem gab es Platz für Anmerkungen und Kommentare (unter der bissigen Überschrift des Chefautors: »Pointiert bitte!«). Tanyas Blick fuhr die Namen herab und stockte plötzlich. Jemand hatte den Namen »Xena« mit dickem schwarzem Edding durchgestrichen. War sie ausgefallen? Eben während des Warm-ups hatte Tanya die Pop-Fledermaus in einer schwarzen Kutte noch hinter der Bühne stehen sehen.

Sie schielte unauffällig auf Pitterchens Zettel – dort war niemand durchgestrichen. Auch bei Marco nicht, der gerade dem Publikum und der Welt die Abstimmungsregeln erklärte.

Tanya beschlich ein unangenehmes Gefühl. Und das lag nicht nur an dem Zettel und dem durchgestrichenen Namen. Schon seit sie Platz genommen hatte, war es ihr so vorgekommen, als ob jemand sie fortwährend mit Blicken durchbohren würde. Jemand im Publikum. Sie kannte dieses Gefühl von Studiobesuchen von Verwandten oder Freunden – es war ungewöhnlich, aber sie konnte aus den vielen Menschen immer herausfühlen, wenn jemand nur sie lange ansah und nicht einfach der Show folgte.

Als der Schnitt den Moderator in Großaufnahme hatte, weil er die Kandidaten ansagte, drehte sie sich schnell auf ihrem Drehstuhl halb um zum Publikum. Sie sah nur Pappschilder – »Sebastian, gib alles!« oder »Chantal – simply wow!« – das waren die Fangruppen zweier Kandidaten, die direkt hinter ihr saßen. Mittendrin: ein einzelner, gut aussehender männlicher Lockenkopf, Mitte 20, der sie anlächelte. Als sie einen Moment zu lange in seine Richtung sah, strahlte er auf einmal wie ein Honigkuchenpferd und hielt ganz schnell ein Blatt Papier hoch, abgerissen wie aus dem Ringbuch eines Studenten (was er wahrscheinlich war). Mit Edding stand da und fast noch mit Kinderschrift gekrakelt: TANYA 4EVER! Und darunter: ICH BIN NILS! und ein schwarzer Pfeil, der auf den immer noch grinsenden Zettelhalter deutete. Offensichtlich ein fröhlicher Fan mit wenig Geld für einen echten Pappkarton, aber wenigstens nicht wie sonst ein 17-jähriges Mädchen, das später mal sein wollte wie sie.

War er es, den sie spürte? Aber das Gefühl war negativ, nicht positiv. Sie beschloss, dem Lockenkopf trotzdem freundlich huldvoll zuzulächeln – und er drehte doch tatsächlich den Zettel um, und auf der Rückseite stand eine Handynummer. Aus Tanyas Lächeln wurde ein Grinsen. Das war schon wieder süß in seiner Unverfrorenheit. Sie drehte sich um. Das ungute Gefühl in ihrer Magengegend war verschwunden.

»Und hier sind sie – unsere Kandidaten!«, brüllte der Moderator, als würde er gerade den neuen amerikanischen Präsidenten verkünden.

Tanya nahm ihren Stift, unterpunktete den Namen Xena wie beim Diktat in der Schule und setzte wieder ihr professionelles Strahlen auf. Die Gladiatoren betraten die Arena.

KAPITEL 5

Sascha sprang jubelnd in die Höhe, als der Moderator am Ende der Sendung endlich seinen Namen sagte. Er war sich eigentlich sicher gewesen, wirklich sicher, denn bei Robbie Williams »Feel« konnte nichts schiefgehen. Das war sein Mottosong. Er hatte ihn jahrelang bei jeder Karaoke-Party, jedem Klassenfest und auch bei seinen ersten Profi-Auftritten mit der Popschlagerband gesungen. Jede Note saß. Und trotzdem hatte er gezittert, während er zum ersten Mal bei der Verkündung des Telefon-Votings stand, wie seine neun Mitkandidaten den Kopf leicht gebeugt, angespannt. In der ersten Show rauszufliegen war eine absolute Blamage. Dann hätte er die Stadt verlassen müssen! Aber Gott sei Dank hatte es schließlich Ayleen erwischt, die üppige Strippertante aus Erfurt. Ihr »Material Girl« war aber auch eine Frechheit gewesen, nicht nur gegenüber Madonna, sondern auch gegenüber Marilyn Monroe, deren »Diamonds are a Girl's Best Friends«-Choreografie Ayleen bei ihrer Nummer genauso zitierte wie Madonna in ihrem alten Video, sie dann aber mit einer überraschenden Stangentanz-Einlage garniert hatte, die an Peinlichkeit nicht zu überbieten gewesen war. Wann waren die Worte »Tiffany's« und »Cartier« je kopfüber von einer Stange hängend gehaucht worden und danach ein sogenannter »Drop« vorgeführt worden, bei dem Ayleen zehn Zentimeter vor dem harten Studioboden mit dem Kopf gerade noch abgestoppt hatte? Sportlich exakt. Das war das Einzige, was man Positives darüber sagen konnte.

Na ja, man schon, Marco dagegen hatte – nicht überraschend – weitere lobende Worte gefunden: »Ayleen, ich finde, das war eine gute Performance von euch Dreien!« Aber Tanya und Pitterchen waren streng dagegen gewesen, und das Publikum mochte auch den Spagat am Schluss nicht. Also – adieu Ayleen und zurück ins Sexyland nach Erfurt!

Härtere Konkurrenz für Sascha war aber schon klar zu erkennen gewesen: Gothic-Prinzessin Xena hatte eine Mörder-Rockstimme, und ihre Version von »My Immortal« von Evanesance war der Hammer gewesen. Ebenso Rapper Mike Ds Electro-Version von »No sleep till Brooklyn« – leider gut! Und dieser niedliche Schwiegersohn Sebastian war bestens beraten gewesen mit seinem James-Blunt-Schmusesong. Es profitierten natürlich alle davon, dass sie heute ihre persönlichen Hits aus den Vor-Castings singen durften – die erste Mottoshow war erst nächste Woche. Lilly und Uwe waren ebenfalls solide mit ihren Folk- und Rock-Styles, aber die brave Lilly schien sich unwohl zu fühlen in ihrem sexy Styling, und Uwe kam sogar über die Kamera so unsympathisch rüber, dass man sich da im Endeffekt keine Sorgen machen musste. Gefährlich waren natürlich wie immer die Freaks: Fatima hatte ein eher dünnes Stimmchen – aber Nenas »Irgendwie Irgendwo Irgendwann« als Aufruf zur religiösen Toleranz zu singen, war natürlich schlau. Alle Multikulti-Herzen im Publikum schlugen höher, und es hagelte Jurylob und Punkte für die Muslima. Transe Chantal hatte ihre 1,90 m Körpergröße mit pinker Paillette an Kleid und Plateauschuhen aufgedonnert zu einem schwulen Eiffelturm – sie hatte in ihrer Garderobe so viele verschiedene Perücken und Kostüme, dass Sascha am ersten Tag ihr Zimmer mit dem Kostümfundus verwechselt hatte. Sie machte natürlich alles mit Attitude statt mit Stimme – das war eher ein gepflegter Damenbass –, aber auch da war die Liedauswahl perfekt gewesen. »I am what I am« plus den knackigen Jungs vom Ballett, das hatte gesessen! Und natürlich ihre Tränen, als Marco bei der Jurybewertung sie mit »Ob Mann, ob Frau, das weiß bei dir keine Sau« anfuhr und Tanya und sogar Pitterchen zu ihrer Verteidigung eilten – Letzterer mit einer leicht merkwürdig pathetischen Rede über »de eschte Kölner Toleranz«.

Der Freak »Mephisto« schließlich hatte die ganz große Horrorshow gebracht: »Nights in White Satin« mit einem Käfig voll echter Tauben, denen er drohte, den Hals umzudrehen (einer Plastiktaube hatte er dann auch stilecht den Kopf abgebissen). Das brachte natürlich viele Buhrufe und Skandalgeschrei, also solide Anti-Punkte. Wenn der damit so weitermachte, hätte das den Eurovision-Song-Contest-Lordi-Effekt und er könnte ziemlich weit kommen. Ansonsten: Das erste Mal war für Sascha geil gewesen! Er hatte die Kameras »gefickt«, wie er sich das vorgenommen (und Britney, Madonna, Gaga versprochen) hatte, und er hatte im schönen Wechsel süß, seelenvoll und starmäßig cool geguckt. Sein Hüftschwung war deutlich, aber nicht dreckig gewesen; sein Outfit unschuldig weiß und aufregend eng an den richtigen Stellen. Er hatte sein Konzept »Robbie meets High School Musical« gut verkauft. Und vor allem: Er war weiter!

Den Schlussapplaus und das Drängen und Schreien der Fotografen konnte er schon wieder richtig genießen. Er schob sich geschickt nach vorne zwischen Engel Lilly und Schwiegersohn Sebastian und lächelte in die Kameras.

Jeder Zentimeter hier war wichtig. Die Fotos würden ins Internet kommen, und auf die Fanseiten der Sendung. Anhand dieser Fotos würden sie weiterdiskutieren, die Zuschauer – und vor allem Zuschauerinnen. Welcher Kandidat wie performt hatte, wie wer angekommen war und wer wie aussah. Das würde den Zustrom von Telefonanrufen von Woche zu Woche bestimmen. Diese Fotos waren extrem wichtig. Und die Fotografen wussten das natürlich. Ohne Respekt und Stil brüllten sie die Namen der einzelnen Kandidaten (die sie wenigstens schon kannten, da hatten sie ihre Hausaufgaben gemacht) und welche Pose sie sich von ihnen wünschten. Das Ganze hatte etwas von Viehhändlern bei einer Schweineauktion kombiniert mit notgeilen Matrosen beim Puffbesuch.

»Lilly, mehr Schmollmund, Mike D, mehr aggro und Ayleen, traurig, weil du bist ja RAUS, aber sexy!« Die Kommandos flogen durch die Luft, und nur eine winzige Kordel, zwei Securityleute und zwei PR-Leute der Sendung hinderten diese Horde von blitzenden Büffeln am Vornüberkippen.

»Sascha, sexy!« Das war kein Problem für den Robbie

Williams des Abends, den Blick hatte er drauf, seit er seine erste Webcam an seinen PC geklebt hatte. »Aber nicht so schwul!« Das war schon weniger einfach. Besonders, weil er fühlte, wie Sebastian neben ihm sich verkrampfte und Lilly sich immer weiter zurücklehnte, um sich aus dem Getöse zurückzuziehen.

»Xena, meine Kleene, mach mal wat Böses!« Der gröbste und lauteste der Fotografen, offenbar ein Berliner, wagte es, der gotischen Königin der Nacht Kommandos zu geben. Aber überraschenderweise folgte sie dem Befehl, biss auf einmal Sebastian scheinbar ins Ohr, zog hinter Saschas und Lillys Kopf böse Gesichter und schob sich schließlich vor und breitete ihr Samtcape so aus, dass die anderen völlig in den Hintergrund traten. Sascha verschwand sogar fast hinter dem Cape, und als er versuchte, lustig darunter hervorzulugen, rammte ihm diese Addams-Family-Kuh doch wirklich den Ellbogen in seinen Magen. Sebastian blieb hilflos stehen, Lilly nutzte die Chance und verpisste sich genauso schnell wie Mephisto, während die anderen unauffällig versuchten, Xena wieder in ein Gruppenfoto zu bändigen.

»Det is meine Xena, die jibbt Gas!«, schrie der Berliner und fotografierte nur noch die schwarze Pop-Mamba, bis die auf einmal anscheinend keine Lust mehr hatte und abrauschte. Sascha hatte noch Energie für eine letzte sexy Pose mit Fatima, natürlich nicht zu sexy neben dem Kopftuch, aber weniger schwul, und dann gaben die PR-Leute das Zeichen zum Abgehen und alle trollten sich, während die Fotografen schon ihre Displays kontrollierten.

Auf der kurzen Aftershow-Party (es war eher ein Wassertrinken im Stehen in der Kandidatengarderobe als eine Party, fand Sascha) wurden neben viel Lob durch Freunde und Verwandte vor allem Taschentücher für Ayleen verteilt und brandneues Merchandising von Marco verschenkt. Pappmasken mit seinen Augen, Stirn und blond gefärbtem Struwwelkopf darauf und einem weiteren seiner Hit-Sprüche »IQ macht auch nicht geil!« auf die Pappstirn gedruckt. Sascha versuchte noch ein paar Sätze mit Sebastian zu wechseln, denn a) war der echt niedlich und b) so schüchtern, dass man ihm kollegial ein bisschen aus dem Quark helfen musste (natürlich nicht zu viel, Konkurrenz blieb Konkurrenz). Und nachdem diese Maskentussi ihn ja nun schon geoutet hatte, war die Zeit vielleicht reif für eine schwule Lovestory hinter den Kulissen der Show, durch die BILD unters Volk gebracht. So à la »Boyliebe im Proberaum«. Obwohl – über Sebastians Orientierung war sich Sascha auch am Ende des Gesprächs nicht sicher – seine Hobbys waren Modellbau (hetero) und Cembalo (schwul). Seine Lieblingsstars Elvis (hetero) und Mariah Carey (schwul, schwul). Und auf Saschas Nachfragen zu Sebastians Liebesleben kam nur ein schüchternes »Ich bin allein« und »Gute Nacht«.

Sascha sah sich nach den anderen Kandidaten um. Die meisten waren schon weg, Mephisto war natürlich gar nicht auf der Party aufgetaucht, direkt von der Bühne in irgendeine private Hölle verschwunden, und wenn das ein Reihenhaus im Bergischen Land war. Auch Xena hatte sich nicht die Ehre gegeben – vielleicht waren die beiden schwarzen Schafe ja zusammen auf die jeweiligen Besen gestiegen. Lilly war mit ihrer absurden Showmutti (in Mauve!) abgezogen, nachdem sie jedem anderen Kandidaten die Hand gegeben hatte, Ayleen mit ihrer ausfahrbaren Tanzstange und unter Tränen gegangen und Fatima mit Vater, Mutter, Brüdern und Imam davonstolziert und Chantal mit großer Chanel-Brille abgerauscht. Nur Mike D und seine prollige Rapper-Freundesclique belästigten noch die Frau vom Catering, und Rocker Uwe saß mit seiner hässlich blondierten Frau und drei (!) Kindern da und trank stumpf Bier. Mit 40 noch Popstar – na viel Glück dabei, dachte Sascha schnippisch. Vielleicht als »The singing Hartz-IV-Family«?

Er beschloss trotz aller Disziplin kurz im *Rainbow* vorbeizuschauen. Es war seine erste TV Show gewesen, es war seine super erste Show gewesen und das gehörte gefeiert!

Im *Rainbow* genehmigte sich Mausi Schmitz in diesem Moment schon das achte Kölsch und einen dritten Genever dazu. Endlich saß er nach der Arbeitsschicht auf seinem Stammplatz an der Bar und konnte diese Scheiß-Show eine Scheiß-Show sein lassen. Niemand in dieser Scheiß-Show arbeitete so viel wie er. Er war immer morgens der Erste, um alles vorzubereiten, und abends der Letzte, wenn sich die Dame und die Herren der Jury nach ihren Besprechungen und Betrinkungen endlich abschminken ließen. Mausi seufzte. Vielleicht sollte er doch noch mal den Job wechseln, seinen eigenen Salon aufmachen und diesen Pseudo-Stars und Starlets Tschö sagen. Die konnten doch nix. Das waren alles Laien, genauso wenig Ahnung vom Singen wie von Make-up. Diese blöde schwarze Krähe mit ihren blauen Lippen und den grauenhaften Haaren war auch noch weitergekommen! Dabei hatte er Madame Tanya sogar einen lustigen Tipp gegeben, indem er den Namen der Gothic-Tussi auf dem Juryzettel kurz vor der Show durchgestrichen hatte. Aber nein: Loben musste die sie noch für ihr Gejaule! Das würde er ihr heimzahlen.

Mausi Schmitz sah sich um. Das *Rainbow* war wie immer rappelvoll, Hunderte von Feierwütigen drängten sich an der schmalen Bar. Die Kneipe war berühmt dafür, dass sie das ganze Jahr über Karneval feierte. Zuerst nur proppenvoll in der närrischen Zeit, war das Rezept »Schunkeln, Schmusen, Schnäpse« so gut angekommen, dass die Wirte dieses schwul-lesbischen Bumslokals das Ganze kurzerhand über das Jahr ausgeweitet hatten. Nun gab es jeden Tag, ob Sommer, ob Winter, ob Pfingsten, ob Erntedankfest Karnevalslieder, Karnevalsküsse und Karnevalskotzen. Sogar Kostüme tauchten mitten im Jahr plötzlich auf. Meistens »Matrose«, aber ab und zu auch »Bauarbeiter« oder »New Yorker Cop«. Oder – wie Mausi am Tresen gegenüber bemerkte – Teufelchen.

Mausi prostete dem Barkeeper aufmunternd zu, der drückte eine Taste auf seinem Laptop, und nun setzte Mary Roos' Schlager »Einmal um die Welt« ein, ein absoluter Hit in diesem Lokal und eines von Mausis Lieblingsliedern. Dieses Lied führte immer rituell dazu, dass Gäste und Gästinnen die Deckenlampen anschubsten, dass Runden des beliebten Hausschnaps bestellt wurden und auf jeden Fall eingehakt und geschunkelt wurde. Mausis Laune hob sich zwei Lidstriche. Mary Roos, das war noch ein echter Star! Die konnte richtig singen und sah immer top gepflegt aus! Und das seit vielen, vielen Jahren! Darauf noch einen Genever! In einem Anfall von Schlager-Menschenliebe prostete Mausi sogar Kandidatin Chantal mit dem Schnapsglas zu, die im hinteren Bereich des Lokals Hof hielt. Die Transsexuelle war wie Mausi Stammgast des Lokals, aber sie war hier schon immer Königin gewesen, während Mausi es nur bis zum Status »Hofstaat mit Alkoholproblem« gebracht hatte.

Nachdem Chantal bei *MS 3000* angenommen worden war, war ihre Aura im *Rainbow* natürlich endgültig ins Göttinnenhafte gestiegen, und so würde sie wohl in den nächsten Wochen jede Liveshow im Nachhinein hier feiern, ob Sieg oder nicht.

»Erst Vollfrau, dann Superstar!«, stand auf Chantals engem pink glitzerndem T-Shirt, das sie schon wieder etwas zu hoch gezogen hatte, so stolz war sie immer noch auf ihre neuen teuren Brüste.

»Einmal um die Welt, einfach reisen, wo es uns gefällt …«, sang Mary Roos, und Chantal und Mausi sangen lauthals mit, so lange, bis sich plötzlich ein großer Mann durch das Lokal schob, der völlig fehl am Platz wirkte. Anzug und Krawatte hatte hier niemand an, die Uniform war enges Label-T-Shirt und Jeans. Und Mausi wunderte sich, so weit er sich nach so viel Alkohol noch klar wundern konnte. Dass der PR-Fuzzi Peter de Bruyn auch schwul war, hätte er nie gedacht. Der wirkte doch immer so macho. Aber man täuschte sich heutzutage ja oft, kicherte Mausi plötzlich albern in sich hinein.

Als er wieder in Peters Richtung schaute, war der verschwunden. Und Chantal auch. Vielleicht war Herr de Bruyn einer dieser Transen-Liebhaber – da gab es auch immer mehr davon, das hatte Mausi irgendwo gelesen. Na ja, leben und leben lassen. Mit jedem Schnaps wurde sogar Mausi Schmitz gnädiger. Noch zehn Genever und er hätte sogar etwas Nettes über Tanya Beck gesagt. Aber erst blieb ihm Mary Roos: »Wir tanzen Samba, bis der Morgen erwacht, wir vergessen die Nacht, weil nur die Liebe zählt ...« An dieser Stelle wurde Mausi immer traurig. Weil Liebe – Liebe gab es bei ihm schon lange nicht mehr. Die Katzen vielleicht, aber sonst ... Liebe war lange her. Als er im Fernsehen angefangen hatte, vor so vielen Jahren ... ja, er kannte einige der Herrschaften aus Zeiten, als sie noch Kabelhilfen gewesen waren. Und aus anderen merkwürdigen Jobs am Rande der Legalität ...

In diesem Moment schob ihm der Kellner ein Tablett rüber mit einem extragroßen Genever. »Für dich, Mausi! Direkt von da drüben!«

Mausi Schmitz starrte sturzbetrunken über den Tresen auf die andere Seite der Bar in das Gesicht von Marco Deutz.

Das gab es ja gar nicht! Was machten denn all diese Leute aus der Show heute hier? War im *Rainbow* etwa die inoffizielle Aftershow-Party? Na, das würde ja gut zu einer schwulen Kneipe passen! AFTER-Show. Mausi muss-te sich fast bepissen vor Lachen. »Isch kann ni mi!«, rief er über den Tresen und hob das Glas. Er kippte den Drink und bemerkte dann schließlich doch, dass es sich um eine Marco-Maske handelte, die sein Gegenüber trug, samt Spruch auf der Stirn. Ach so, na klar, dachte Mausi, Mar-co würde nie im Leben ein polysexuell perverses Lokal betreten, das hätte ihn jetzt auch gewundert.

»IQ macht auch nicht geil« – ja, da war was dran. Dank-bar winkte er über die Bar, doch die Spendierhosen scho-ben sich schon wieder zurück ins Getümmel. Auch egal. Mausi Schmitz fühlte sich plötzlich sehr müde. War ein langer Tag gewesen.

Mary Roos, das war noch ein echter Star! Wie eine trä-ge schillernde Seifenblase stieg dieser Gedanke wieder in ihm hoch, während ihm die Füße versagten, sein Puls plötzlich raste und er sich erschrocken in die schunkeln-den Arme um ihn herum fallen lassen musste.

WOCHE 2:

LOVE IS A BATTLEFIELD
Die 80er Jahre

E-Mails an die Produktion nach der Sendung, Auszüge:

Fatima, weiter so!
Auch mit Kopftuch kann man Popstar sein!
Jennifer19

Hey, Mike D, altes Haus! Lass die Sau raus!
Ulle

Chantal, you're the glam queen! Let it shine!
Deine Rainbow Girls

Diese TV Sendung ist eine Schande.
Schamlose Dinger produzieren sich.
Was hat das mit Singen zu tun?
Ein entsetzter Exzuschauer!
Gregor-Martin Meyer

KAPITEL 6

Sascha war in dem kargen Probenraum der Produktion absolut in seinem Element. Er liebte die 80er und alles, was damit zu tun hatte, und das Motto der Liveshow dieser Woche war wie für ihn gemacht. Er hatte sich sogar eigenständig ein Schweißband in Neonpink und Legwarmers in Neongrün besorgt, um schon bei den Proben das nötige Flashdance-Feeling zu verkörpern.

Kurz vor einer Jennifer-Beals-Lockenperücke hatte er abgestoppt, aber die hatte Chantal übernommen, und nun lagen sie beide am Boden, bereit für den Beginn der gemeinsamen »What a feeling«-Choreografie, die den Anfang der Show machen würde. Sascha konnte nicht länger an sich halten und intonierte jetzt schon laut und a cappella in Richtung einer imaginären Kamera: »First when there's nothing but a slow glowing dream …«

Die Machos Mike D und Rocker Uwe starrten ihn mit ekelverzerrten Mienen an, aber das war ihm egal. Es würde eine gute Woche werden, da war er sich ganz sicher. Der Tod von Manfred »Mausi« Schmitz hatte ihn merkwürdig kaltgelassen. Die Aufregung im *Rainbow* Samstagnacht war natürlich groß gewesen: die Entdeckung des zusammengesackten toten Stammgastes am Tresen, der schnelle Aufmarsch der Polizei, die Befragungen aller Besucher bis in die frühen Morgenstunden. Aber schon am Sonntagnachmittag war die Story überall rum gewesen, schlechtes MDMA, die fieseste und neuste Partydroge aus dem erfinderischen Amerika, hatte zusammen mit einer halben Flasche Genever das mürrische Herz der TV-Fachkraft wohl ins Stocken gebracht. Und da Mausis letzte Zuckungen beim Infarkt von den Umstehenden leider mit notgeilen Schunkelversuchen verwechselt worden waren, verstrichen die entscheidenden fünf Minuten, in denen man ihm noch hätte helfen können. Am Sonntagabend schon war nach einer verkrampften Trauerminute für »unseren lieben Manfred« die Karnevalsmusik im Lokal wieder angeschmissen worden. Und wie Saschas Gang ihm postete, knutschten um elf Uhr wieder neu gegründete Paarungen genau an der Stelle des Tresens, an der weniger als 24 Stunden vorher ein Mensch aus dem Leben geschieden war – zu dem Kuschelrockklassiker »Sailing« von Rod Stewart.

»Das Leben ist ein ewiger Strom, die große Göttin gibt, und die große Göttin nimmt«, betonte Chantal in einem Interview, das sie vor dem *Rainbow* gegeben und das Sascha auf Youtube studiert hatte. »Mausi ist jetzt direkt aus dem *Rainbow* – over the rainbow!« Sie hatte ihr kostenloses PR-Schnipselchen genutzt, um mit einem großen Augenaufschlag ihrer Glitzerlider und einer gespielten Träne die Arme anklagend gen Himmel zu reißen und in eine unangeforderte Version des Judy-Garland-Songs einzusteigen.

Die Clickzahl dieser Videos war erstaunlich hoch. Sascha war plötzlich klar geworden: Diese Kuh hatte es echt drauf. Er würde sehr genau auf sie aufpassen müssen.

Deshalb zwinkerte er ihr jetzt auch verschwörerisch zu, während nun alle Kandidaten unter Aufsicht einer sehr berühmten und sehr dürren Choreografin aus New York die »Flashdance«-Choreo probten. (Warum waren nur alle »berühmten« TV-Choreografen und Choreografinnen, die in Deutschland arbeiteten, AUS New York und arbeiteten nie IN New York, fragte er sich.)

Lilly neben ihm ging anmutig in die Pirouette, während Gothic-Queen Xena rollengemäß aufmuckte. »Ich bin Sängerin und keine Hupfdohle!«, zischte sie der sehnigen Tanzlehrerin ins Gesicht. »Ich mach so was nicht!«

»Dann bist du eben nicht im Opening der Show!«, zischte es professionell zurück.

Ein kurzes Abwägen hinter all ihren Drachentätowierungen – dann traf Xena ihre Entscheidung und fügte sich in die verhasste Chorus-Line.

»Five, six, seven, eight …« Und los ging es wieder mit dem berühmten Tanz des Blitzes.

In der nächsten Pause ließ sich Sascha absichtlich unabsichtlich neben Sebastian fallen. »Hast du von der Sache mit dem Maskenbildner gehört?«, fragte er und hatte nicht wirklich ein schlechtes Gewissen, dass er Mausi posthum zu einem Flirtversuch benutzte. »Schrecklich, oder?«

»Ja furchtbar.« Sebastian, der sogar im verschwitzten Shirt aussah wie das personifizierte Schwiegersohnklischee, antwortete erwartungsgemäß. »Es tut mir so leid. Ich habe die ganze Nacht lang für ihn gebetet.«

»Du hast …?« Leicht verwirrt versuchte Sascha zurück ins allgemeine Flirtgebiet zu kommen. »Betest du oft? Ich meine, ich bin nicht so religiös, also bestimmt nicht mehr als Madonna bei ›Like a prayer‹.«

Sein Gegenüber schien plötzlich kurz aufzuwachen. Er musterte Sascha intensiv. Dann sagte er schließlich: »Das Lied kenn ich nicht.« Sein Blick senkte sich wieder ab, und er starrte wie gewohnt zu Boden. »Der Typ tat mir nur leid. Gehst du auch morgen zur Beerdigung?«

Sascha wäre nie auf diese Idee gekommen, aber ein Date mit diesem mysteriösen Schnuckel, und sei es auf einem Friedhof, würde er bestimmt nicht ausschlagen. »Aber ja!« Er bemühte sich um ein sensibel wirkendes Lächeln. »Ich geh auf jeden Fall hin!«

»Je mehr tote Schwuchteln, desto besser!«, keuchte es plötzlich von hinten in Saschas Nacken. Dem Geruch nach hatte Uwe, der ehrliche Rocker, sogar schon am Montagmorgen um zwölf ein ehrliches Bier intus und seine Aggressionen nicht mehr im Griff. »Nur eine tote Schwuchtel ist eine gute Schwuchtel!« »Dann pass nur auf, dass eine sehr lebendige Schwuchtel dir nicht den Sieg abkauft und dich zurückbefördert in den Fascho-Hartz-4-Zoo, aus dem du entlaufen bist!«, gab Sascha schnell zurück und zog sich, so gelassen er konnte, die Legwarmers hoch. »Und wenn du keine Schwuchteln magst, bist du im Showbusiness sowieso schlecht aufgehoben …«

»... sogar Rammstein ficken sich in den Konzerten dauernd in den Arsch!«, sekundierte plötzlich Chantal. Sie schien die Konflikte irgendwie zu riechen, steuerte darauf zu wie das Navi auf die nächste Autobahn. Dieser Allianz aus Schlagfertigkeit und einem sehr billig riechenden Parfüm von Christina Aguilera, das Chantal literweise benutzte, war Uwe ganz offenbar nicht gewachsen. Er trollte sich in die Männermotzecke zu Mike D, nicht ohne vorher noch in Richtung der transpirierenden Transe und Sascha ausgespuckt zu haben. »Wir Mädels müssen zusammenhalten, stimmt's?« Mit großer Geste drückte Chantal Sascha an ihren teuren Busen und küsste seine nassen Locken. Erst als Sascha wieder aus dem glatten Silikontal auftauchte, bemerkte er die Kamera, die Chantal aus den Schultern zu wachsen schien und jeden Moment der Auseinandersetzung mitgefilmt hatte. Und aus den Augenwinkeln sah er, wie Rocker Uwe seinen Daumen in die Höhe reckte und Chantal zunickte, während sie anmutig davonschwebte.

Sascha kniff innerlich fluchend den Arsch zusammen. Mist – so medial geschickt war er schon lange nicht mehr verladen worden! Jetzt war er zusammen mit Madame als kleines schwules Würstchen im Bild, das diese Symbiose aus Rosa und Luxemburg vor dem bösen Buben gerettet hatte. Das war ja nun sonnenklar, wem das beim Zuschauer Punkte bringen würde.

Er sah sich Hilfe suchend zu Sebastian um, aber der war schon längst aus dem Probenraum verschwunden. Nur die stoische Fatima saß noch am Boden, kaute Kaugummi und starrte ihn muffig an. Langsam blies sie eine zähe, rosa Blase auf und ließ sie zerplatzen.

What a feeling, dachte Sascha.

KAPITEL 7

In ihrem Fitnessstudio »First Floor« schwitzte zur selben Zeit Tanya in ihr sogenanntes »Tarnoutfit« hinein – eine mehrlagige Vermummung, in der sie, so weit das ging, unerkannt und unbehelligt trainieren konnte. Mit Käppi, Indoor-Sonnenbrille, Kapuze überm Käppi und so viel Baumwolle am Leib, wie die Ernte eines mittleren Feldes in Texas hergab, schwitzte Tanya zwar immer wie ein Yeti in der Sahara, aber das war ja auch der Sinn der Sache.

Die »Sache« war natürlich das Beibehalten ihres Gewichtes und damit ihres Marktwertes. Die Waffe dazu war der sogenannte »Stepper«, ein Abfallprodukt aus Guantanamo, wie Tanya immer behauptete, eine ewige Treppe ins Nichts. Tanya lief diese Treppe, deren Stufen real sicher einmal auf die Spitze des Kölner Doms und zurück führen würden, jeden Tag. Immer 30 Minuten, immer in diesem Luxusfitnessklub und – trotz Barbra Streisand auf ihrem iPod – immer mit schlechter Laune. So oft sie sich auch motivierte, dass das Training gesund sei, sie sich hinterher fit und fröhlich fühlen würde und es ab und zu auch wirklich knackige Kerle in engen Shorts im Studio zu sehen gab, nichts half gegen die grundsätzlich schlechte Laune, die sie befiel, sobald sie auf die erste Stufe der

Höllenmaschine trat. Seit Jahren schon träumte sie davon, das Ding an ihrem 50. Geburtstag feierlich in die Luft zu sprengen. Und dann genau so viele Eisbecher zu vertilgen, wie sie sonst Stufen klettern musste.

Während sie so in Hass versunken Barbras klassischem Schmalzalbum »Guilty« lauschte, schob sich ein weiteres Hassobjekt von links in ihre Optik. Peter de Bruyn betrat tatsächlich das Laufband neben ihr und joggte, entspannt lächelnd und mit einer Wasserflasche in der Hand, los. Tanya jaulte innerlich auf. Nicht nur, dass sie überhaupt keine Lust hatte, ungeschminkt und schwitzend von irgendjemand aus der Arbeit gesehen zu werden – gerade Peter mit seinem zu jugendlichen Abercrombie & Fitch-T-Shirt und der Gelassenheit eines Jagdhundes nach erfolgreicher Fuchsjagd war nun wirklich der Letzte, den sie neben ihrer Treppe entlanglaufen sehen wollte. Denn jetzt musste sie auch noch reden.

»Hi Tanya!« Prompt schallte er mitten in »A woman in love« hinein. »Wusste gar nicht, dass du hier Mitglied bist. Ich hab diese Woche erst gewechselt. Teuer, aber schick hier.«

Mist, dachte sie, jetzt musste sie auch noch das Studio wechseln. Die Vorstellung, hier jeden Tag neben Peter de Bruyn auf der Matte zu stretchen, verursachte ihr Übelkeit. Sie entschloss sich zu einem freundlichen Nicken.

»Habe eben die Mike-D-Story mit seinen Vorstrafen freigegeben. Wir brauchen bis Samstag volles Feuer auf allen Kanälen!«

Warum nur mussten Medienmänner wie Peter immer

Bilder aus dem Krieg verwenden? Ach, sie vergaß, im PR-Geschäft war man ja beständig im Krieg. »Nur kleinere Delikte, zweimal Diebstahl, eine Schlägerei, nichts, was die Fans einem Gangster Rapper nicht verzeihen. Aber er liegt sonst in den Umfragen gerade in Hinsicht auf Gothic-Girl Xena zu weit hinten.«

Interessierte sie das? Tanya hatte sich schon seit längerem daran gewöhnt, mit Verbrechern auch vor der Kamera zusammenzuarbeiten (sie hatte schon Heiratsschwindler und Zechpreller interviewt, falsche Adelige und Kredithaie – alles im Sinne der Aufklärung des mündigen Bürgers), aber das deutsche Popkonzept »Gangster Rapper« war ihr immer noch ein bisschen fremd. In Deutschland war das »Getto«, aus dem diese Jungs stammten, ja meistens ein bürgerliches Reihenhaus in der Vorstadt. Und die »Crimes« nur eingetretene Zigarettenautomaten statt Pistolenschüsse auf feindliche »Gangs« …

Was ja auch besser so war.

Sie warf einen Blick auf die Anzeige an der Treppe ins Nichts. Noch drei Minuten. Gleich wäre sie Herrn Murdoch neben sich los.

Sie beschloss ihn auf die pseudokollegiale Art abzuwimmeln. Freundlich final. »Ich bin gleich durch. Hast du denn noch mehr gegen ihn in der Schublade, oder war es das?«, fragte sie. »Ziehst du kurz vorm Finale etwas aus der Tasche, um jemand anderen nach vorne zu bringen?«

Peter de Bruyn grinste und schaltete sein Laufband um eine Stufe hoch. »Nice try, babe! Aber wenn ich dir alles zeige, was ich in der Schublade habe, möchtest du vielleicht nicht mehr dein süßes Lächeln in die Kamera lächeln. Und das brauchen wir ja noch …« Er senkte seine Stimme ins Noch-Vertraulichere: »Kleine Geschichte am Rande zu deinem Cool-down … der Mutter/Tochter-Double-Act war heute bei mir im Büro … sie sind sauer, dass das dunkle Xenalein mehr Presse bekommt als die Wasserlilie und wollen alles dagegen tun. Sie haben mir sogar unmoralische Angebote gemacht …«

Jetzt musste Tanya wirklich dringend absteigen.

»Also nur die Mutti … machte einen auf Vamp, während die Tochter hochrot anlief … dabei wäre die Kleine eher mein Typ … ich bin ja kein Leichenschänder.«

Tanya konnte nur noch kurz nicken und sich in Richtung Damenumkleide davonmachen. »Eine Staffel noch!«, murmelte sie ihr Mantra, schaltete Barbra zur Unterstützung wieder hoch und sah deswegen den Typen im Personal-Trainer-Outfit zu spät. Prompt rumpelte sie mit ihm zusammen.

Na, toll. Das war definitiv nicht ihr Tag heute, obwohl er zugegebenermaßen sehr schnuckelig aussah. Extrem schnuckelig sogar.

»Meine Schuld! Ab zwanzig Kniebeugen kann ich nicht mehr klar denken«, sagte er mit einem halben Lächeln, das sie an irgendetwas erinnerte.

Sie murmelte eine Entschuldigung und erst, als sie zehn Minuten später im Dampfraum entspannte, fiel ihr plötzlich ein, woher sie ihn kannte – er war der Typ, der in der ersten Show hinter ihr gesessen hatte. Der mit dem schlecht geschriebenen Zettel und der Handynummer!

0172-8822700. Tanya verfluchte ihr Moderatorinnen-gehirn, das sich jede unwichtige Information sofort herunterzuladen schien wie einen Trojaner auf eine unschuldige Festplatte, aber wegen des wieder sehr netten Lächelns (und ja, okay, wegen seines sehr attraktiv aussehenden Körpers) beschloss sie, heute noch eine weitere Information zu laden. Auf dem Schild, das alle Personal Trainer des Studios vorstellte, stand unter dem Porträtfoto ein Name – Nils Lehmann.

Ein Fakt mehr oder weniger im Kopf – das hatte noch keiner guten Moderatorin geschadet, sagte sie sich und lächelte. Und immerhin sang der Typ nicht.

Zur Beerdigung von Manfred »Mausi« Schmitz kamen erwartungsgemäß nicht sehr viele Trauergäste. Der regnerische Donnerstag hatte noch sein Übriges dazu getan, aber auch bei strahlendem Sonnenschein wären die Fans des Maskenbildners nach seinem Drogentod sicher übersichtlich geblieben – dazu war er einfach zu wenig nett gewesen.

Tanya ertappte sich dabei, wie sie in Gedanken das Wort »Fans« und nicht das Wort »Freunde« verwendete. Sie war wirklich zu lange in der Castingshow-Mühle. Weswegen ihr vermutlich auch sofort die Top-Ten-Songs für Beerdigungen einfielen, und ganz kurz dachte sie sogar, dass es Mausi sicher gefallen hätte, wenn jetzt hinter seinem goldenen Sarg ein Gospelchor auftauchen und »I believe I can fly« anstimmen würde. Aber der Sarg war aus Buche und nicht aus Gold, und der Friedhof war

Köln-Hürth und nicht Los Angeles. Gospel war hier weit weg.

Mehr Pietät, Tanya! Sie musterte die kleine Gruppe von Trauernden, die sich um das Grab geschart hatten. Von der Produktion war wirklich nur de Bruyn gekommen, sicher weniger aus Trauer um Mausi als aus Kontrollsucht – seine glamouröse Moderatorin am Grab eines Drogentoten – das würde er sicher nicht so gerne in der Boulevardpresse sehen. Oder vielleicht besonders gerne – Tanya konnte das oft nicht mehr auseinanderhalten.

Ihre Jurykollegen waren ferngeblieben – Marco Deutz hatte einen riesigen hässlichen Kranz schicken lassen mit dem hier nun wirklich unpassenden Wort »Teamplayer«. Es bestand ja eher wenig Hoffnung, dass Mausi gleich aus dem Sarg springen und eine Cheerleading-Gruppe zum Lobgesang der Show anführen würde.

Pitterchen hatte ein Fass Bier geschickt mit der Aufschrift »Im Himmel jibt et kein Kölsch« – wo der Ur-Kölner Humor und wo der Wahnsinn anfing –, auch diese Grenzen verschwammen für Tanya immer mehr. Wenigstens hatten sich von den Kandidaten Sascha und Chantal eingefunden, wahrscheinlich aus Randgruppensolidarität, und sogar Sebastian und Xena – Letztere aber vielleicht nur, weil für sie Beerdigungen waren wie für andere Leute Geburtstage und der Friedhof eine passende Kulisse für ihr Samtkutten-Outfit abgab.

Vom *Rainbow* gab es eine kleine Abordnung plus Kranz mit Glitter und von den anderen Maskenbildnern und Maskenbildnerinnen der Show einen klassischen Kranz, der trotzdem irgendwie zu bunt aussah. Von Mausis Familie war nur ein unauffälliger Mann mittleren Alters gekommen, wahrscheinlich ein Bruder oder Cousin. Kurz hatte er Tanya, was Körperhaltung und Größe anging, an Mephisto erinnert, aber der wäre sicher auch hier in Anwesenheit einzelner Leute aus der Show im vollen Ornat aufgetaucht. Kurz ärgerte sich Tanya wieder über den Typen mit all seinen vertraglichen Sonderregelungen. Separate Proben während der Woche, im Outfit direkt in die Generalprobe, nach jeder Liveshow sofort verschwunden – sicher war es für die Quote besser, dass seine Identität ein Geheimnis blieb, aber dieses Gefühl, dass da immer ein völlig Fremder durch das Studio lief, gefiel Tanya einfach nicht. Er schien sich in der ersten Woche immerhin etwas mit Xena befreundet zu haben, vielleicht könnte sie aus der mal etwas über das »Phantom für Millionen« (de Bruyn) herausholen.

Jetzt stand die Prinzessin der Finsternis wie bei einem Videodreh in ihrer extralangen Kutte vor dem Grab und spielte oder hatte große Gefühle. Sie klammerte sich an einen Rosenkranz und murmelte dramatisch etwas zwischen einem Gebet und der Popgruppe Enigma vor sich hin. Irgendwie wunderte es Tanya, dass sie sich so viel Mühe gab, doch als plötzlich Peter neben ihr zuckte und aus dem Nichts ein Fotograf auftauchte, war die Sache klar. Das Biest benutzte wirklich die Trauerfeier des armen einsamen Herrn Schmitz zur eigenen PR! Und es war ausgerechnet der fieseste Fotograf, der derbe Berliner Olli Bräuer, der nun auch noch anfing, Xena leise Anweisungen zuzuzischen.

Gott sei Dank zog der Pfarrer in diesem Moment die moralische Notbremse und verbot sich jedes weitere Fotografieren auf seinem Friedhof.

Aber vielleicht hätte Mausi dieses letzte Showbiz-Intermezzo sogar gefallen, dachte Tanya, als sie zum Grab ging, um eine Rose hineinzuwerfen. Doch, ein bisschen Blitzlichtgewitter am Grab hätte Mausi sicher gefallen. Wenn schon kein Gospel.

Beim gemeinsamen Rückweg zu den Autos bemerkte Tanya, dass der kleine Sascha ziemlich blass um die Nase war. Entweder war das seine erste Beerdigung oder Mausi und er hatten sich doch besser gekannt. Oder vielleicht war er auch den sogenannten »Freizeitdrogen« nicht abgeneigt und hatte nun Schiss bekommen?

»Dieses neue Zeug ist verdammt gefährlich, weil man nie weiß, wie es genau gemixt ist. Nicht genug Recherche!« Peter de Bruyn schien ihre Gedanken gelesen zu haben und hakte sich ungefragt bei ihr unter. »Ich bleibe einfach bei dem guten alten Koks. Never mix, never worry!«

Tanya zog energisch ihren Arm weg und stöckelte in ihrem leider doch zu engen Trauerkostüm noch schneller auf ihre wartende Limousine zu. Gleich im Studio würde von Mausi Schmitz, seiner Arbeit und seinem Wesen nichts mehr zu spüren sein. »The show must go on« war ein Motto, das Tanya nicht mochte. Ein Todesfall in der Produktion sollte eigentlich die Kraft haben, eine Show auch mal für ein paar Tage in Trauer stillzulegen.

»Hast du was dagegen, wenn ich das Motiv mit dir am

Grab freigebe?«, schniefte hinter ihr der Drogenexperte aus Holland. »Du siehst toll aus in Schwarz!«

Tanya hätte kotzen können.

KAPITEL 8

Sascha hatte Sebastian nach der Beerdigung schlau auf einen »Drink für die Nerven« eingeladen und sich schnell eine einfache Studentenkneipe in der Nähe ausgesucht. Da er sich über Sebastians sexuelle Richtung immer noch nicht klar war, kam ihm die klassisch-muffige Umgebung von Schinkennudeln und alten Hollywoodpostern gerade richtig vor, um mehr über das stille Wasser herauszufinden. Außerdem waren sie immer noch Konkurrenten, und es konnte nicht schaden, so viel wie möglich über seinen potenziellen Gegner herauszufinden. Sascha kam sich ein bisschen vor wie Marco Deutz, der sein nächstes asiatisches Opfer in die Falle lockt. Nur würde der das sicher auf seiner legendären Jacht tun und nicht hier im »Krümel« unter den sehr strengen Augen von Humphrey Bogart und Buster Keaton.

Sebastian war bei der Beerdigung zehn Minuten zu spät gekommen und entschuldigte sich deswegen so ausführlich, dass Sascha sich wieder nicht sicher war, ob er gerade einen jungen Mann mit extrem guten Manieren oder einen totalen Nerd besser kennenlernen wollte. Aber nachdem Sebastian sich ein bisschen beruhigt hatte, kam doch ein ziemlich gutes Gespräch zustande.

»Du musst mehr aus deinen Haaren machen!« Okay, das war ein billiger Vorwand, aber egal. Er strich Sebastian durch die Locken. »Du hast doch ein gutes Volumen! Da muss nur Struktur rein!«

Sebastian lächelte süß und bescheiden. »Mir ist das Aussehen einfach nicht so wichtig wie dir«, erwiderte er und saugte an seiner Bionade.

»Aber der Look ist die halbe Miete.« Sascha warf sich zu Andy Warhol auf und war kurz davor, Sebastian die Fotos auf seinem Handy zu zeigen, auf der er selber verschiedene männliche und weibliche Glamourposen geprobt hatte. »Schau dir Mephisto an – das ist Look pur! Kein Talent, aber viel Verpackung!«

»Aber andere können richtig gut singen – Xena zum Beispiel. Oder Lilly.«

Damit hatte er recht. Und Sascha gleich zwei Hauptkonkurrentinnen reingedrückt. »Stimmt. Gegen so viel Stimmpower muss ich meinen ganzen männlichen Charme einsetzen! Ich meine – müssen *wir* unseren geballten männlichen Charme einsetzen … – oder?« Er sah Sebastian tief in die Augen, aber er konnte darin nichts erkennen. Weder Zu- noch Abneigung. Fünf Sekunden gingen vorbei und fühlten sich an wie eine halbe Stunde.

»Willst du noch was trinken?«, fragte Sascha. Er beschloss aufs Ganze zu gehen. »Ich bestell uns mal zwei Sekt …«

»Wie kannst du nur so sein?« Sebastian lehnte sich auf einmal straff zurück. »Am Sonntag noch trinkst du mit diesem Maskenbildner in einer Kneipe, gehst auf seine

Beerdigung, und jetzt bestellst du Sekt? Ich verstehe euch nicht.« Er sah auf einmal wütend aus.

Sascha war verblüfft. »Erstens war ich nur zufällig im gleichen Lokal wie er, und wir kannten uns kaum. Und zweitens: Wer sind denn bitte ›euch‹?«

Jetzt schien Sebastian all seine Kraft zu verlassen. Er sackte in sich zusammen, als ob jemand den Stecker gezogen hätte, und wischte sich Schweiß von der Stirn. »Na, ihr halt.« Er atmete schwer.

»Jetzt«, dachte Sascha. »Komm schon, mein Reh, hopp oder top?« Er sah seinem Gegenüber tief in die Augen und legte langsam seine Hand auf Sebastians, die schweißnass war. »Wer ist ›ihr halt‹?«

Sebastians Hand zuckte zurück wie elektrisiert. »Ihr – Perversen.«

Schon mitten im Wort sprang er auf und rannte panisch aus dem Lokal.

Sascha sank zurück in seinen Stuhl und war einen Moment völlig sprachlos. Dann lachte er schallend los. Das Wort hatte er nun wirklich lange nicht mehr gehört. Und schon gar nicht bei einem Treff mit einem Typ, von dem er sich etwas erhofft hatte. Wie hatte er sich nur so täuschen können? Das war tatsächlich ein totales Provinzei! Dieses Wasser war nicht nur still, es war flach! Meine Güte! Er bestellte sich allein den Sekt und ging das ganze Treffen im Kopf noch mal durch. So hatte ihn echt schon lange niemand mehr auflaufen lassen! Und das bei einem zukünftigen Superstar! Er schüttelte den Kopf und prostete sich selber in einem fast blinden Spiegel zu, der neben einem alten Spinnrad an der Wand gegenüber hing. Er lächelte. Doch dann wurde auf einmal etwas kalt in ihm. Diesem homophoben Arschloch würde er es heimzahlen. Aber richtig.

Die zweite Liveshow lief super, und Tanya vergaß im Scheinwerferlicht die ganze verquere Woche davor. Heute ging es um die 80er, und sie war in ihrem Element: Sie wippte und schnippte und lobte den ganzen Abend, als ob nicht Chantal, sondern Tina Turner persönlich vorgesungen hätte; Cindy Lauper selbst anstelle von Xena so viel »Girl Fun« gehabt hätte und die »ewige Flamme« der Bangles in der Originalbesetzung das Studio und die Geräte zu Hause zum Strahlen gebracht hätte und nicht Xenas glockenheller Sopran.

Selbst Tanyas Jurykollegen hatten sich heute von ihrer eigenen guten Laune anstecken lassen, zumindest ansatzweise: Marco hatte sogar zwei Mal gelobt (einmal Dekolleté, einmal Vortrag), und das Pitterchen hatte wohl in seinem alten Witzearchiv gekramt und zwei Gags aus den 80ern gefunden, die wirklich lustig und nicht nur obszön waren. Aber der König des Abends war Sascha gewesen, der mit seiner Version von Boy Georges »Do you really want to hurt me?« richtig abgeräumt hatte. Irgendwie hatte er heute die perfekte Mischung zwischen Körperspannung und echtem Gefühl drauf – und die Tatsache, dass er den zweiten Refrain überraschenderweise an seinen Mitkandidaten Sebastian auf dem Kandidatensofa rangesungen hatte, war sowohl vieldeutig als auch effektvoll gewesen.

»Superschwul, aber super!«, hatte sogar Marco zugeben müssen, und der geschockte kleine Sebastian konnte danach klar nur noch abstinken mit einem verzweifelten Bruce-Springsteen-Versuch, der vier Nummern zu groß für ihn war.

Eben kamen die Votings rein, und es sah nicht gut aus für den blonden Schwiegersohn, so viel konnte Tanya am Gesicht des Moderators schon ablesen, der gerade die endlose Urteilsverkündung vertragsgemäß so in die Länge zog, dass man die Quote förmlich steigen hören konnte. Niemand, das wusste Tanya nur zu gut, schaltete da draußen ab, wenn er zufällig in den Moment reinzappte, in dem scheinbar gleich das Urteil verkündet wurde. Deshalb zog und zog und zog man es in die Länge mit nochmaligen Rückblenden, mit Close-ups aller Teilnehmer inklusive ihrer anwesenden Angehörigen, Exlehrer und Haustiere und komplizierten »Zwei nach vorne ins Licht, aber das heißt noch nichts«-Choreografien, die völlig surreal waren. Spätestens an diesem Punkt der dreistündigen Show war für Tanya immer höchste Professionalität angesagt. Dafür bekam sie ihr kräftiges Gehalt: Sie musste in jeder dieser endlos langen Minuten der Kamera wechselnde Gesichter anbieten (Spannung! Unterstützung! Mitzittern!), während sie eh schon ziemlich sicher wusste, wer rausflog, innerlich seit einer halben Stunde aufs Klo musste und in der heißen Studioluft so schwitzte, dass jetzt jedes Kleid endgültig klebte und/oder juckte. Das hier war der Gipfel ihrer darstellerischen Kunst. Das Bayreuth ihres Daseins! Alles zwischen Melodrama und großer Oper in einer endlos langen heißen Sequenz! Die Hölle auf Erden.

Um sich abzulenken, sah sie in diesem Zeitraum oft ins Publikum. Sie versuchte sich einzelne Familienangehörige zu merken oder einzelne T-Shirts und Tafeln für zukünftige Kommentare zu memorieren (»Xena the witch, Chantal the bitch!« oder »Mike D is Danger!« oder »Uwe, du schaffst das!«) oder auf die müden Gesichter einzelner Kabelhilfen zu starren, um ihnen aufmunternd zuzunicken unter dem Motto: »Gleich ist es rum«.

Heute musste sie sich nicht lange umschauen, um bei Nils Lehmanns hübschem und wieder über alle Ohren strahlendem Anblick zu landen. Der Junge hatte es wirklich geschafft, in der Produktion einen Job als Lichtdouble zu bekommen! Er durfte jetzt während den Proben an den Positionen der »Stars« stehen, damit die eingeleuchtet werden konnten. Als Tanya heute ins Studio zur Probe kam, hatte er sie schon mit einem begeisterten »Wir kennen uns doch aus dem Fitnessstudio! Wer bin ich?« empfangen und sich dann ein Schild vor die Brust gehalten mit der Aufschrift »Chantal«.

»Na, das ist ja überraschend«, hatte sie erwidert, »ich dachte, Sie sind Nils Lehmann!«

Die Replik hatte zwar gesessen – er hatte nicht erwartet, dass sie seinen Namen kannte, das sah sie ihm an. Aber gleichzeitig hatte der Satz eindeutig ihre eigene Machtposition untergraben, und sie war innerlich wütend über sich zu ihrem Jurytisch geschlichen. Dieser Typ brachte sie irgendwie durcheinander. Er war zu hübsch, zu groß, zu jung. Und er war überall, wo sie auch war – war er nun Stalker, Fan oder hatte er einfach nur viel Zeit?

Jetzt im Moment stand er hinter Kamera zwei und zwinkerte ihr zu. Seine braunen Augen leuchteten wie die Lämpchen auf den Kameras, und seine Locken wippten im Beat des rhythmischen Dauerklatschens, das jetzt endlich zur wirklich, ehrlich, ALLERLETZTEN Entscheidung eingesetzt hatte.

Sie musste sich wieder konzentrieren.

»Und der von euch beiden, lieber Sebastian, lieber Mephisto, der heute Abend die Show verlassen muss, ist …« Der Moderator machte ein Gesicht, das er für dramatisch hielt, das für Tanya aber immer eher nach Verstopfung aussah.

»Es ist …«

Tanya wunderte sich ein bisschen, dass Mephisto so weit unten gelandet war. Vielleicht war seine Wahl »Unchain my heart« von Joe Cocker zu freundlich gewesen, zu wenig dämonisch und zu schwer zu singen.

»Es ist … es ist …«

Das ECHO!, dachte Tanya mit letzter Kraft.

Und dann endlich: »SEBASTIAN!«

Nun brach endlich das Schlussgewitter der Sendung los wie ein hysterischer Sommersturm. Alle Lampen drehten sich, der Hinausgeworfene weinte oder fiel gleich auf die Knie, der Verschonte sprang hoch in einer »Ich habe es doch noch geschafft! Ich bin nicht der allerallerletzte Dreck!«-Geste des falschen Triumphs, und die Juroren standen auf und gingen zu den beiden letzten Gladiatoren und bezeugten falsches Mitleid oder falsche Freude, während der Abspann schon lief und der Schlussapplaus donnerte.

Tanya entschied sich für Sebastian, weil ihr Mephisto immer noch eindeutig zu gruselig war. Während sie ihn umarmte, bemerkte sie, dass Sebastians ganzer Körper völlig steif und starr war. Unbeweglich und ohne eine Miene zu verziehen stand er anscheinend wie unter Schock oder – das fiel Tanya unwillkürlich ein – wie unter Gefrierbrand. Nur in seinen Augen – und die sah Tanya zum ersten Mal von ganz Nahem – brannte ein Feuer. Und dieses Feuer schien auf Sascha gerichtet zu sein, der gerade schnurstracks an Sebastian zum Fotocall vorbeiging, ohne den Verlierer eines Blickes zu würdigen.

»Alles okay, Sebastian?«, fragte Tanya wieder mit ihrer normalen Stimme, denn die Mikros waren schon abgeschaltet.

Sebastian sah sie an, als ob er sie zum ersten Mal wahrnehmen würde. »Alles okay«, sagte er. »Ist ja nur eine Show.«

»Ganz genau – aber eine affengeile Multimillionen umsetzende Mörder-Killer-Wahnsinnsshow!« Marco Deutz' goldberingte Pranke landete auf der zerbrechlichen Schulter des heutigen Opfers. »Du warst einfach nicht GEIL GENUG, mein Junge!« – und mit diesem aufmunternden Satz ging auch er zum finalen Foto des Abends. »Kommt Kinder, lasst die Deppen rein!«, schrie er in Richtung Tür, damit endlich die wartenden Fotografen ins Set gelassen wurden. »Et is noch immer jot jejange«, flötete das alte Pitterchen und legte den Arm um Sebastian, um auch ihn zum Foto zu schieben. »Aber jetzt müssen wir JANZ schnell dat Foto machen, dat Pitterchen brauch nämlisch en lecker Kölsch!«

Tanya stellte sich als Letzte in das Gruppenbild, das mit allen Kandidaten und Jurymitgliedern um den immer noch völlig regungslosen Sebastian herum arrangiert wurde. Eine Kordel wurde aufgespannt, und nun wurden wirklich die Studiotüren geöffnet, und die Fotografen rannten durch die leeren Stuhlreihen auf die Bühne zu wie die Stierherde in Pamplona. Tanyas Blick suchte kurz Nils Lehmann, aber sie konnte ihn in dem Gewimmel nicht mehr entdecken. Nur Peter de Bruyn thronte im Hintergrund, ganz der hellwache Medienimperator, während die Angehörigen der Kandidaten warteten, endlich zu ihren Kindern, Brüdern und Schwestern zu kommen. Aber die mussten jetzt noch mal richtig arbeiten.

»Kommt Leute, macht mal jeder eine typische Pose«, schallte es aus der Fotografenwand. Der aufdringliche dicke Berliner war natürlich wieder ganz vorne dabei. »Xenalein, jib Gummi! Chantal, mehr Po! Und Sebastian – mehr Trauer, du hast verloren! Haste dat jetzt kapiert! Mephisto – böser! Fatima – cooler! Mike – dreckiger! Uwe – mehr macho! Sascha – schwuler!«

Alle Kandidaten posten jetzt mehr oder weniger so, wie es ihren kleinen frischen Adjektiven entsprach. Marco und das Pitterchen lösten sich wie immer nach ein, zwei Motiven aus der Gruppe und unterstrichen damit die hierarchische Ordnung und die Tatsache, dass sie beide PR nun wirklich nicht mehr nötig hatten. Tanya hielt wie immer bis zum Schluss durch – sie hatte das Gefühl, das sei sie den Kandidaten schuldig. Aber heute wurde das Gedränge um sie herum wirklich unerträglich. Dieser Haupt-Paparazzo war wirklich ekelhaft. »Komm Tanya, mehr Sex! Du hast es doch! Du kannst es doch! Du bist doch immer noch eine ganz scharfe Nummer!«

Tanya starrte in die Linse ihres Verbalangreifers und zwang sich innerlich zur Ruhe. Lächeln, *eins*, Lächeln, *zwei*, Lächeln, *drei*. Der konnte ihr nichts!

»Super Tanya, du bist doch noch geiler als das ganze junge Jemüse!« Und mit diesem schönen Satz sackte der Fotograf plötzlich vor Tanya langsam zusammen. Erst sank die Kamera, dann sah sie in ein sehr erstauntes Gesicht, das wie in Zeitlupe nach vorne kippte. Dann brach der ganze massige Körper über die Kordel und schlug mit einem Krachen auf dem glatten schwarzen Studioboden auf.

Peter de Bruyn war als Erster zur Stelle. »Holt mal jemand den Studioarzt«, rief er energisch den Umstehenden zu und beugte sich zu dem dicken Paparazzo hinunter. Doch als sich sein Kopf wieder hob, sah Tanya einen Gesichtsausdruck, den sie wirklich noch nie an dem Pressechef von Deutschlands erfolgreichster TV-Show gesehen hatte – jungenhaftes, völlig naives Erstaunen. Der harte Peter de Bruyn sah auf einmal aus wie zwölf Jahre alt. »Der Mann ist tot«, stammelte er fassungslos.

WOCHE 3:

AND I AM TELLING YOU,
I'M NOT GOING!
Musicals

E-Mails an die Produktion nach der Sendung, Auszüge:

Uwe, sing deutsch!

gregornational

Die Kopftuchtante muss raus!

gregornational

Sascha Superstar!

maik17

die letzten werden die ersten sein

joab

KAPITEL 9

Am nächsten Morgen hatte sich Tanya wie jeden Sonntag eine Extraportion Ausschlafen verordnet. Sie streckte und rekelte sich in ihrem überteuerten Designerbett im Country-Stil und spielte ein bisschen Sue Ellen in Dallas, wenn auch ohne den Schnaps und den dämonischen Ehemann. Der Sonntag war ihr heilig, und niemand, außer ihrer Mutter und ein paar engen Freunden, durfte sie am Sonntag stören. Um sich herum hatte sie die Zeitungen und ein paar Magazine gelagert, dazu das Tablett mit dem »kalorienreicheren« Ausnahme-Frühstück – Toast mit echter Butter, Marmelade und Rührei. Wie immer genoss sie diesen allwöchentlichen Moment, in dem eine Show abgedreht war und die nächste Probenwoche noch nicht angebrochen war: ein Atemholen im Wahnsinn, ein ungeschminkter Tag im Schlabberlook – ganz ohne ehrgeizige junge Menschen und zynische alte Brocken.

Nur in diesem Zustand konnte sie auch die Art von »Presserezensionen« der letzten Show ertragen, die die Boulevardblätter regelmäßig am Sonntag veröffentlichen, um ihren Lesern zwischen Kaffee und Brötchen die Monster der Monstershow vorzuführen und die Handlungsfäden aufzugreifen, die Peter de Bruyn so gekonnt über die Woche gesponnen hatte. Diesmal war Mike D, beziehungsweise Michael Dieterle dran. Sein Vorstrafenregister hatte durch de Bruyns Formulierungskunst aus dem Stuttgarter Reihenhaussprössling eine Art Vorstadtrambo gezaubert. Die Schlagzeilen überschlugen sich in so kreativen Wortschöpfungen wie »Rapper-Rüpel« oder »Casting-Krimineller«. Die auflagenstärkste Hauptwaffe der deutschen Horrorpresseshow, die, wie Tanya wusste, alle Infos immer direkt vorab von Peter bekam, hatte sich sogar zu einem hochmoralischen »Darf dieser Verbrecher noch singen?« aufgeschwungen, eine Formulierung, die genau nach Peter klang und sicher auch von ihm kam. Da er wusste, dass Mike in der folgenden Woche, die unter dem Motto »Musical« stand, den gruseligen Riff Raff aus der »Rocky Horror Show« singen würde, hatte er das Monster schon mal gut angelegt.

Was Tanya heute aber viel mehr interessierte, war die Frage, ob irgendein Presseorgan den Tod des Fotografen erwähnen würde. Normalerweise war die Verbindung von menschlicher Tragödie und der Popshow Gold für beide Seiten, aber irgendwie hatte Peter es wirklich geschafft, den Tod des Paparazzo aus den bunten Blättern herauszuhalten. Sogar im Internet fand sie nichts dazu. Entweder war der Mann wirklich zu unwichtig gewesen oder vielleicht der Herzinfarkt bei ihm absehbar und von seinem Umfeld schon erwartet. Aber der zweite Herzinfarkt im Umfeld der Show in zwei Wochen? Tanya knabberte an ihrem dritten Toast und überlegte. Gut, der Studioarzt hatte die Todesart bestätigt, und das hochrote Gesicht des Mannes, das sie von vielen Presseterminen gekannt hatte, wies auf die branchenübliche ungesunde Mischung von Bluthochdruck plus Alkohol hin. Und nach viel Sport hatte der Körper auch nicht ausgesehen. Aber irgendwie ging Tanya der Gesichtsausdruck des Mannes im Herabsinken nicht aus dem Kopf: diese absolute Überraschung. Tanya war überzeugt, dass er mit so einem Schicksalsschlag niemals gerechnet hatte.

Noch einmal führte sie sich die Situation genau vor Augen: das Gedränge nach der Show beim Fototermin, das Geschiebe, das Geschrei, die Kandidaten, die posten, sie in der Mitte und die Menschen hinter dem brüllenden Fotografen – Peter, Marco, Pitterchen, Angehörige, Fans und Freunde – und Nils Lehmann.

Damit war sie bei ihrem zweiten morgendlichen Problem: Dieser mysteriöse Junge tauchte einfach zu oft auf! Aber wozu gab es das Internet! Plötzlich sehr wach, stürzte sie sich in eine kleine Webrecherche. Was wusste sie? Nils Lehmann, Fitnesstrainer und jetzt Lichtdouble ... nach einer halben Stunde war sie bei Facebook fündig geworden. Er hatte sich tatsächlich unter seinem echten Namen angemeldet, was ja erst mal sympathisch war und auf eine ehrliche Haut hinwies. Trotzdem war seine Seite seltsam unbelebt. Kaum Freunde oder das, was Facebook darunter verstand, wenig Kommentare oder Fotos. Die Scite schien hauptsächlich dazu da zu sein, für seine Leistung als Personal Trainer zu werben. Dafür hatte er allerdings ein paar sehr attraktive Aufnahmen von sich bei der Arbeit ins Netz gestellt, was Tanya nicht unnett fand. Auf diesen Bauchmuskeln könnte man eindeutig Parmesan reiben. Und dieser Hintern in diesen Shorts zeigte nicht nur, wie viel Gesundheit man mit viel Training hinbekommen könnte, sondern sicher auch, wie viel richtig leckeren Sex man …

Hier bremste Tanya ihren Gedankenstrom, aber gleichzeitig musste sie seufzen – guter Sex war wirklich zu lange her. Mit ihrem Ex, dem charmanten Drehbuchautor vor drei Jahren und dann mit ein paar doofen One-Night-Stands außerhalb von Deutschland in den letzten zwei Jahren – das war's. Denn das war auch wieder ein Preis, den sie für ihre Arbeit bezahlen musste: Sex in Deutschland war quasi unmöglich. Wie sollte sie herausfinden, ob der flirtende Kerl ihr gegenüber wirklich mit ihr schlafen wollte oder nur mit »Deutschlands immer noch schärfsten Blondine«? Und selbst wenn ihr das mal egal wäre, wie konnte sie sich sicher sein, dass er nicht heimlich dabei, davor oder danach Fotos machen würde von ihr, ihrer Wohnung oder was ihm sonst noch einfiel und sie dann gewinnbringend weiterverscherbeln würde? Seit jedes Telefon auch eine Linse hatte, lag eine Kamera ja quasi immer in Griffweite. Deshalb vergnügte sich Tanya seit dem Ende ihrer letzten Beziehung ausschließlich in Ländern, wo man deutsches Fernsehen nicht empfangen konnte und nur globale Stars wie Penelope Cruz oder Salma Hayek diese Art von Stress hatten, nicht aber ein kleines nationales Licht wie sie. Sie beneidete die internationalen Kolleginnen wirklich nicht um ihren weltweiten Erfolg. Da musste man ja dann entweder wirklich einem Einzelnen für immer treu sein oder ein Fitness-Video herausbringen. Irgendwohin musste die Libido ja umgelenkt werden.

Sie ertappte sich, wie ihr Blick doch wieder zu dem sü-ßen Hintern des Lichtdoubles auf dem Bildschirm wanderte und dachte an das alte Showbiz-Mantra »Never fuck the Company«.

Wie wahr. Aber auch wie schade ...

KAPITEL 10

»Five, six, seven, eight ...« – dieses Mal nervte die Opening-Choreografie Sascha. Nicht, weil er sie nicht tanzen konnte, sondern weil alle Dramen und Probleme dieser kleinen Psycho-Pseudo-Popstar-Truppe anscheinend am ehesten in den Nummern explodierten, in denen sie zusammen agieren mussten. Während sich bei den Soloproben die meisten eher zurückhielten, fuhr ein jeder bei den Gruppennummern ein Ego auf wie die gesamte Frontreihe von »We are the World«.

Beim Thema »Musical« war nun der »Time Warp« aus der Rocky Horror Show dran. Dabei war es nicht gerade hilfreich, dass auch Leute den Zeitsprung tanzen mussten, die keinen einzelnen Schritt tanzen konnten, noch dazu in transsexuellen campen Kostümen samt Plateauschuhen und Perücken, die zwar zum Teil noch unfertig waren, aber trotzdem zur Probe angezogen werden mussten.

Natürlich war Sascha die Obertranse Frank'N'Furter, etwas anderes hätte er auch nicht akzeptiert. Einen kurzen Moment lang hatte der Choreograf gezögert, das hatte er genau gesehen, ob er die flamboyante Überfummeltrine doch an den schlichten Uwe aus Meck-Pomm geben sollte, um »gegen das Klischee« zu besetzen und Uwe zu Schreikrämpfen und nächtlichen Schweißausbrüchen zu treiben, aber eine rein zufällige Bewegung von Sascha mit der zwei Meter langen Federboa hatte klar gezeigt, was jedem Showopening überall auf der Welt immer auf die Sprünge half – eine Powertunte in einer Powertunten-Rolle. Oder – wie Sascha es innerlich vermerkte – einfach pure Authentizität, eine Art Meryl Streep auf Plateauschuhen.

Dass Xena sich auf die gruselige Magenta gestürzt hatte wie die sprichwörtliche Teufelin auf die arme Seele war auch klar gewesen. Uwe wurde typgerecht der Normalo Brad, Lilly die brave Janet, Chantal gab sich mit der schillernden Columbia zufrieden (»Aber ohne den Stepptanz!«, wie sie betonte), Mephisto und Fatima waren Partygast und Vampirbäuerin (nur so konnte das Kopftuch in Transsylvanien integriert werden) und Mike D war Riff Raff. Und genau damit war der Ärger heute Morgen losgegangen.

Nicht nur war Mike stinksauer über die Presse des Sonntags gewesen, er hatte sich jetzt als neue Argumentation zurechtgelegt, dass er, wenn er nun schon ein echter Gangster Rapper war, bestimmt nicht im Fernsehen in so alberner grauer Langhaarperücke und mit einem falschen Buckel auftreten würde. Er verfluchte Peter de Bruyn für seine

PR-geilen Indiskretionen lautstark, nutzte sie aber gleich wieder aus, um ab jetzt Sonderwürste in der Show zu bekommen. Er würde als Rapper auftreten – oder gar nicht. Das war eigentlich überraschend intelligent argumentiert, dachte Sascha. Da merkte man doch wieder, dass der böse Getto-Boy auf einem Gymnasium gewesen war. Wahrscheinlich sogar im Musik-Leistungskurs.

Der nächste morgendliche Krisenherd war die Mutter von Lilly gewesen. Warum Eltern überhaupt bei den Proben dabei sein durften, war Sascha ein Rätsel, aber offensichtlich war dieser Drache auch die »Managerin« ihrer kleinen Lillyfee. Sie ging schnaubend an der Rückwand des Tanzstudios hin und her, heute in einem unfassbaren Outfit aus Zebra mit Silber. Der Grund des Schnaubens war wiederum Lillys Outfit gewesen, das Mama Saurier für eine »Janet« zu viel Brust zeigte. Der Hinweis des Choreografen, dass Janet ja später im Stück ihre sexuelle Erweckung mit dem muskulösen Rocky bei »Touch-a, touch-a, touch me!« erleben würde, ließ die Mutter nicht gelten. Später war später, beim »Time Warp« war die Bluse noch zu und basta!

Während all dieser Diskussionen versuchte sich Sascha innerlich auf seinen Song für diese Woche zu konzentrieren – »Aquarius« aus »Hair«. Nicht nur war der verdammt schwer zu singen, weil er für eine große schwarze weibliche Soulsängerin geschrieben worden war – er kam Sascha auch insgesamt lange her vor und für die jungen Zuschauer der Show nicht mehr zeitgemäß.

Er seufzte, während Zebramutti beim Choreografen

gerade die nächste Runde verlor, aber dann wurde eine andere Stimme im Saal laut.

»Das ist doch unglaublich!«, tönte es von der Fensterfront hinüber, wo Fatima und Uwe standen. »Du bist Rassist, das ist alles!« Bei dem R-Wort war auf einmal Ruhe im Saal, und alle starrten Fatima an, die eigentlich seit Beginn der Show zu allen insgesamt nur drei Sätze gesagt hatte. »Ein beschissener Faschorassist!«

Rocker Uwe neben ihr war käseweiß geworden. Seine ganze Körperspannung hatte sich in seine Hände verlegt, die sich nun an seinem schweren Ledergürtel festkrallten. »Ich will nur nicht neben dir singen, weil ich dich nicht leiden kann, das ist alles!«, quetschte er aus sich heraus. »Ich steh eben nicht auf dich!«

»Du stehst nicht auf Ausländer, das ist der Punkt!« Fatimas Augen funkelten. »Seit wir hier sind, machst du einen Riesenbogen um mich. Du probst nicht neben mir, du sitzt in den Pausen nicht neben mir, und du sprichst nicht mit mir! Und das alles nur, weil ich Muslima bin! Und genau dasselbe machst du mit der Tunte!«

Sascha war einen Moment hin und her gerissen, ob er sich über das Schimpfwort aufregen sollte, entschloss sich dann aber zur Solidarität mit anderen Minderheiten. »Stimmt auffallend, Uwe!« Er nickte Fatima zu. »Er kann mir ja nicht mal ins Gesicht sehen, wenn wir zusammen singen!«

»Das ist doch alles eine gequirlte Grütze!« Jetzt hatten Uwes Hände den Gürtel verlassen und reckten sich bedrohlich in die Höhe. »Ihr spinnt ja total! Seht überall

Rassismuskram, den es gar nicht gibt! Das ist alles nur in eurem blöden Kopf!« Er näherte sich bedrohlich Fatima, die wie angewurzelt stehen blieb. »Das würde ich nicht so sehen ...« Peter de Bruyn tauchte in seiner üblichen Lichtgeschwindigkeit plötzlich in der Tür des Probensaales auf. »Schließlich sind doch wirklich nur Faschos in Vereinen wie dem ›Heimatklub Rostock‹ oder?«

Uwes Gesicht wurde plötzlich noch weißer. Er starrte Peter mit einer Mischung aus Verzweiflung und Hass an. »Das ist nur ein Sportverein«, kam es ihm noch mühsam über die Lippen.

»Mmh, und Goebbels war nur Fan von Ufa-Stars!«, kam es schneidend zurück. »Komm schon, Junge, wir wissen beide sehr genau, wer sich jede zweite Woche in dem idyllischen Waldgasthof bei Rostock trifft, zusäuft und dann das Horst-Wessel-Lied singt. Einer deiner Kumpane, so doof seid ihr, hat uns sogar eine Aufnahme davon geschickt, um uns zu zeigen, wie schön du singen kannst! Dieses Tape reicht alleine, dass der Verfassungsschutz dich mal genauer durchleuchtet. Also: Du tanzt da, wo es dir gesagt wird, verstanden? Sonst kannst du dein Nazigegröle morgen auf Youtube hören! Und da wäre ich mir nicht sicher, ob dir das am Samstag Punkte bringt ...« Er blickte in die Runde, und plötzlich breitete sich ein Lächeln auf seinem Gesicht aus. »Und nun wünsche ich weiterhin eine gute Probe!«

De Bruyn ging ab, und Sascha war sprachlos. Nicht nur darüber, was der »ehrliche Rocker und Familienvater« Uwe privat dachte und tat, sondern auch darüber, wie genau der PR-Chef Bescheid wusste, was wer wie und wann privat dachte und tat. So wie es aussah, stimmte es wirklich, was sich als Gerücht in der Kandidatentruppe hielt, nämlich, dass de Bruyn einen »Giftschrank« in seinem Büro hatte, in dem über jeden deftige Details lagerten. Wahrscheinlich auch über Sascha selber …

»Uwe, du machst Pause. Alle anderen zurück in die Aufstellung!« Der Choreograf übernahm wieder das Kommando. Fatima ging triumphierend auf ihren Platz, die anderen taten es ihr nach. Nur Mike lief vorher noch zu Uwe, der in der Ecke sein Zeug zusammenräumte, und klopfte ihm tröstend auf die Schultern. »O Gott, und jetzt auch noch der rappende Sympathisant!«

Sascha stellte sich samt Boa nach vorne, innerlich plötzlich sehr müde. Er warf einen Blick über die Truppe – ein Käfig voller Narren plus zwei Nazis. Wie Berlin in den Zwanzigern, dachte er. Please let's NOT do the time warp again!

Das »Fuko« war Tanyas Lieblingsjapaner – ein kleines unaufgeregtes Restaurant mitten in der Stadt, in dem man sehr angenehm und ungestört eine hervorragende Misosuppe essen und einen guten Lapsang-Tee trinken konnte. Hierhin zog sich Tanya öfter alleine am frühen Abend zurück – das Essen direkt sitzend am Sushitresen ging gut solo, man war satt vor zwanzig Uhr (wichtig für ihren Ernährungsplan!), und nach einem Foto mit den stoisch freundlichen Inhabern für die Promi-Wand war sie in dem Lokal nie mehr belästigt worden.

Außer heute.

Tanya fiel fast ihr Handy in die Suppe, als sie Nils Lehmanns Lockenkopf durch die Tür kommen sah.

Jetzt reicht's mir aber, dachte Tanya. Sie hatte es satt, über dieses neue braunäugige Murmeltier in ihrem Leben nachzudenken, das sie nun anscheinend täglich grüßte. Sie drückte die Wirbelsäule durch, stand auf und ging direkt auf ihn zu. »Sagen Sie mal, warum sind Sie eigentlich auf einmal überall, wo ich bin?« Ihre Stimme klang etwas zu laut durch das ruhige Lokal. »Erst im Publikum, dann im Fitnessklub, dann in der Produktion und jetzt hier? Sind Sie so ein kleiner mieser Stalker, der tagsüber immer an einem klebt und nachts meinen Müll durchsucht? Sie wissen, dass es Gerichtsurteile gibt, die Sie auf Abstand halten können! Ich hab da alle Möglichkeiten …«

»Hier bitte – einmal Misosuppe und California Rolls – wie immer, Herr Lehmann!« Die sanfte freundliche Stimme der Kellnerin stoppte Tanyas Ausbruch. Sie hielt Nils ein mit grüner Folie eingewickeltes Paket hin, wobei sie Tanya mit einem äußerst skeptischen Seitenblick bedachte.

»Nein, bin ich nicht. Ich hole nur mein bestelltes Sushi ab …«, antwortete Nils genauso sanft wie die Bedienung und ließ Tanya inmitten all der goldenen Buddhas über der Kasse wirken wie die Popgruppe Scooter in einer Mitternachtsmesse. »Ich wohne gleich nebenan.«

Tanya schämte sich. Sie schämte sich sogar sehr. Und das kam selten vor.

Verdammt, was war nur in sie gefahren? Sie hatte den armen Kerl vor dem gesamten Lokal zur Sau gemacht, ohne dass er etwas dafür konnte.

»Ich sage Ihnen, was wir machen. Ich geben Ihnen jetzt einen grünen Tee aus und wir reden!« Wenn man in einem Konflikt offensichtlich im Unrecht ist, musste man Reparationszahlungen leisten, das hatte Tanya in historischen TV-Dokus gelernt. Ein nobler Rückzug konnte jede Blamage ausgleichen, und so ging sie aufrecht wie das Model, das sie war, an ihren Platz zurück und rang sich sogar noch eine huldvolle Handbewegung ab. »Bitte, Herr Lehmann, setzen Sie sich …« Was hätte sie in diesem Moment für eine riesige schwarze Sonnenbrille gegeben, die ihre peinlich berührten Augen verdeckt hätte!

»Herr Lehmann?« Nils grinste, als er sich ihr gegenübersetzte. »Ich komme weder aus dem 80er Jahre Kreuzberg, noch bin ich dreiundsechzig. Ich heiße Nils.«

Tanya entspannte sich etwas. »Also, Nils – wir müssen mal reden! Wer oder was bist du?«

Zehn Minuten später war viel geredet worden und ausnahmsweise nicht von Tanya. Das stille braune Reh war in null Komma nichts zum fröhlich trötenden Wasserbüffel geworden, was hieß, dass der junge Mann losprudelte, als wäre Tanya eine Mischung aus Therapeutin und Marktforschung. Er begann bei seiner Kindheit in einem fröhlich-unorthodoxen Hippie-Haushalt in der Kleinstadt und ging flott über Pubertät und erste Liebe (zu der umschwärmten Klassenschönheit Julia) zu seinem abgebrochenen Sportstudium, seinen Jobs als Kellner und Personal Trainer zu seinem sexuell abenteuerlichen letzten Jahr in der neuen Großstadt. Tanya war immer wieder aufs Neue überrascht, wie hemmungslos die nächste Generation sich sofort veröffentlichte – nicht nur auf allen Internetseiten, sondern gerne auch am Tisch. Gab es gar keine dunklen Geheimnisse mehr, die man vielleicht erst in der zweiten Woche des Kennenlernens teilte? Oder irgendein Detail zwischen Lieblingsfarbe und Traumurlaubsort, das man nicht gleich parat auf der Zunge hatte?

Je länger sie in der Öffentlichkeit stand, desto weniger sprach sie über ihre privaten Gedanken und Wünsche. Und nicht nur aus Vorsicht, eher aus einer Art von – Stil. Sie wollte kein Geheimnis sein, aber sie wollte ihre Geheimnisse erst dann erzählen, wenn ihr danach war.

Aber heute waren *ihre* Geheimnisse anscheinend gar nicht dran. Nils redete ohne Punkt und Komma, bis Tanya genug hatte und endlich zurück zur Hauptfrage kam.

»Einen Satz als Antwort, Nils. Warum tauchst du überall dort auf, wo ich bin?«

Ihr hübsches plapperndes Gegenüber wurde plötzlich hochrot und fing doch tatsächlich an zu stammeln, und in diesem Moment wurde Tanya klar, dass sie sich die ganze Zeit geirrt hatte. Nils hatte all das nicht aus Profiliersucht erzählt – er war schlichtweg nervös.

So musste er mit 18 bei der Führerscheinprüfung ausgesehen haben – charmant, aber ratlos. Doch schließlich brach es aus ihm heraus: »Okay, ich geb es zu – das war alles kein Zufall. Also, außer das heute hier mit dem Sushi, das hatte ich wirklich am Telefon bestellt, aber egal ... was ich sagen will: Ich gebe es zu – ich möchte in deiner Nähe sein. Es war erst nur so eine alberne Idee, als ich zum ersten Mal im Publikum saß und du mich angelächelt hast, nur ein Tagtraum … aber als du mir dann im Studio – übrigens in MEINER Welt, an MEINEM Arbeitsplatz – über den Weg liefst, habe ich gedacht – das kann doch alles kein Zufall sein! Das ist Schicksal! Und dann habe ich es einfach versucht, ich hab mich bei der Produktion für irgendeinen Job beworben, nur, um in deiner Nähe zu sein, und dann hat es geklappt! Denn weißt du –«, und hier lächelte er ein wirklich umwerfendes Lächeln, »du bist meine absolute Traumfrau. Seit ich dich zum ersten Mal im Fernsehen gesehen habe.«

Tanya musste lachen. Da saß dieses Kraftpaket nun vor ihr und würde sicher viel lieber eine Kletterwand hochkeuchen oder auf dem Snowboard einen gefährlichen Abhang runterjagen, als ihr hier Rede und Antwort zu stehen. Sie ließ sich Zeit und hob geschickt mit ihren Stäbchen ein besonders schön geformtes Stück Hot Tuna Sushi hoch und ließ es in ihrem Mund verschwinden. »Kein Stalker also, aber ein Fan«, sagte sie freundlich, aber ausdruckslos.

»Kein Fan. Ein Bewunderer.« In Nils' Stimme schwang so etwas wie Verzweiflung mit, der Schweiß stand ihm auf der Stirn, und es half auch nicht, dass er sich panisch noch mehr Ingwer und Wasabi auf sein Sushi schaufelte.

Tanya ließ sich nicht beirren. »Weißt du, da habe ich eine Regel.« Sie sah ihm direkt in die Augen. »Ich schlafe nie mit Fans!«

»Ist klar. Kein Problem.« In Nils' enttäuschtem Kleinen-Jungen-Gesicht brannte jetzt ein ganzer Weihnachtsbaum ab. So musste ein Astronaut aussehen, der kurz vor der Marslandung zurück zur Erde beordert wurde.

»Aber manchmal, wenn es einen wirklich guten Grund gibt ... da bekommen Fans etwas von mir geschenkt.« Tanya beugte sich über den Tisch. »Und ich hab heute einen Grund: Ich muss mich bei dir entschuldigen. Wegen vorhin.« Und damit küsste sie den völlig verdutzten jungen Mann sanft auf die Lippen.

Nils war anscheinend zu perplex, um seine Lippen irgendwie reagieren zu lassen. Er starrte Tanya während des Kusses an und hielt ganz still. Vielleicht hoffte er, dass die Zeit stehen bleiben würde.

Danach lehnte sich Tanya wieder zurück und musste sich ein Grinsen über ihre coole Schlampendiva-Aktion verkneifen. Aber Nils war einfach zu süß, und nach all dem Gerede war schließlich Zeit für Taten gewesen. Und dass er gefährlich war, konnte sie sich nicht mehr vorstellen. Das hier war kein Stalker, das war ein Bravo-Boy.

Sie schenkte ihm ihr bestes Close-up-Lächeln. »Wir sehen uns bei der Probe!« Ruhig stand sie auf und lief zur Tür, ohne sich noch einmal nach ihm umzudrehen.

Das Essen ging jetzt auf den jungen Mann. Der Moment, fand sie, ging auf Tanya Beck.

KAPITEL 11

Die dritte Live-Motto-Show am Abend lief nach Tanyas Gefühl erst mal ohne Probleme durch. Nachdem das Pitterchen sich »spontan« bereit erklärt hatte, den Riff Raff in der Eröffnungsnummer zu übernehmen und der Time

Warp dadurch irgendwie im Kölner Karneval gelandet war, warfen sich alle Kandidaten in die ganz großen Musicalgefühle. Mephisto räumte erwartungsgemäß ab mit dem »Phantom der Oper«, Lilly berührte mit »Memory«, und Sascha lag richtig mit der Vermutung, dass »Aquarius« ein bisschen zu lange her war. Fatima betonte mit »Out here on my own« aus »Fame« ihren Außenseiterstatus, und Mike D zog sich mit »We will rock you« aus der raplosen Musical-Welt-Affäre. Wieder ganz oben war Xena. Mit »Defying Gravity« aus »Wicked« hatte sie zwar ein unbekannteres Musical gewählt, dafür aber das großartige und für ihr Image perfekte Kostüm der bösen grünen Hexe bekommen, samt Besenstiel und Hakennase. Zu wirklich sehr gut gesungenen Noten schwebte sie hoch über der Bühne, und Tanya machte sich schon mal eine kleine Notiz – dieses Mädchen würde in der Show sehr weit kommen. Das fanden alle – außer Marco Deutz. In seiner beliebten frauenverachtenden Art nahm er sich heute Xena vor. »Also pass mal auf, du Fledermaus«, hob er an, »singen kannst du ja, aber …«, (und hier machte er eine seiner gefürchteten Pausen), »du siehst einfach kacke aus!« Das Wort »Kacke« sprach er wie immer mit norddeutschem Akzent, sodass daraus ein noch ekligeres »Kagge« wurde. »Hab ich recht, oder hab ich recht?« Mit einer seiner berühmten Catchphrases drehte er sich auffordernd zum Publikum um.

»Du hast recht!«, schrien das Volk und das marcohörige Pitterchen im eingeübten Ritual zurück.

»Wie sieht sie aus?«

»Kagge!«

»Ich kann euch nicht hören!«

»KAGGE!«

Tanya hatte Xena noch nie so gelobt wie nach Marcos Fanale Grande. Aber komischerweise schien die böse Hexe des Ostens gar nicht wütend oder verletzt zu sein, eher in irgendeiner Absicht bestätigt. Sie nahm zwar huldvoll Tanyas Komplimente entgegen, aber gleichzeitig glitt ihr Blick zu den anderen Kandidaten, die in ihrer Ecke dem Ganzen zusahen. Aus dem Augenwinkel bemerkte Tanya, wie Mephisto den Daumen hob. Er und Xena schienen jeden Tag unzertrennlicher zu werden. Sie saßen immer nebeneinander, posierten zusammen, und oft verschwand inzwischen auch Xena direkt nach der Show mit ihrem Gefährten aus der Geisterwelt. Ob sie inzwischen wusste, wer sich hinter der Maske verbarg? Hielten die schwarzen Mächte der Show zusammen?

Tanya versuchte sich wieder auf Chantal zu konzentrieren, die sich jetzt mit großen Gesten, aber schmalen Stimmbändern durch die größte Soulballade der Musicalgeschichte mühte: »And I am telling you I am not going« aus »Dreamgirls«. Aber hier hatte sich Chantal, früher Charlie, eindeutig überhoben. Obwohl sie mimisch und gestisch alles einsetzte, was sie in hundert Travestieshows gesehen hatte (am Boden knien, Hände zum Himmel recken, Hände auf den Boden trommeln), war dies nun mal keine Vollplayback-Show, sondern sie sang live. Und da wurde gerade aus dem »Dreamgirl« eher ein Alptraummädchen. Das würde eng werden für sie am Schluss der

Show. Tanya tippte darauf, dass Chantal und vielleicht sogar Sascha bei den letzten beiden landen würden. Wenn Uwe jetzt nicht versagte.

Der ehrliche Rocker hatte sich seit der katastrophalen Probe, die am Set natürlich in Lichtgeschwindigkeit die Runde gemacht hatte, die ganze Woche ruhig verhalten. Tanya war von Uwes politischer Ausrichtung nicht überrascht worden, sie kannte schließlich Peters Tricks und Schliche. Und trotzdem war ihr der »ehrliche Rocker« noch unheimlicher geworden mit seinen ewigen Jeans und den zu kurz geschnittenen blonden Haaren. Auf ihrem Ablauf sah sie, dass er sich, aus allen möglichen Liedern der Musicalwelt, ein Lied aus »Cabaret« ausgesucht hatte – »Money makes the world go around«. Eine ungewöhnliche Wahl und eigentlich im Musical auch ein Duett und kein Solo, aber vielleicht wollte ja der Ossi seine Kapitalismuskritik in der Show unterbringen. Und wenn es je einen Ort gab, der Kapitalismuskritik verdient hätte, so musste Tanya sich innerlich lächelnd eingestehen, dann diese Show.

»Ich darf nicht rausfliegen, ich kann noch nicht rausfliegen!« Seit seinem vermurksten Ausflug in die Hippiewelt war Sascha panisch. Nun saß er da, Lied für Lied, in seinem mit Blumen bestickten Jeansoutfit und konnte nicht mehr klar denken. Er war noch nie bei den letzten zwei gelandet. Noch nie. Er würde das Ding hier gewinnen, egal, was passierte. Wegen dem blöden Wassermann rausfliegen, das ging gar nicht. Vielleicht sollte er einen Schwächeanfall vortäuschen. Er war sich nicht ganz sicher, was passieren würde, wenn ein Kandidat mitten in der Show umkippte und nicht, wie es üblich war und sich gehörte, am Schluss. Würde dann unterbrochen werden? Aber die Abstimmung musste ja durchgezogen werden, die Leute mussten ja hier und heute live für Gebühren anrufen, das viele Geld musste ja heute verdient werden.

Was würde so ein gefakter Ohnmachtsanfall samt Abbruch der Show den Sender kosten? 100.000 Euro? 200.000? Das würde sicher niemand der Verantwortlichen ausgeben. Obwohl, bald müsste Sascha auch nicht mehr faken.

Das Hassgewitter von Marco über Xenas Kopf gab ihm kurz wieder Mut. Die Zuschauer wählten oft so, wie Marco Deutz das wollte. Er war für sie wie ein kleiner Geschmacksdiktator, nicht immer richtig, aber wenn man ihm folgte, war man auf der richtigen Seite der Bevölkerung. Niemand wollte am Schluss der Show bei dem Kandidaten sein, den Marco Deutz öffentlich nicht gut fand. Denn diese Kandidaten gewannen nie die Sendung. Außerdem hatte Xena wirklich toll gesungen. Was man von Chantal nicht sagen konnte. Okay, die würde auf jeden Fall in die Schlussrunde müssen. Wenn das ihm jetzt auch passieren würde, wäre es Schwuler gegen Transe, nicht nur ein schrecklicher Verlust für das deutsche Showbiz, sondern auch für den Tresen des *Rainbow*. Sascha erinnerte sich daran, wie Sebastian letzte Woche das Urteil ertragen hatte, klaglos und fast mit einem Blick, als ob er froh wäre, dass der ganze Zirkus vorbei wäre. Daran würde sich Sascha aber im Fall der Fälle kein Beispiel nehmen. Wenn er gehen müsste, dann mit der ganz großen Nummer. Dagegen wäre Las Vegas ein Waldspaziergang. Aber vielleicht würde ja Nazi Uwe noch ablosen ... ein Lied aus »Cabaret«, na, mal sehen ...

Uwe stand sehr aufrecht in der Mitte der Bühne und starrte die Jury so ausdruckslos an, dass es Tanya kalt über den Rücken lief. »Ein Lied aus dem Musical ›Cabaret‹, bitte sehr!«, sagte er sich noch unnötigerweise an, dabei hatte der Moderator das schon dreimal am Abend wiederholt. »Aber a cappella, bitte kein Halb-Playback!«

Ein Ruck ging durch Jury und Publikum, wie immer, wenn etwas Unerwartetes in der Show passierte. Allein das Wort »Playback« war verpönt, sollte doch immer der Eindruck entstehen, hinter der Kulisse spielte die beste Coverband aller Zeiten plus einem Symphonieorchester, die alle zusammen nur zufällig gerade nicht im Bild zu sehen waren.

»Okay, schieß los!«, gab Marco die offizielle Zustimmung der Chefzentrale. Tanya fiel auf, dass Uwe nicht das erste Mal von Marco gepusht wurde – warum, wusste sie nicht ganz genau. Vielleicht die gemeinsamen proletarischen Wurzeln, vielleicht die nicht diskutierbare Heterosexualität. Zwei Bullen in einem Gehege.

Uwe hob an. Und zwar im wahrsten Sinne des Wortes: Er setzte seine Stimme fast eine Oktave höher an als normal und gab ihr einen glockenhellen Klang. Dann richtete er seinen Blick nach oben und begann:

Das Lindengrün leuchtet, die Blätter sie wehen
Sein Gold verströmt meerwärts der Rhein
Doch fern geht ein Stern auf, noch ungesehen
Der morgige Tag ist mein

Tanya durchfuhr es eiskalt. Das war nicht »Money«. Das war das Lied der Nazis aus »Cabaret« aus der Gaststätte! Uwe fuhr fort:

Das Kind in der Wiege liegt selig im Schlaf
Die Blüte schließt Bienen ein
Doch bald sagt ein Flüstern
Wach auf! Wach auf!
Der morgige Tag ist mein

»In einer Livesendung! Das kann niemand rausschneiden!« Panisch schaute Tanya zu Marco. Der schien nicht zu kapieren, was da los war. Oder er war zu blöd, um das Lied zu kennen und dessen Inhalt. Auch der grenzdebile Pitter schaute nur ganz andachtsvoll nach vorne. Was für Vollidioten!

O Vaterland, Vaterland, wir sind bereit
Dein Wunder der Welt wird bald sein

Sie musste jetzt etwas tun. »Aufhören«, rief sie. »Sofort aufhören!«

Niemand um sie herum reagierte. Ihre Kollegen, die Kandidaten und die ganze Crew starrten sie an, als ob sie das Problem wäre. Sie sah sogar Peter de Bruyn neben der Kamera stehen. Er schien zu lächeln. Sie ahnte, was jetzt kommen würde. Und richtig. Uwe hob den Arm zum Hitlergruß.

Die Erde gehört uns, es ist so weit
Der morgige Tag, der morgige Tag, der morgige Tag ist mein!

Jetzt ging endlich das Buhkonzert los. Alles sprang auf. Tanya stürmte auf Uwe zu und versuchte seinen Arm runterzuziehen. Die Securityleute rannten hinter ihr her, in der Absicht, sie von Uwe zu trennen. Marco Deutz hatte sich wieder hingesetzt und beobachtete das Ganze mit einem eisigen Lächeln. Und Pitterchen wollte das Set verlassen, aber Peter De Bruyn hielt ihn auf.

Der Moderator fand endlich Worte. »Bitte Ruhe! Bitte beruhigen Sie sich doch!« Tanya war außer sich. Sie spürte in sich eine ungeheure Kraft, die dadurch noch verstärkt wurde, dass sie diesem kleinen Arschloch direkt ins Gesicht schaute. »Schafft diesen Typen hier raus! Sofort!«, rief sie den Securityleuten zu, ohne nur einen Blick zu Marco oder Peter zu werfen. Die Männer folgten ihren Anweisungen und zerrten den völlig regungslosen, wie zu einer Statue erstarrten Uwe weg von der Bühne und hinter die Kulissen.

Tanya sah sich um. Hinter ihr das tobende Studio, links das Häufchen perplexer Kandidaten und vor ihr Marco, der nun mit beschwichtigenden Gesten auf sie zukam und sie wieder zum Pult führte.

»Sehr gut, Tanya!«, zischte er ihr ins Ohr. »Sehr emotional! Bleib so!« In diesem Moment kapierte Tanya es. Darum war Marco so ruhig geblieben. Das war alles genau so geplant gewesen! Sie sah sich zu Peter de Bruyn um. Der war verschwunden.

»Wir werden jetzt diese Show fortführen, weil wir Ihnen, den Zuschauern, und natürlich unseren Kandidaten verpflichtet sind!«, hörte sie wie im Nebel Marco in einem für ihn auf einmal sehr pastoralen Tonfall sagen. »Aber wir distanzieren uns aufs Deutlichste von rechtem Gedankengut, wie es der Kandidat Uwe Köhler gerade vorgebracht hat, und werden ihn hiermit aus der Show ausschließen. In *Music Star 3000* ist kein Platz für solches Gedankengut, das habe ich in Abstimmung mit der Produktionsfirma und dem Sender eben beschlossen!«

Wann eben, dachte Tanya. Und wann hatte er diesen Text, der so eindeutig nach Peter klang, auswendig gelernt? Atemlos ließ sie sich auf ihren Platz fallen. Sie kämpfte mit den Tränen, aber die wollte sie Marco und Peter de Bruyn nicht auch noch schenken. Nicht so.

»Wir machen wegen dieses Vorfalles heute jetzt keine Schlussrunde«, fuhr Marco fort. »Alle anderen Kandidaten bleiben in der Show, und Sie können sie nächste Woche wiedersehen. In alter Frische. In neuer Frische. Ich danke Ihnen für Ihr Verständnis.«

Tanya schaute während Marcos Schlussrede auf ihre Uhr. Der ganze »Skandal« und seine Auflösung hatten exakt so lange gedauert wie sonst die Schlussrunde der Show. Sie waren pünktlich fertig.

»Gott sei Dank!«, dachte Sascha. »Thank heaven for freaks!«

Peter de Bruyn schloss in seinem Büro die Tür hinter sich und drehte zweimal den Schlüssel um. Er wollte sich fünf Minuten Pause gönnen, bevor er den aufsehenerregendsten Skandal, den es jemals bei *Music Star 3000* gegeben hatte, weiter medial bearbeitete. Das würde richtig fett Presse geben. Und endlich auch mal die sogenannte »seriöse« Presse.

»In *Music Star 3000* ist kein Platz für solches Gedankengut!« Dieser hochmoralische Satz, gesprochen von Deutschlands Proll- und Show-Ikone Nummer eins, würde es bestimmt als Soundbyte in alle Sendungen und Internetportale Deutschlands schaffen. Vielleicht dieses Mal sogar in die »Tagesschau«.

Es war brillant. Nein. Er war geradezu genial. Es war gar nicht leicht gewesen, diesen Trottel ausfindig zu machen und geschickt an den Punkt zu führen, dass er selber dachte, er müsse in der Show mit genau diesem Lied ein Zeichen setzen. Und natürlich kannte er das Lied vorher gar nicht. Aber Gott sei Dank gab es ja YouTube und anonyme E-Mail-Gönner …

Peter war hochzufrieden. Die Show lief gut. Genug Konfliktpotenzial für die nächsten Wochen lag auch schon wieder auf seinem Schreibtisch. Mike D war immer noch so sauer über seine nationale Bloßstellung als Mini-Ganove, dass er ihm fast stündlich Hassmails schickte. Die Showmutti von Lilly war nach Drohungen und den verzweifelten sexuellen Avancen nun zum Bitten und Betteln übergegangen. Da ging sicher noch was: Er schickte eine kurze Mail an seine Assistentin, die Dame von jetzt an rigoros von allen Proben und auch aus dem Backstagebereich der Liveshow zu verbannen. Es kam immer auf die richtige Mischung an, mal Öl ins Feuer schütten, mal heldenhaft den Schaden begrenzen. That's Entertainment!

Peter konnte nicht aufhören zu grinsen. Erfolg machte ihn geil. Er beschloss, die verbleibenden vier Belohnungsminuten mit seinen zwei Lieblingshobbys zu verbringen – Transen und Koks. Er klickte schnell in seinem Computer auf den Ordner »Steuerunterlagen«, in dem sich ausschließlich Fotos von Transsexuellen befanden. Darunter auch ein paar besonders schöne von Chantal. Die hatte sie ihm persönlich gemailt, als Dank für die Aufnahme in die Show. Chantal war wirklich ein dankbares Mädchen. Auch während der Proben war sie immer für ihn da gewesen, wann immer er sie in seinem Büro sehen wollte. Und sie hatte ihm alle seine Träume erfüllt. Ein echter Star – eine Art zwischengeschlechtliche Marilyn für das Jahr 3000. Wenn sie weiter brav wäre, würde sie vielleicht sogar gewinnen. Und zur Feier ihres Sieges würde er ihr all diese unvorteilhaften Pornofotos zurückgeben, die er hier vor sich sah. Sehr amateurhaft. Und sehr deftig. Apropos deftig – Peter zog sein kleines silbernes Döschen aus der Schreibtischschublade und griff beherzt zu. Ein guter Schnief noch, und dann würde er draußen alle Fragen beantworten.

Ein schrecklicher Vorfall! Unvorstellbar! Und das heute noch in Deutschland! Er machte sich eine weitere Notiz: Marco die versprochene Kiste Whisky liefern lassen. Auch der war ein viel besserer Schauspieler, als alle dachten. Sein alter Kumpel. Immer zusammen – rauf und runter. Mmh, das neue Zeug in der Nase war wirklich gut. Sehr scharf!

So scharf wie ich! Und das war der letzte Gedanke von PR-Experte Peter de Bruyn, bevor er tot nach vorne auf seinen Chromschreibtisch kippte.

WOCHE 4:

LIVE AND LET DIE
James-Bond-Songs

E-Mails an die Produktion nach der Sendung, Auszüge:

Eine Schande für unser Land! Und eine sehr
richtige Entscheidung von Marco Deutz!
Respekt!
Annemarie Wörner-Lerchinger

Ihr Muschis!
gregornational

Sascha, süß! Aber was war das für ein Lied?
nele16

Xena is the best, forget the boring rest!
Luther K

der teufel holt seine kinder
joab

KAPITEL 12

Tanya tat das, was sie nach schweren Erschütterungen in ihrem Leben immer tat: Sie ging zur Kosmetik. Oder wie es jetzt hieß – ins Spa. Andere Menschen sollten ruhig Waldspaziergänge machen, meditieren oder die Wohnung aufräumen – für Tanya war ein Facial der beste Weg zur inneren Heilung. Gerne auch mit Mani- und Pediküre. In dem Moment, in dem sich das erste heiße Handtuch auf ihr Gesicht legte, konnte sie wieder klar denken. Und das musste sie dringend.

Die Nachricht von Peters Tod hatte sie erst Sonntagnachmittag erreicht, weil sie alle ihre Kommunikationsmittel für den heiligen Sonntag ausgeschaltet hatte. Der Produzent der Sendung selber hatte sie angerufen, mit belegter Stimme, fast glaubhaft. Auf ihrer Mailbox hatte sie danach noch Marco, Pitterchen und einzelne Leute vom Team gehabt, die alle denselben faken Tonfall gehabt hatten. Fakt war: Der Tod von Peter de Bruyn hatte die Menschen schockiert, aber so richtig traurig war niemand.

Woran lag das? Sicher, Peter war oft ein manipulierendes, zynisches Biest gewesen, besonders in der letzten Woche mit dem singenden Neonazi, aber er hatte ja immer im Dienste der Show gehandelt. Ohne so einen scharfen Hund wie Peter wäre *MS 3000* nie das geworden, was es war – Deutschlands erfolgreichste TV-Show. Indirekt hatte er wahrscheinlich einen höheren Anteil an diesem Erfolg als alle jungen Goldkehlchen vor der Kamera zusammen. Er war eigentlich ihrer aller Arbeitgeber gewesen. Aber niemand mochte den Boss.

Am selben Nachmittag war Tanya spontan noch zu Peters Wohnung gefahren, um zu sehen, ob sie etwas helfen könnte. Doch diese Fahrt hätte sie sich sparen können – außer einer heulenden Putzfrau war niemand in Peters riesigem Penthouse anzutreffen gewesen. Wobei die Wohnung, in der Tanya zum ersten Mal stand, hochinteressant gewesen war: keine Anzeichen von persönlicher Geschichte, nur Design und leere Flächen, nicht mal ein hässlicher alter Wecker auf dem Nachttisch, kein alter Kochtopf, alles neu, gelackt und perfekt. Wie das Domizil eines sehr teuren Handlungsreisenden. Oder eines internationalen Callboys mit Waschzwang. Tanya hatte mit der Putzfrau einen Kaffee getrunken und war dann wieder nach Hause gefahren. Dieses teure Wohn-Nichts hatte sie fast noch mehr deprimiert als Peters Tod. Was für ein einsames Leben. Und was für ein sinnloser Tod.

Oder war er vielleicht nicht ganz sinnlos? Der Befund der Polizei war schlechtes Kokain gewesen, zu stark, zu hoch dosiert, nichts Ungewöhnliches bei einem so süchtigen Menschen wie Peter. Ein klassischer Tod aus der Medien- und Werbewelt. Aber Tanya reichte es jetzt langsam mit den »logischen« Unfällen rund um die Show. Jede Woche einer? Immer ein alleinstehender Mann, der zufällig in und um Deutschlands berühmtesten TV-Zirkus arbeitete? Das konnte doch kein Zufall sein. Und das konnte nicht nur ihr auffallen.

Während die Feuchtigkeitsmaske einzog, ging Tanya im Kopf noch mal die drei Toten und deren Funktion in der Show durch. Erstens: ein nerviger, aber unbedeutender Maskenmann. Zweitens: ein aggressiver, aber nicht wirklich wichtiger Fotograf. Drittens: der heimliche Chef der Show, ein zynischer PR-Mann. Außer, dass es von Mal zu Mal noch fiesere Kerle getroffen hatte, konnte sie kein Muster erkennen. Wer wäre als Nächster dran – Marco Deutz selber? War es das Werk einer feministischen Terroristin, die die Welt von unsympathischen Schwanzträgern befreien wollte? Alice Schwarzer mit Zugang zu einem Giftschrank?

Was gab es noch für Ähnlichkeiten? Zwei von ihnen waren an Drogen gestorben, also musste sich der Täter damit gut auskennen. Bei dem Wort »Täter« zuckte Tanya zusammen, und fast wären ihr die Gurkenscheiben von den Augen gerutscht. Glaubte sie wirklich an einen Täter? War sie jetzt innerlich schon eine Hobbydetektivin – innen Miss Marple, außen Heidi Klum? Sie musste fast kichern. Noch ein paar Gedanken in dieser Richtung und sie würde demnächst in der Verfilmung ihres Lebens von einer dieser schlecht gelaunten Tatortkommissarinnen gespielt werden, die alle mürrisch, alleinstehend und mit einem ulkigen Assistenten bestückt den deutschen Sonntagabend beglückten. Wenn, dann würde sie auf Maria Furtwängler bestehen. Die hatte wenigstens gute Haare.

Eine Ähnlichkeit gab es natürlich zwischen allen drei Toten, und bei diesem Gedanken wurde Tanya leicht übel. Alle drei hatten sehr viele Informationen über alles gehabt, was in der Show vor sich ging. Mausi Schmitz war eine unglaubliche Tratsche gewesen, die immer alles mitbekam und allzu oft ungefragt herumerzählte. Fotograf Olli Bräuer hatte Fotos von allem und jedem und war sogar als Einziger bei Mausis Beerdigung aufgetaucht und hatte dort fotografiert. Und Peter de Bruyn war sowieso die Informationszentrale der Show gewesen, die fette Spinne mitten im Netz. Der gemeinsame Nenner war Wissen.

Tanya ließ die Maske abnehmen und ihre Gedanken weiter treiben. Wer rund um die Show hatte ein Motiv? Wer hatte ein Geheimnis, das alle drei Toten kennen könnten? Mike D fiel ihr als Erster ein. Bei so vielen Haftstrafen gab es bestimmt noch mehr. Oder Chantal – sie kam aus einem zwielichtigen Milieu, war Stammgast im *Rainbow*, also nahe an Mausi dran. Und Peter war immer auffällig freundlich zu ihr gewesen. Bei Mausis Beerdigung war sie auch gewesen. Das größte Geheimnis der Show hatte und war natürlich Mephisto – denn wer war er wirklich? Wer kannte seine eigentliche Identität? Peter wahrscheinlich, aber Mausi doch sicher nicht … Oder? Olli Bräuer hatte Mephisto sicher mal fotografiert. Auch ohne Maske?

Aber vielleicht sollte sie sich nicht zu sehr auf die Kandidaten versteifen. Pitterchen hatte hohe Schulden, das wusste eigentlich jeder in der Branche, aber keiner konnte genau sagen, wie hoch sie waren. Marco hatte sicher Geheimnisse in jedem asiatischen Land, wo er ein Kind gezeugt hatte. Und es konnten ja auch noch andere vom Team sein, sogar die Kameraleute, die Kabelhilfen – die Lichtdoubles ... Wieder fiel Tanya die Facebook-Seite von Nils ein. So neutral. So leer. So – geheimnisvoll. Und war er nicht genau da in der Show aufgetaucht, als es mit all diesen »Unfällen« losging? Auf einmal war Tanya unbehaglich zumute, und sie brach ihre Behandlung abrupt und frühzeitig ab. Als sie sich in der luxuriösen, aber kühlen Garderobe des Beauty-Spas wieder anzog, sah sie im Spiegel ihr erschrockenes Gesicht. Wen hatte sie da so schnell geküsst?

KAPITEL 13

Sascha begann die dritte Probenwoche, die unter dem Motto der Bond-Songs stand, mit großem Ehrgeiz. So etwas wie »Aquarius« dürfte ihm nicht noch mal passieren! Wenn Uwe nicht diese Show abgezogen hätte, säße er selbst vielleicht jetzt schon zu Hause und könnte sich auf die Finalshow hinheulen, bei der ja immer alle noch mal eingeladen wurden, um ein tapferes Gesicht zu machen. Schnell und sehr konzentriert im Kopf hatte er sich bei der morgendlichen Besprechung »Nobody does it better« geschnappt, einer der weniger pompösen Bond-Songs, aber dafür ein besonders schöner und für seine Stimme wie gemacht. Den konnte man als Sänger richtig interpretieren, während man die anderen Bond-Songs oft nur schreien konnte, mal gut, mal weniger gut. Lilly, zum Beispiel, schien mit ihrem »The Man with the Golden Gun« sehr unglücklich zu sein. Zwar bekam sie eine schicke Choreografie mit drei Bond-Boys und einer goldenen Pistole verordnet, aber der Song passte irgendwie nicht zu ihrem zarten Typ, und das sexy Image eines Bondgirls wirkte bei ihr eher wie Travestie. Eine Lilie aufgedonnert zur Pfingstrose.

In der ersten Pause beschloss Sascha ihr ein bisschen Mut zu machen. Er konnte sich vorstellen, wie es in ihr aussah, gerade auch wegen Xena, die natürlich bei »Goldfinger« Gas gab und schon bei den Proben Zwischenapplaus von allen Anwesenden eingeheimst hatte. Lilly sah dagegen bleich und müde aus.

»Vitamine?« Sascha streckte ihr einen seiner selbst gemischten Spezial-Showbiz-Drinks hin. »Grassaft und Red Bull – das gib richtig Kraft und Power!«

»Danke, das kann ich diese Woche brauchen.« Lilly lächelte und probierte Saschas Gebräu. »Schmeckt merkwürdig!« Sie nahm noch einen Schluck. »Fühlt sich aber an, als könnte es helfen.«

»Madonna trinkt das täglich«, sagte Sascha. »Natürlich ohne Red Bull. Der Teil des Drinks wäre ihr wahrscheinlich zu unspirituell.«

Lilly lächelte wieder. »Du bist natürlich Madonna-Fan«, sagte sie. »Das habe ich mir schon gedacht ...«

»Sie ist mein Vorbild und mein Alptraum«, gab Sascha

zu. »Ich will mit 30 so berühmt sein wie sie, aber auf keinen Fall mit 50 so verspannt. Ich wäre gern eine Art Madonna Light ...«

»Ich mag sie auch. Aber besonders die Balladen. ›Frozen‹ oder ›Secret‹. Nicht so gerne die Disco-Anfangszeit mit ›Holiday‹ und so.«

Sascha staunte. Er hatte Lilly noch nie so viel am Stück reden hören.

»Als Kind musste ich immer endlos ›Holiday‹ singen«, fuhr sie fort. »Das fand meine Mutter am niedlichsten. Mit viel Hopsen!«

Sascha sah sich um. »Wo ist denn deine Mutter heute? Shoppen bei Pimkie?« Das war die Gelegenheit, mehr über die wandelnde Modekatastrophe zu erfahren.

Aber Lillys Blick verdunkelte sich sofort. »Ihr geht es nicht so gut. Sie ist zu Hause, sie ...«, sie stockte und schaute Sascha prüfend an. Dann schien sie sich einen Ruck zu geben. »Sie ... darf nicht mehr zu den Proben kommen. Die Produktion hat es verboten.«

»Und – bist du darüber wirklich traurig?« Einen Moment lang dachte Sascha, er hätte sich zu weit vorgewagt, aber im Gegenteil – Lilly musste lachen.

»Nein, gar nicht. Sie ist doch oft etwas – fordernd. Weißt du ...«, langsam schien sie wirklich Vertrauen zu fassen, »ich mach das hier schon sehr lange. Genauer gesagt, seit ich vier bin.«

»Das kann ich toppen! Mit drei Jahren den ersten Werbevertrag!«, sagte Sascha und grinste. »Ich war das Milupa-Baby!«

115

»Nein, wie süß, das kenne ich noch!« Lilly war jetzt vollkommen entspannt. »Da warst du aber ein hübsches Baby!«

»Und jetzt?« Sascha ließ kokett seine Wimpern klimpern.

»Jetzt bist du ein hübscher Junge. Mit einer sehr guten Stimme, wenn ich das mal sagen darf. Und einer sehr guten Performance.« Plötzlich wurde ihr schmales Gesicht ernst. »Weißt du – ich möchte nicht, dass wir uns wehtun. In der Show.«

Sascha zog es den Magen zusammen. Er hatte Lilly bis heute insgeheim als eher blasses braves Girlie eingeordnet, aber irgendwo hatte sie doch eine große emotionale Tiefe. Das erklärte auch, warum ihre Balladen so ausdrucksstark klangen. Ein Engel mit einer sehr traurigen Aura. Und gleichzeitig viel netter, als er gedacht hatte. »Ja, hoffentlich müssen wir nicht zu hart gegeneinander kämpfen«, sagte er und meinte es ernst.

»Hoffentlich nicht«, gab Lilly zurück. »Aber du weißt ja, wie es ist …«

»Ja, ich weiß …« Sascha nickte nachdenklich. »Und eigentlich wollte ich ja auch nie was anderes. Immer nur das hier.«

»Da hast du doch richtig Glück.« Lilly sah ihn mit großen Augen an. »Ich wollte immer etwas anderes.«

»Na, trautes Glück? Willst du die Schwuchtel noch umdrehen? Viel Spaß dabei!« Mike D hatte sich hinter die beiden gestellt und brüllte ihnen ins Ohr. »Viel Spaß bei deiner nächsten Haft!«, gab Sascha zurück. »Vielleicht kannst du ja noch mit elektronischer Fußfessel auftreten.«

Mikes Augen wurden schmal. Er griff nach Saschas Sweatshirt und zog ihn ganz nah zu sich ran. »Pass auf, was du rumtölst, Töle!«, zischte er, »ich würde dir nicht raten, dich mit mir anzulegen!«

»Du bist auch gar nicht mein Typ!« Sascha machte sich los und ging innerlich kochend, aber äußerlich ruhig zu seinen Probensachen zurück. Lilly war verschwunden.

Dafür sprang Chantal mit einem Kimono und einer wie üblich zu großen Verschwörungsgeste auf ihn zu. »Saschalein, hast du ES schon gehört?«

»Den Kokstod dieses ekeligen PR-Manns? Ja, schon dreimal. Und zwei Mal von dir!«

Chantals tief getönte Wimpern zuckten nicht eine Sekunde. »Nein, nicht das, das ist doch Schnee von gestern! Echter Schnee!« Sie schüttete sich aus vor Lachen. »Kleiner Scherz! Nein, die Fatima ist nicht echt ...«

»Was – die war auch mal ein Kerl?« Sascha gingen Chantals Wortspiele immer schwer auf den Geist, aber er scherzte trotzdem zurück.

»Nice try baby, but no! Das Gerücht ist: Sie ist keine Muslima, sondern Jungschauspielerin, frisch von der Schauspielschule. Im Netz sind Bilder aufgetaucht von einer gewissen Nesrin, die unserer kleinen Fatima hier verdammt ähnlich sieht. Natürlich macht so ein Kopftuch viel aus. Wenn du mich fragst, versteckt es deine Persönlichkeit – deshalb trag ich ja auch nie eines.« Sie sah sich um. »Ich muss dann mal wieder los ... bye bye!« Mit großer

Geste wandte sich Chantal ab und modelte direkt an Fatima vorbei, natürlich nicht ohne hinter deren Rücken ein großes Fragezeichen in die Luft zu malen. Fatimas Blick traf genau in diesem Moment auf Saschas fragendes Gesicht. Sie lächelte kühl und kurz und drehte sich dann weg.

Sascha schüttelte den Kopf. Er glaubte Chantal wie immer kein Wort. Oder höchstens ein halbes? Während er seine Sachen zusammenräumte, um zum Gesangscoaching zu gehen, sah er kurz aus dem Fenster. Der Blick auf den S-Bahndamm war genauso unglamourös wie die ganze Probenraum- und Garderobenwelt des riesigen Studiokomplexes. Ein Zug ratterte vorbei, auf dem Bahndamm wuchs Unkraut, und einige Typen verluden Deko in einen Laster. Ein kleiner Trupp Tagesbesucher bekam gerade eine Tour durch die aufregende Welt des Entertainments. Ein paar von ihnen machten tatsächlich gerade Fotos vom Bahndamm und den Männern, die die Deko verluden. Das hier war wirklich nicht Hollywood, seufzte Sascha innerlich. Obwohl einige dieser Jungs in der Besuchertruppe ganz niedlich aussahen. Vielleicht sollte er jetzt einmal majestätisch aus dem Fenster winken, so nach dem Motto: »Der potenzielle *MS-3000*-Gewinner Sascha grüßt huldvoll seine zukünftigen Fans«?

Genau in dem Moment schaute einer der Besucher mit einer Baseballcap kurz zu Sascha hoch und senkte sofort wieder den Blick. Die Gruppe war schon hinter der nächsten Ecke verschwunden, und der Typ ging schnell hinter ihr her und verschwand. Sascha war verdutzt. Täuschte er sich? Oder hatte der Besucher wirklich so ähnlich wie sein Exkonkurrent und Hetero-Date-Trauma Sebastian ausgesehen? Aber was würde der in einer Besucherführung wollen? Sascha kniff sich in den Arm. Gott, nun hatte er schon Visionen von einem Ex-Schwarm, noch dazu einem leicht psychopathischen! Zeit, dass er endlich mal wieder richtigen Sex hatte. In Gedanken reservierte er den heutigen Abend im *Rainbow* für eine ganz genaue Recherche zum Thema »Nobody does it better«!

Als Tanya in der Abenddämmerung zu ihrem Auto ging, lag das Studiogelände schon ziemlich verlassen da. Auf dem großen Parkplatz stand ihr Audi zwar auf einem der vorderen Plätze (natürlich hinter Marcos rotem BMW-Cabrio), aber der Weg dahin war trotzdem mühsam, besonders, wenn wie jetzt erste Regentropfen fielen. Sie musste trotzdem grinsen, wenn sie an ihre Fans dachte, die sie sonst nur in glamourösen Abendkleidern und auf beleuchteten Treppen kannten – wenn die sie jetzt sehen könnten, wie sie in dicker Daunenjacke eingepackt, mit Käppi und Turnschuhen über den Schotter schlurfte, wie eine etwas luxuriöse Putzfrau nach der Schicht. Sie war auch noch mit Tüten und Taschen behängt (sie hatte beschlossen, ihre Garderobe aufzuräumen, und eine Mischung von Fangeschenken und Trainingsklamotten mitgenommen, um sie zu Hause in Ruhe auszusortieren), und so kam sie nur langsam voran, auf jeden Fall zu langsam, um nicht gleich völlig nass zu werden. Zu allem Überfluss klingelte noch ihr Handy, das tief in ihrer Tasche steckte. Wahrscheinlich ein Anruf ihrer Mutter. Sie ließ es klingeln und dachte, dass zu ihrem Glück jetzt nur noch ein Paparazzo fehlte – für die Überschrift »Deutschlands TV Ladies – der ganz private Schmuddel!«.

Als sie Uwe bemerkte, war es deshalb auch zu spät für jedes Ausweichmanöver. Er lehnte an ihrem Wagen, als ob nichts gewesen wäre, kein Nazilied in der Show, kein Hitlergruß, kein Rauswurf unter großem Mediengeheule. Der »einfache Junge aus dem Osten« stand vor ihrer Fahrertür und ballte die Hände in seiner Bomberjacke, während der Regen immer stärker wurde.

»Abend Tanya!« Seine Augen blitzten sie hasserfüllt an. »Auf dem Heimweg?«

Tanya überlegte schnell. Der Weg zurück ins Studio war zwar möglich, aber dann hätte sie ihm den Rücken zuwenden müssen, eine Vorstellung, die ihr gar nicht gefiel. Also Psychologie. Deeskalation.

»Klar. Und du?« Sie ging an ihm vorbei zum Kofferraum und lud wie selbstverständlich ihre Taschen und Tüten ein.

»Klar. Und du?«, äffte er sie nach. »Ach, weißt du, ich stehe hier nur dumm rum und freue mich, dass ich nicht mehr ins Studio darf. Nicht mehr in deine verkackte Show!«

Tanya blieb ruhig und ging um den Wagen herum auf die andere Seite. Durchatmen. Einsteigen und die Zentralverriegelung drücken. Dann die Security anrufen. »Weißt du, Uwe, du hast die Regeln gebrochen«, sagte sie so gelassen sie konnte. »Und damit meine ich keine Show-Regeln. Alle Regeln. Es muss dir doch klar gewesen sein, was passieren wird.« Sie stand jetzt vor ihrer Beifahrertür. »Was willst du von mir?«

»Ich will, dass du dich bei mir entschuldigst!« Jetzt stemmte der ehrliche Rocker seine Ellenbogen auf das Dach und beugte sich zu ihr hinüber. »Die ganze Sache war mit Peter und Marco abgesprochen. Selbst das doofe Pitterchen wusste Bescheid! Und du machst einen auf moralisch und lässt mich öffentlich rausschmeißen! Wer glaubst du eigentlich, wer du bist, du doofe Tussi?«

Tanya klickte auf ihren Schlüssel, aber nichts passierte. Sie versuchte es noch einmal.

»Frauen und Autos«, meckerte es hämisch herüber. »Das kann ja nicht klappen.« Tanya fiel in diesem Moment ein, welchen Beruf der rechtsradikale Ex-Popstar leider im normalen Leben hatte – Automechaniker. Mist, er hatte ihr Schloss manipuliert!

»Diese TV-Tussis kriegen ja nicht mal das Schloss ihrer scheiß Luxuskarre auf! Selbst dazu sind sie zu blöd!« Jetzt kam er langsam um das Auto herum auf sie zu und nahm die Hände langsam aus den Taschen. Tanya machte automatisch ein paar Schritte rückwärts.

»Ich werde dir einen Denkzettel verpassen, du blöde Kuh! Ich …«

In diesem Moment hechtete wie aus dem Nichts eine andere Gestalt hinter dem Auto hervor, das neben Tanyas Wagen geparkt war, und warf Uwe zu Boden. Tanya hörte Faustschläge, konnte aber nicht erkennen, was sich hinter ihrem Auto abspielte. Eigentlich hätte sie jetzt so schnell wie möglich in Richtung Studio loslaufen müssen, aber eine Mischung aus Instinkt und Neugier brachte sie dazu, vorsichtig über ihre Kühlerhaube zu schielen.

121

Nils! Das war Nils, der Uwe auf den Schotterboden des Parkplatzes geworfen hatte und ihn nun dort festgepinnt hielt. Genauer gesagt saß er auf ihm wie ein Ringer kurz vor Kampfschluss.

»Heute kommst du mit einer Warnung davon, du Mistkerl!«, hörte Tanya ihn keuchen. »Aber wenn ich dich noch einmal in der Nähe von Tanya sehe, werde ich dich so dumpf verdreschen, wie es mir meine zehnjährige Kampfsportausbildung immer verboten hat!«

Tanya hätte vermutet, dass er sich noch einmal wehrte. Zumindest irgendetwas brüllte. Aber nein. Hardrocker-Uwe kniff einfach nur den Schwanz ein und rannte ohne ein einziges Wort über den Parkplatz davon, so schnell er konnte.

»Hier, trink!«, sagte Nils, und Tanya griff nach der Tasse – ausgerechnet eine *Music-Star-3000*-Tasse mit ihrem Gesicht drauf.

Sie nahm einen Schluck. Es war ihr Lieblingstee.

»Ich hab ihn dir mit Honig gemacht«, sagte Nils sanft. »So magst du ihn doch am liebsten.«

»Woher weißt du das?« Tanya lehnte sich in der Couch zurück. Sie saß in ihrer Garderobe, Nils hatte darauf bestanden, dass sie im Studio abwartete, bis der Schock nachließ, so hatte er sich ausgedrückt.

»Das steht doch auf deiner Homepage unter Vorlieben.« Nils grinste und wurde leicht rot im Gesicht.

»Ich hätte nie gedacht, dass diesen Quatsch jemand liest …« Langsam kam Tanyas Humor zurück.

Aber Nils wurde ernst. Er setzte sich neben sie auf die Couch. »Dieser Mistkerl! Ich hab ihn vom Fenster aus warten sehen und bin sofort los. Auf jeden Fall kommt der nie mehr aufs Gelände. Ich hab der Security Bescheid gesagt. Jetzt bist du sicher.«

Tanya sah in Nils' Augen. Sie strahlten eine Wärme aus, die sie direkt fühlen konnte, eine Wärme, die ganz bestimmt nicht von ihrem Lapsang-Tee kam.

Es stimmte, jetzt war sie sicher. Bei ihm war sie sicher.

Sie ergriff sanft sein Gesicht mit beiden Händen und zog es zu sich herab. Nils sah sie fragend an. »Aber dieses Mal läufst du nicht wieder weg, oder?«

Tanya schüttelte den Kopf. Dieses Mal nicht. Denn dieses Mal küsste nicht Tanya, sondern Tanja.

KAPITEL 14

Am nächsten Tag musste Tanya dauernd ein Grinsen unterdrücken, während sie Einspielfilmchen von den Proben drehen musste. Nicht nur hatte der Kuss, den sie Nils gegeben hatte, zu etwas geführt, was sie normalerweise nie machen würde – Sex in ihrer Garderobe –, sondern der Sex war auch so lust- und liebevoll gewesen, dass sie sich gleich für den Abend wieder mit ihm verabredet hatte. Auch um zu reden. Oder wie er es im Gehen ausgedrückt hatte: sehr gerne für eine zweite Runde. Diese ewigen Sportmetaphern musste sie ihm allerdings abgewöhnen. Dann am Abend in Tanyas Penthouse hatten sie nicht nur eine zweite Runde eingelegt, sondern auch noch eine dritte und – so weit es nach Tanya ging und wenn sie doch in diesem Bild bleiben wollte – sich einen Pokal verdient. Man konnte ja über Altersunterschiede so viel meckern wie man wollte – was die sexuelle Energie der unter 30-jährigen Männer anging, wollte Tanya nie wieder, in keiner Talkshow der Welt, etwas Negatives von sich geben. Begeisterungsfähigkeit war ihr in der Sexualität so wichtig wie in ihrem Beruf, und der Abend war quasi eine endlose sexuelle La-Ola-Welle gewesen. Am Schluss hatte der zu diesem Zeitpunkt definitiv neue Vorsitzende des Tanya-Beck-Fanclubs seinen Star sogar auf ihren Wunsch hin allein in ihrer Wohnung gelassen und sich leise aus dem Schlafzimmer zurückgezogen wie ein englischer Butler in einem 5-Sterne-Hotel. Tanya hatte schon lange nicht mehr so gut geschlafen.

Sie dachte an ihr Zögern gestern und an ihre Grundsätze, die sie einfach über Bord geworfen hatte. Sie hatte wirklich nie mit einem Fan eine Beziehung eingehen wollen, aber Nils' Verhalten gestern und vor allem ihr Bauchgefühl hatten ihr gesagt, dass er es ernst mit ihr meinte und nicht nur ein erotisches Autogramm einsammeln wollte. Die Gespräche nach und zwischen dem Sex waren dann endlich auch erwachsen geworden – je mehr sie ihm ihr Vertrauen gezeigt hatte, desto mehr hatte er sich entspannt und sich schließlich daran gewöhnt, mit seiner »Traumfrau« im Bett zu liegen. Die »Traumfrau« betonte er allerdings immer noch sehr ausdauernd. Aber dagegen hatte Tanya in Wirklichkeit nichts.

»Du bist so munter, hast du schon was getrunken?«, murrte Pitter, der neben ihr ebenfalls für Probenreportagen geschminkt wurde. Klar, dass die alte verbeulte Spaßkanone sich außer Alkohol keinen Stimmungsmacher mehr vorstellen konnte. Seine Mundwinkel hingen wieder so tief, dass die Maskenbildnerin schon seit Minuten Puder in diesen Gräben versenkte. Das war nicht mehr Schminken, das war Aufschütten!

»Ich habe nur viel Sport gemacht, Pitter!«, sagte sie und spürte, dass sie das Lächeln gar nicht mehr aus ihrem Gesicht bekam. »Ich bin gut gestretcht und komplett in Balance gebracht! Das solltest du auch mal öfter versuchen, nicht nur deinen Maso-Trimmpfad mit Marco beackern!«

Pitter drehte sich schmollend ab, wie immer, wenn Tanya an einen wunden Punkt rührte. »Das sag ich Marco!«, zischte er ihr noch zu wie ein vierjähriger Rotzbengel, dem sein Bagger auf dem Spielplatz weggenommen worden war. Leider konnte er nicht zu seiner Mutter laufen, außer Maria Cron wäre doch ein Mensch und kein Schnaps gewesen!

Tanya lachte laut heraus. Sie war so gut gelaunt, sie hätte zu Plasberg gehen können. Oder mit Tine Wittler Tapeten aussuchen! Kein Horror der deutschen Fernsehwelt konnte sie heute schrecken. Auch nicht all die kleinen Beyonces und Mini-Robbies, die da alle vor ihr probten und verbissen die Popkarriere als Boot Camp verinnerlicht hatten.

Nur die Songtitel hätte Tanya nach dem Tod von immerhin drei Mitarbeitern der Show etwas vorsichtiger und pietätvoller ausgesucht. Ausgerechnet die James-Bond-Songs kamen ihr in dem Zusammenhang doch reichlich makaber vor: »View to a kill« (Fatima), »Licence to kill« (Mike D), »The man with the golden gun« (Lilly) und »You only live twice« (Mephisto) – ja, sogar der Mann in der Maske probte heute mit, weil er dieses Mal auch Ballettmädchen als Bond-Girls um sich herum haben würde. Aber wenigstens gab es noch die inhaltlich goldene Seite der Show mit Chantals »Golden Eye« und Xenas »Goldfinger«. Diese Nummern waren allerdings beachtlich: Was Chantal an Pathos in ihr Gesicht stemmte, legte Xena auf ihre Stimmbänder. Obwohl sie in ihrer Generation plus ihrer Gothic-Welt sicher von Shirley Bassey noch nie etwas gehört hatte, hatte ihre Stimme genau die Stahlhärte und Strahlkraft dieser Königin des unsubtilen Forte. Shirley Bassey sang ja immer, als ob ihr jemand auf den Fuß getreten hätte. Und bei Xena war mindestens ein mittelalterlicher Amboss draufgefallen. Deshalb lag sie auch bei den Publikumsumfragen bis jetzt immer weit vorne, gefolgt von Mephisto, Lilly und Sascha.

Chantal schien die Menschen zu polarisieren – was nicht nur wegen ihrer sexuellen Geschichte, sondern allein wegen ihres Lidschattens nachzuvollziehen war –, und Mike D hatte all die Presse mehr geschadet als genützt.

Fatima schließlich war das Schlusslicht der Umfragen – sie hatte wohl bis jetzt eher nur konservative Türken mobilisiert, und von denen schien die Sendung doch nicht so viele zu locken. Und James Bond in der Moschee – das machte auch wieder keinen Sinn. Trotzdem mühte sie

sich gerade tapfer durch eine Art Lauf- und Stuntchoreo-
grafie für ihren Song.

»Sie haben mir gar nichts zu sagen! Ich bin nicht nur
Mutter, sondern auch Managerin!« Auf einmal gab es einen Tumult vor der offenen Probentür, in dem Tanya nur
zwei Securityuniformen und dazwischen einen wedeln-
den, mit Leopardenmuster geschmückten Arm erkennen
konnte. »Ich gehe da jetzt rein! Ich will zu meinem Mädchen!« Das hochrote Gesicht von Lillys Mutter tauchte
auf, das außerdem noch mit einem schönen blauen Auge
verziert war. »Ich muss sie sehen! Ich hatte einen Unfall!«

Einer der Securitymänner schaute sich Hilfe suchend
um, während Pitter zielstrebig in die andere Ecke des Probensaales zum Nachpudern eilte.

Tanya warf einen Blick auf Lilly, die kreidebleich und
völlig erstarrt mitten im Raum stand, und beschloss zu
schlichten. »Frau Helm, Sie dürfen nicht mehr backstage.«
Sie ging zur Tür hinüber. »Das hat Ihnen die Produktionsgesellschaft untersagt, das wissen Sie doch!«

Das Knäuel aus Sicherheitsuniform und Leoparden-
mantel entwirrte sich etwas.

»Frau Beck? Ich muss unbedingt mit Ihnen sprechen!«,
kreischte es.

Tanya nickte den Securityguards zu, und sie ließen mit
einem Ausdruck der Erleichterung Lillys Mutter los, die
nun völlig aufgelöst vor Tanya stand. Mit einer albernen
Grandezza-Geste strich sie sich die zerwühlten Haare aus
dem Gesicht und versuchte königinnenhaft in Tanyas Augen zu blicken. »Frau Beck! Ich möchte nur ganz kurz

meine Tochter sehen. Ich muss ihr etwas Wichtiges sagen!«

»Rufen Sie sie an«, gab Tanya kühl zurück. »Machen Sie es uns und sich doch nicht so schwer.«

»Sie hat immer ihr Handy aus!«

Roberta Helm drängte sich an Tanya vorbei und lief zu Lilly. »Du hast es immer aus, mein Schatz!«

Tanya stellte sich schützend neben Lilly, die bis jetzt noch keinen Ton von sich gegeben hatte. »Also gut, sagen Sie, was Sie müssen, und dann gehen Sie bitte!«

Aus den Augenwinkeln beobachtete sie, wie Mephisto das Ganze mit dem Handy filmte. Auch der Produktionskameramann hatte die Kamera im Anschlag. Tanya winkte ihm ab – das hier wollte sie in keinem Boulevardmagazin sehen, obwohl sie hier gerade die Gute im Bild war.

»Also gut!« Lillys Mutter nahm den Kopf ihrer widerstrebenden Tochter in die Hände und schaute ihr eindringlich in die Augen. »Ich wollte dir nur sagen, mein Schatz – dass du gut bist, besser als alle anderen hier! Du wirst diese Show gewinnen, und das weißt du, mein Schatz, das weißt du doch!« Auf einmal hatte ihre Stimme einen ganz zärtlichen Klang, fast bettelnd. »Du bist die Beste, mein Engel, du bist die Beste, und ich wollte dir nur ein bisschen Motivation bringen! Nur ein bisschen Motivation! Das ist alles!«

Lilly sah zu ihrer Mutter hoch und Tränen liefen ihr plötzlich über ihr hübsches Gesicht. »Lass gut sein, Mama. Lass gut sein. Geh jetzt nach Hause. Ich komme später nach.«

»Das reicht jetzt!« Tanya musste streng werden. »Es geht

hier offensichtlich nicht um einen Unfall, es sei denn, Sie betrachten sich als Unfall!«

Lillys Mutter schien langsam zu sich zu kommen. Wie ferngesteuert lief sie auf Tanya zu. »Sind Sie kein Mensch, Frau Beck?«, murmelte sie zwischen ihren kirschrosa geschminkten Lippen und starrte sie mit ihrem verbeulten Gesicht an. »Sind Sie kein Mensch? Sind Sie so wie die da?« Ihre Stimme schrillte wieder los, und ihr Finger deutete auf Xena, die die ganze Zeit gelangweilt ihre Haare toupiert hatte. »Du Biest, du wirst es nicht schaffen. Du gewinnst nicht. Und du auch nicht! Und du auch nicht!« Nun drehte sie sich im Kreis und zeigte wahllos auf die anderen Kandidaten. Mephisto, der immer noch filmte, ging sogar langsam auf sie zu.

»Jetzt ist es gut, Frau Helm.« Tanya winkte energisch nach den Securityleuten. »Bitte gehen Sie jetzt!«

Stumm strich Mutter Helm ihrer Lilly noch einmal übers Haar und stolzierte dann wie die Königin eines Trödelmarktes hoch erhobenen Hauptes aus der Tür, gefolgt von der Securitytruppe. Einen Moment herrschte völlige Ruhe im Raum, dann begann Xena zu klatschen. Chantal, Mike D und Fatima stiegen langsam mit ein.

»Gute Show!«, rief Xena halb in Richtung Lilly. »Liegt wohl in der Familie!«

Lilly brach wieder in Tränen aus und rannte aus dem Raum.

»Ihr seid alles Idioten!«, rief Sascha, und Tanya konnte dem nur zustimmen. Die Aggression in der Luft war förmlich greifbar. Mephisto filmte immer noch. »Das reicht jetzt, geben Sie mir das Handy!« Tanya wollte diese Szene nicht im Internet sehen. »Die Produktion verbietet, dass Sie hier filmen!«

Mephisto kam stattdessen samt Handy immer näher auf Tanya zu. Sie spürte sein Grinsen sogar unter der Maske.

»Eine letzte Warnung!« Sie streckte ihre Hand aus. In diesem Moment ertönte ein hämisches Gelächter durch den Mund der Maske, und Mephisto sprintete mit dem Handy los, raus aus dem Probenraum. Ohne lange zu überlegen, rannte Tanya ihm nach.

Bis zum Einkaufscenter konnte sie noch gut mithalten. Sie schaute sich nach den Securityleuten um, aber die waren anscheinend immer noch damit beschäftigt, Lillys Mutter nach draußen zu eskortieren. Das Center grenzte direkt an das Studio, sodass die Besucher vor und nach den Aufzeichnungen einkaufen konnten, am besten natürlich die Artikel der Menschen, die sie gerade im TV-Studio gesehen hatten.

Tanya spurtete an den überall in Deutschland gleichen Läden vorbei, von H & M zu Rossmann, von Starbucks zu Zara. Sie waren gut besucht. Trotzdem schien keinem der fröhlichen Shopper aufzufallen, dass da gerade ein Mann mit Teufelsmaske die Rolltreppe herunterrannte und dabei Leute grob beiseitestieß. Leider hatte Tanya nicht das gleiche Glück. Auf Stufe vier der Rolltreppe geriet sie in einen kichernden Mädchenblock, der sich gerade erst von dem durchstürmenden Maskenberserker erholt hatte. Jedenfalls genug erholt, um die beliebte Jurorin von *Music Star 3000* zu erkennen.

»Mensch, Tanya Beck, Wahnsinn, ein Foto bitte! Könnten wir ganz schnell ein Foto machen?« Diese Frage war keine echte Frage, sondern eine Feststellung, wie immer. Schon hatten sich zwei Teenies am Fuße der Rolltreppe bei Tanya untergehakt, und ein drittes Mädchen zückte das Handy. »Super! Wie toll! Und ein Autogramm! Für Deborah bitte!«

Es hatte keinen Zweck mehr. Tanya zuckte noch kurz, dann ergab sie sich seufzend und wandte sich dem Netz von Armen und Zetteln zu, während der Casting-Satan endgültig davonsprintete. Er bog um eine Subway-Filiale und war verschwunden.

Tanya fuhr die Rolltreppe wieder rauf, gab noch mehr Autogramme und zog sich dann erschöpft auf die Studioseite des Komplexes zurück. In ihr kochte es. Dieser Mistkerl! Dafür sollte er büßen!

Als Sascha am nächsten Tag pünktlich zur Generalprobe kam, um noch ein letztes Mal seinen Song zu üben und vor allem sein Outfit zu checken, merkte er gleich, dass irgendetwas anders war als an einem normalen Liveshow-Tag. Er war direkt ins Studio gegangen, das ihm ungewöhnlich leer erschien. Nur die Lichtdoubles hingen herum und warteten offenbar auf eine Ansage. Alles war merkwürdig ruhig – sonst brummte am Showtag immer das ganze Haus. Überall Musik, Menschen und jede Menge bloß liegende Nerven.

Er setzte sich mit seinem Kleidersack in die leere erste Reihe des Zuschauerbereichs und wartete ab. Eines der

Lichtdoubles, der große Hübsche mit den Locken, wirkte aggressiv. Er schrie immer wieder »Scheiße« und stampfte dabei mit seinen Füßen auf eine der Glitzertreppenstufen, bis jemand von der Produktion ihn zur Ordnung rief. Die große James-Bond-Deko drehte sich langsam und ruhig im Licht der Scanner. Sie sah wirklich fantastisch aus, alle cool in Schwarz-Weiß. Das Auge aus dem berühmten Vorspann war genau nachgebaut worden, und durch die glitzernde Pupille würden sie nachher im Opening den perfekten Auftritt haben. Die runden Podeste für die Gogo-Tänzerinnen waren beleuchtet, und in der Ecke wartete ein riesiges Martiniglas darauf, dass Chantal sich für ihr Solo sexy darin niederlassen würde. Das Jurypult war leer und blinkte in wechselnden Farben, offensichtlich zu Testzwecken.

Keiner der Kandidaten oder Mitglieder der Jury waren zu sehen. Sascha überlegte, was er jetzt tun sollte, als eine Ansage des Aufnahmeleiters über die Lautsprecher kam. Seine Stimme klang ungewohnt brüchig.

Saschas Gehirn verarbeitete nicht ansatzweise das, was er nun hörte: »Liebe Mitarbeiter von *Music Star 3000* – der Motorradunfall der Kandidatin Xena gestern Abend vor dem Einkaufscenter ist leider tödlich verlaufen. Wir haben gerade die Nachricht aus dem Krankenhaus bekommen. Deshalb wird die Show heute nicht wie geplant ablaufen. Die Redaktion berät sich gerade und wird in einer Stunde eine Lösung präsentieren, die der Situation angemessen ist. Wir bitten bis dahin um pietätvolles Verhalten.«

Sascha wurde es auf einmal eiskalt. Panik stieg in ihm hoch. Dann wurde ihm schwarz vor Augen.

WOCHE 5:

YOU'RE THE ONE
THAT I WANT
Duette

E-Mails an die Produktion nach der Sendung, Auszüge:

XENA FOREVER!
Melanie13

The princess of darkness
has stepped into shining Walhalla ...
blackwotan

Wir werden dich nie vergessen!
Der Xena-Fanclub Mühlheim

ich wartete des guten,
und es kommt das böse
joab

KAPITEL 15

Als Sascha wieder erwachte, sah er in die besorgten Augen von Lilly. Kurz dachte er, er läge noch auf dem Studioboden, doch dann spürte er die weiche Matratze unter sich und erkannte sein Diva-Triptychon auf dem Nachttisch. Madonna, Gaga und Britney. Er war in seinem Hotelzimmer.

Lilly strich ihm über die Stirn. »Es ist alles okay. Du bist nur umgekippt.« Ihre Stimme klang sanft und beruhigend, und Sascha hätte sich fast von ihr einlullen lassen. Doch plötzlich war alles wieder da.

»Ist das wahr mit Xena? Sie ist tot?«

Lilly nickte. Ihr Blick war voll ehrlicher Trauer, die sie im Leben so verletzlich machte und beim Singen so gut. »Sie hatte gestern Abend einen Motorradunfall. Heute Morgen ist sie ...« Lilly schien nicht sicher zu sein, ob Sascha schon wieder stark genug war, um die harten Fakten zu hören. Sie wählte eine sanftere Formulierung: »Sie ist von uns gegangen.«

»Und was ist mit der Show?« Einen Moment lang hasste Sascha sich für den schnellen Wechsel in seinem Hirn. Aber er konnte nicht anders, sein nächster Gedanke war schon wieder bei »Nobody does it better«.

»Sie lassen die Bond-Show ausfallen und machen statt-dessen eine Tribut-Show für Xena. Keiner fliegt heute raus. Jeder singt eine Ballade, die er sich selber bis heute Abend aussucht.« Lillys Blick wirkte auf einmal prüfend. Checkte sie, ob Sascha so von Ehrgeiz zerfressen war, dass er ab jetzt nur mit seiner Liedauswahl beschäftigt wäre?

»Die arme Xena«, sagte Sascha hastig. Er hatte Xena nicht gemocht, aber das, was mit ihr passiert war, tat ihm natürlich leid. Und trotzdem, die Show war nun einmal das Wichtigste für ihn. Sie ging vor, immer. »Ich werde ›Your Song‹ singen«, sagte er schnell entschlossen.

Über Lillys blasses Gesicht huschte plötzlich ein Lä-cheln. »Gute Wahl. Ich nehme ›Somewhere‹ aus West Side Story.«

Sie tauschten einen Blick. Und Sascha zollte Lilly ins-geheim Respekt. Sie war ein echter Profi, das musste er ihr lassen. Genau wie er.

Tanya war schon am späten Samstagabend zu ihrer Mut-ter geflüchtet, um dem ganzen Rummel nach der Tribut-Show und ihren eigenen Gedanken zu entgehen. Ihre Mutter wohnte noch in dem kleinen Dorf in der Eifel, in der Tanya noch als Tanja großgeworden war. Tanya hat-te ihr von ihren ersten großen Modelgagen ein großes Grundstück mit Garten direkt am Ortseingang gekauft und ein kleines, aber niedliches Häuschen dazu. Dieses erste große Geschenk an ihre Mutter, die ihre ganze Kar-riere begründet und begleitet hatte, war immer noch eines der Dinge, auf die Tanya in ihrem Leben am meisten stolz war. Tanyas Vater war bei einem Motorradunfall ums Leben gekommen, als sie ein Kind gewesen war. Vielleicht war sie auch deshalb jetzt so durcheinander.

Tanyas Mutter öffnete die Tür und drückte ihre Tochter wie immer mit großer Geste an ihre nach Chanel No. 5 duftende Brust, bevor sie genauso automatisch ihren ersten Kontrollblick auf Tanyas Gesicht warf.

»Du siehst ja grauenhaft aus, Kind.« Das Urteil kam niederschmetternd. »Ist jemand gestorben?«

Es war diese Mischung von deftiger Kritik und genauem Instinkt, die Tanya an ihrer Mutter so schätzte, die sie aber auch schon in mehreren Jahren Therapie ausführlich verarbeitet hatte. Heute liebte sie ihre Mutter dafür, dass sie ihr gegenüber absolut ehrlich war und immer genau das aussprach, was sie gerade dachte. Als zu langer und dünner Teenager war das noch anders gewesen. Damals hatte Tanya unter all der Ehrlichkeit entsetzlich gelitten.

»Meine Tochter, der Besenstiel.« Das war die Lieblingsintroduktion ihrer Mutter allen Fremden gegenüber in dieser Zeit gewesen. »Kein Arsch und keine Tittchen, genauso wie Schneewittchen«, pflegte sie manchmal noch nachzulegen, wenn sie gut gelaunt war, bevor sie mit einem aufmunternden »Aber das wird sicher noch!« Tanya an den Ohren knuddelte.

In diesen Momenten – so hatte Tanyas Therapeutin für viel Geld herausgefunden – hegte die kleine Tanja damals Mordfantasien. Die sie aber später im Leben in Ehrgeiz sublimiert und ihr so zu einer großen Karriere verholfen hatten. Vielleicht war das ja von Anfang an der Plan ihrer Mutter gewesen, und alles war genauso gekommen, wie es sich eine alleinerziehende Mutter in Stolberg in den 80ern gewünscht hatte: meine Tochter, Model und Moderatorin. Diesen Gedanken hatte Tanya noch nicht einmal ihrer Therapeutin verraten.

»Jetzt komm erst mal rein, Kind, ich mach dir einen Kaffee! Und wisch dir die Pampe aus dem Gesicht, du siehst aus wie eine Nutte, die in den Malkasten gefallen ist.«

Kaffee war in der Welt von Tanyas Mutter das Allheilmittel gegen jede Form von Kummer, deshalb konnte man ihn auch nachts um zwölf Uhr trinken. Wie ihre Mutter nach all dem Koffein allerdings schlafen konnte, hatte Tanya bis heute nicht herausgefunden. Ob ihre Mutter von dem Konzept »Schlaf« überhaupt etwas hielt, wusste sie auch nicht. Sie hatte sie jedenfalls nie schlafen gesehen.

»Nein danke, lieber ein Bier!«, rief sie, während sie sich im Bad schnell abschminkte und zum Abschluss eine Extraportion eiskaltes Wasser über ihr müdes Gesicht schüttete. »Und wenn du es wissen willst – ja, jemand ist gestorben! Eine Kandidatin!«

»Als ob ich das nicht wissen würde. Ich hab doch die Sendung gesehen, Kind!« Ihre Mutter stand mit einem Bier und einem Kaffee hellwach und neugierig in der Tür. »Ich verpasse nie eine Sendung von dir! Das war eben nur ein Witz. Komm, wir setzen uns in den Salon.«

Tanya schüttete noch eine Portion Wasser nach. Die

Witze ihrer Mutter hatten ihrer Therapeutin einen Anbau finanziert.

Der »Salon« war das Wohnzimmer des Hauses, das Tanyas Mutter mit einer teuren, aber unbequemen Mischung aus 80er-Jahre-Designermöbeln und alten Erinnerungsstücken dekoriert hatte. Tanya setzte sich in den bequemsten Sessel, der noch aus dem alten Haus ihrer Kindheit stammte, der aber auch inzwischen mit unfassbar teuren Versace-Stoffen (Tanya erinnerte sich noch genau an die Rechnung) mit Medusenhäuptern und Mäandern aus Schlangen in einen Vorstadt-Pompeji-Thron verwandelt worden war. Einen Moment lang sah Tanya vor ihrem inneren Auge Lillys Mutter in ihrem pinken Leoparden-Jogging-Outfit auf diesem Sessel sitzen, und es schüttelte sie.

»Ist dir kalt, Kind? Obwohl du wieder ganz schön zugenommen hast. An der Fettschicht kann es also nicht liegen. Ich dachte mir das schon, als ich dich vorhin in der Sendung gesehen habe.«

Tanya war zu müde, um überhaupt noch auf die mütterlichen Doppelmeldungen einzugehen. Sie kam zum Wesentlichen. »Mama, das Mädchen ist nicht die einzige Tote in der Produktion! Letzte Woche ist der PR-Chef gestorben, in der Woche davor ein Fotograf. Und dann ist noch ein Maskenbildner ums Leben gekommen!« Tanya hatte sich nicht überlegt, warum sie ausgerechnet ihre Mutter in ihre dunklen Gedanken einweihen wollte. Aber bei ihr war sie sich sicher, dass sie nicht mit der Presse sprechen würde. Vielleicht als einzige Person, die sie kannte.

»Der nette PR-Mann? Dieser Holländer? Was ist denn passiert?« Ihre Mutter war wahrscheinlich die Einzige im Umkreis von hundert Kilometern um Peter de Bruyn, die ihn als »nett« bezeichnet hatte. Vielleicht hätte Tanya ihre Mutter zu Peters Beerdigung einladen sollen. Es waren noch weniger Menschen gekommen als bei Mausi Schmitz.

»Drogen. Er hat immer zu viel gekokst. Und dann wohl einmal viel zu viel«, gab Tanya zurück.

»Ich sach dir, dat is Teufelszeug«, seufzte ihre Mutter und schüttete sich ungerührt einen Baileys in ihren Kaffee. »Wer dat macht, is selber schuld. Du nimmst doch immer noch hoffentlich nix?«

»Nein, Mama«, sagte Tanya im Tonfall einer mauligen Sechzehnjährigen und versuchte es noch einmal. »Aber verstehst du denn nicht? Jede Woche ein sogenannter Unfall! Alle im Umfeld der Produktion. Erst der PR-Chef, jetzt sogar eine Kandidatin … was kommt als Nächstes? Die Jury?«

Das wäre nun – Tanyas Gefühl nach – der absolut richtige Moment für eine sorgenvolle mütterliche Reaktion gewesen. Aber wie immer hielt sich ihre Mutter nicht an das fernseherfahrene Gefühl für Dramaturgie ihrer Tochter. »Den Marco Deutz bringt niemand um, dat is zu gefährlich. Da haste wahrscheinlich die Mafia UND den BND am Hals. Allerdings beim Pitterchen – wenn der mal rülpst, brauchst nur 'ne Flamme dranhalten, dann explodiert der! Verstehst du – wegen dem Alkohol!«

Das Einzige, was Tanya noch müder machte als die

Witze ihrer Mutter, waren die nachträglichen Erklärungen. Es war offensichtlich sinnlos, in ihr eine Verbündete zu suchen. Oder jemand, der sie verstand. Sie würde jetzt ins Bett gehen.

Als sie wenige Minuten später in ihrem alten Kinderzimmer lag, das es erstaunlicherweise komplett im Originalzustand in das neue Haus geschafft hatte (vielleicht wollte ihre Mutter später mal daraus ein Museum machen und Führungen veranstalten …), starrte Tanya noch ein wenig auf ihre alten Kim-Wilde-Poster und sinnierte. Mit irgendjemandem musste sie ihre Gedanken teilen, sonst würde sie durchdrehen. Aber es musste jemand sein, der nicht zu viel mit dem ganzen Zirkus zu tun hatte und dem sie wirklich vertraute.

Vor ein paar Wochen hätte sie nicht gewusst, wer das außer ihrer Mutter sein könnte. Aber jetzt gab es tatsächlich noch jemand.

KAPITEL 16

Mit Nils im Stadtpark spazieren zu gehen, fühlte sich für Tanya gleichzeitig neu, aber irgendwie auch schon vertraut an. Zufrieden nahm sie Schluck für Schluck von ihrem Latte to Go aus dem Pappbecher, während sie zusah, wie moderne Mütter leicht hysterisch ihren hochsensiblen Kindern die Designerrucksäcke nachtrugen. Tanya zelebrierte und genoss ihr urbanes Leben immer extrem, wenn sie aus dem Provinznest ihrer Kindheit kam. Der

Kaffee kam ihr vor wie ein Symbol – *modern living* statt Jacobs Krönung. Und: Sie hatte gerade alle die Fragen, die ihr zu den sogenannten Unfällen rund um die Produktion durch den Kopf gingen, noch einmal gestellt, und dieses Mal hatte man ihr endlich zugehört. Nils war sogar sehr ernst und schweigsam geworden nach ihren Ausführungen und stellte nun die logische Frage, die auch Tanya schon die ganze letzte Zeit im Kopf herumging: »Solltest du damit nicht zur Polizei gehen?«

»Ich hab so wenig in der Hand«, sagte Tanya. »Die medizinischen Befunde haben jedes Mal eindeutig einen Unfall bestätigt, und nur weil es jetzt schon vier Unfälle sind – vielleicht ist das bei so extremen Menschen im Showbusiness doch nicht ungewöhnlich. Zu viele Drogen, zu viel Stress und zu schnelles Motorradfahren – irgendwie müssen die Leute ja die Anstrengung verarbeiten, die dieses Geschäft mit sich bringt. Verstehst du, ich habe einfach keine Beweise für mein Gefühl.«

»Wie verarbeitest du eigentlich selber die Anstrengung deiner Arbeit?« Nils nahm vorsichtig ihre Hand, und es fühlte sich gut an. »Immer angestarrt zu werden, immer unter Beobachtung«, er deutete auf zwei kichernde Teenagermädchen, die ungelenk versuchten, ein heimliches Handyfoto von Tanya aus sicherer Distanz zu schießen, »wo steckst du das alles hin?«

»Gute Frage«, sagte Tanya und dachte »doofe Frage«. Es war immer genau diese, immer dieselbe Frage, die Menschen ihr stellten, die nicht in ihrer Branche arbeiteten. Deswegen hatte sie oft gedacht, sie könnte nur mit jemand zusammen sein, der ebenfalls aus dem Showbiz wäre. Der den Druck, der aber auch die Belohnungen verstand. Aber wenn sie dieses Modell versucht hatte, war es größtenteils genau daran wieder gescheitert. Die für Beziehungen miserablen Arbeitszeiten, die vielen Reisen, die vielen Hotelzimmer – damit war es fast unmöglich, Zeit füreinander zu finden. Besonders die in Amerika so schön benannte »Quality Time« – Qualitätszeit, in der man nicht alle Details der letzten Arbeitswoche während eines kurzen Abendessens besprechen musste und auch nicht direkt sofort ins Bett fallen musste, damit man am Morgen wieder frisch in einen Flieger steigen konnte. Das hatte jede aufkeimende Beziehung der letzten Jahre gekillt …

Tanya zuckte zusammen und warf einen schnellen Blick auf Nils, der immer noch auf eine Antwort wartete. Waren ihre Gedanken ihr wieder mal voraus? War sie schon beim Thema Beziehung und wie sie gelingen könnte?

Auf jeden Fall hatte ihr Begleiter erst einmal eine Antwort auf seine Frage verdient. Sie seufzte: »Es gehört dazu. Es gibt diesen Beruf nicht ohne die Aufgabe der öffentlichen Anonymität. Man kann kein Star sein und dann auf der Straße nicht erkannt werden wollen, das wäre paradox. Aber manchmal wünsche ich mir natürlich, bei Chanel gäbe es auch Tarnkappen.« So – der Begleiter hatte sogar eine sehr ehrliche Antwort bekommen. Denn das mit dem Unsichtbarkeitswunsch gestand sich Tanya sogar selber selten ein, geschweige denn erzählte sie es anderen Menschen.

»Aber wann hast du denn die Entscheidung getroffen,

Star zu werden?«, konterte Nils. »Warst du da nicht noch viel zu jung? Das sind doch typische Teenagerträume, die man hat, ohne dass daraus ein echter Beruf wird. Ich zum Beispiel wollte unbedingt Formel-1-Fahrer werden und was bin ich froh, dass ich heute nicht bei jedem Arbeitseinsatz mein Leben riskieren muss.«

Tanya fiel sofort wieder ihre erste Modenschau mit 13 ein, die billigen Katalogkleider, die stolze Mutter. All die Prinzessinnenträume junger Mädchen, die jetzt so brutal von den Model-Castingshows ausgebeutet wurden, genau der Industrie, die sie selbst zur Zeit so müde machte. Der hübsche Kerl an ihrer Seite hatte nicht nur ehrliche Antworten verdient, sondern er stellte auch, das musste sie zugeben, sehr schlaue und richtige Fragen.

»Aber Risiko muss ja nichts Schlechtes sein, oder?«, sagte sie und küsste ihn zum ersten Mal im hellen Tageslicht in einem gut besuchten Park in aller Öffentlichkeit.

Das schwarze Brett im Studio quoll am Montagmorgen über vor Presseberichten. Sascha las wie immer jeden einzelnen Artikel – nicht wie andere Kandidaten nur die, in denen sie erwähnt wurden –, und dieses Mal dauerte das fast eine ganze Stunde. Xenas Tod hatte es wirklich auf fast jede Titelseite Deutschlands gebracht – von seriös bis extrem bunt. »Castingshow-Kandidatin erleidet tödlichen Motorradunfall«, war die konservativste Formulierung, während die Boulevardpresse die provokativsten Bilder von Xena genüsslich mit Bildern vom Unfallort samt zerbeultem Motorrad kombinierte. Der schuldlose Lastwagenfahrer, in den Xena mit 90 Kilometern hineingedonnert war, während er gerade im Parkhaus den Supermarkt des Einkaufscenters beliefern wollte, stand immer noch unter Schock und hatte nur berichtet, dass das Motorrad viel zu schnell und scheinbar außer Kontrolle von der Rampe des Parkhauses auf ihn zugeflogen war. Selbst wenn er noch die Zeit gehabt hätte zu reagieren, er hätte wegen der Betonbrüstung nicht ausweichen können. So konnte er nur mit ansehen, wie »ein schwarz gekleidetes Mädchen ohne Helm« direkt auf seiner Windschutzscheibe aufschlug, die wie durch ein Wunder nicht zersplittert war. Auch dass der Mann überlebt hatte, war ein Wunder. Und nein, er hatte die berühmte Castingshow-Kandidatin nicht im Flug erkannt ...

Die nächsten Zeilen gehörten natürlich immer Marco Deutz, der wohl den ganzen Sonntag nichts anderes getan hatte, als Interviews zu geben. Xena sei ein »Ausnahmetalent« gewesen, eine »ganz besondere künstlerische Persönlichkeit« und natürlich eine »potenzielle Gewinnerin dieser Staffel« – von seinen Fledermausbeschimpfungen war nichts mehr übrig geblieben, dachte Sascha bitter, vor allem vermutlich deswegen nicht, weil alle Kandidaten während der Laufzeit der Show automatisch bei Marcos Label »Big Ego« unter Vertrag waren.

Es würde sicher nicht lange dauern, bis einer der Coversongs von Xena aus den bisherigen Sendungen als Single die Charts raufklettern und Marcos Konto füllen würde. Sascha hoffte nur, es würde nicht »Girls just wanna have fun« werden.

Xenas echter Name war übrigens Heike Dehlen gewesen. Ganz klein tauchte er ab und zu unter den Fotos von ihrer wirklichen Familie auf – einer freundlich aussehenden Großfamilie in Emden, zu der Heike vor Jahren den Kontakt abgebrochen hatte.

»Sie verließ schon mit 15 die Schule, ging dann nach Berlin, und wir haben nie mehr was von ihr gehört«, wurde ihr Vater zitiert. »Bis wir sie in der Sendung wiedersahen. Aber das war nicht mehr unsere Heike.«

Ein Foto machte Sascha richtig traurig – es zeigte die kleine Heike Dehlen mit sechs Jahren bei der Einschulung. Ein pausbäckiges fröhliches Mädchen mit einem Topfschnitt. Keine Gothic-Princess, sondern eher eine niedliche Mischung aus Pippi Langstrumpf und einer Miniatur-Mireille-Matthieu.

Die genauen Umstände des Unfalls waren wohl erstaunlich unklar, obwohl das Einkaufscenter zu dem Zeitpunkt gut besucht gewesen war und Xena/Heike nicht nur eine auffallende Person, sondern ja auch schon ein kleiner Fernsehstar gewesen war. Aber nur einige wenige Besucherinnen des Centers erinnerten sich an ein »schwarz gekleidetes Mädchen, das hektisch und aggressiv durch das Einkaufszentrum lief«. Ein Mann hatte im Parkhaus gesehen, wie Xena/Heike auf das Motorrad gesprungen war und »viel zu schnell losdonnerte«.

»Sie wirkte irgendwie panisch«, wurde er zitiert. »Aber das tun ja heute viele junge Leute.«

Neben Sascha tauchte plötzlich Chantal auf, die heute trotz eines klassisch geschnittenen schwarzen Minikleids aufgedonnert wirkte, was an zu großem Silberschmuck und ihrer hochtoupierten Frisur lag. Schnell überflog sie die Artikel.

»Tragique, tragique!«, murmelte sie in Saschas Richtung und beschloss dann offenbar, ihn auf ihre »Wispern in Versailles«-Art einzuweihen. »Gleich bei der PK, mein Schatz«, flüsterte sie unter ihrer viel zu großen Jackie-O-Brille hervor, »wird es eine Riesenüberraschung geben! Freu dich drauf! Deine Chantal ist heute Mata Hari!«

Damit stöckelte sie davon, umgeben von einem Hauch von »Mystery«, dem neuesten Parfüm von Dolce & Gabbana. Sascha straffte sich und checkte noch ein letztes Mal die Wand. Die Kandidaten hatten bisher keine Statements zu Xenas Tod abgegeben, darum hatte die Produktion sie gestern gebeten. Man wollte sich das für die heutige Pressekonferenz aufheben, zu der sich so viele Journalisten angemeldet hatten wie nie zuvor.

»Das Interesse ist extrem hoch, bitte repräsentiert unsere Sendung und Xenas Vermächtnis!«, hatte es in der internen E-Mail geheißen. Deshalb hatte Sascha jetzt auch seinen besten und schmal geschnittensten schwarzen Anzug an plus ein großes Kreuz um den Hals – pietätvoll, Xena-like und sehr schick. Ach ja – und einen Satz in der internen E-Mail hatte natürlich auch jeder Kandidat genau gelesen. Sascha ließ ihn sich noch mal auf der Zunge zergehen – »Die Xena-Tribut-Show am Samstag hatte mit 27 % Marktanteil den bislang höchsten Zuschaueranteil der gesamten Staffel.«

Saschas Version von Elton Johns »Your song« war sehr

gut angekommen, das wusste er. In den Internetumfragen vom Sonntag stand er jetzt auf allen Fanseiten auf Platz zwei. Direkt hinter der toten Xena.

KAPITEL 17

Die Pressekonferenz fand wegen des großen Andrangs ausnahmsweise direkt im Studio statt. Das violette Licht, das der preisgekrönte Lichtdesigner jetzt über den langen aufgebauten Tisch mit der schwarzen Samtdecke schickte, verlieh der Szene etwas Klerikales, irgendwo zwischen Trauerfeier und letztem Abendmahl. Tanya checkte die Sitzordnung. Wie immer wurden die drei Juroren in der Mitte platziert, rechts und links von ihnen die restlichen sechs Kandidaten, aufgeteilt nach Jungs und Mädchen. Sie war froh darüber, dass sie wie immer genau die Mitte einnahm. So musste sie bei diesem schwierigen Termin nicht wie Marco Deutz genau neben Mephisto sitzen und auch nicht wie das Pitterchen neben der wortkargen Fatima. Die hatte wirklich ein samtenes schwarzes Kopftuch gefunden – und damit genau wie alle anderen ihre Interpretation zum Stylingthema Trauer geliefert. Für Sascha und Lilly war es als eher brav-niedliche Typen einfach gewesen, aber schon Mike Ds schwarzer Adidas-Trainingsanzug mit der schwarzen Baseballcap hätte original aus einem Comic über trauernde Rapper stammen können, während Chantal sich zu dem Modell »Lady Gaga als Maria Callas« entschlossen hatte.

Aber Mephisto war derjenige, der Tanya am meisten überraschte. Sie hatte mit allem gerechnet: einem schwarzen Cape, einem Vampiroutfit mit schwarzem Rüschenhemd, vielleicht sogar mit einer schwarzen Mönchskutte. Stattdessen trug der Mann ohne Gesicht heute einen einfachen schwarzen Anzug von der Stange, der mehr nach Kaufhof als nach »Twilight« aussah. Dazu seine klassische Teufelsmaske, aber der Gesamteindruck war eher Loriot an Halloween als das nun schon berühmt-berüchtigte Castingmonster. Der Teufel trägt C & A, frei nach dem bekannten Film mit Meryl Streep.

Marco hatte sich in ein enges schwarzes T-Shirt unter dem Jackett gepresst, was aus ihm einen trauernden Ed Hardy machte, Pitterchen sah eigentlich aus wie Mephisto, nur in BOSS, und sie selber hatte jetzt schon das dritte Mal in drei Wochen ihr schwarzes sündhaft teures Tom-Ford-Kostüm an, das sie wirklich nur für Trauerfälle und Preisverleihungen aus dem Schrank nahm.

Nachdem die Fotografen das Gesamtbild abgeblitzt hatten, erhob sich nun der Pressesprecher des Senders, ein smarter österreichischer Yuppie, dem man das Gewissen Tanyas Gefühl nach schon mit dem ersten Taschengeld abgekauft hatte und der zurzeit als Nachfolger von Peter de Bruyn gehandelt wurde. Wenn es um Skrupellosigkeit ging, kamen im deutschen TV-Geschäft nach den Holländern immer die Österreicher – das schoss Tanya durch den Kopf, während der Mann seine erwartungsgemäß gehaltlose Rede hielt. Beide Länder konnten Zynismus einfach besser verpacken als die Deutschen –

die Holländer durch eine gewisse niedliche Tulpen- und Holzschuhmasche; die Österreicher durch den geölten Schmäh der Wiener Gesellschaft. Bei den Deutschen dagegen merkte man oft zu genau, wenn gemein gemein war. Es war eine Art Gemeinheit mit Scheitel. Deshalb hielten die Deutschen sich im Schnitt oft weniger lang im Sattel der etwas schlüpfrigeren Positionen im TV.

Nach dem Pressemann des Senders war die Sprecherin der Produktionsgesellschaft dran, eine junge dünne blonde Frau mit einer Grace-Kelly-Hochsteckfrisur, die neu und unerfahren wirkte und offensichtlich vor kurzer Zeit noch an einem Messestand gestanden und etwas anderes verkauft hatte als Fernsehen. Sie las ihre Rede von Karten ab, was bei den von ihr vorgetragenen Gefühlen von »tiefer Trauer« und »unersetzbarem Verlust« so authentisch wirkte wie eine Stewardess in einer Soap-Opera. Als sie zum Ende der Rede auch noch versuchte, eine Träne aus den blassen Augen zu drücken, reichte es Tanya, und sie beschloss, die Kirche zurück ins Dorf zu schicken. Sie stand auf und spürte, wie alle Blicke sich auf sie richteten. »Xena war eine sehr gute Sängerin, ein sehr talentiertes junges Mädchen, das diese Sendung bereichert hat. Aber liebe Bärbel« – und hier schaute sie nicht einmal zur neuesten Marketing-Entdeckung des Produzenten hinüber – »sie war nicht Whitney Houston und auch nicht Amy Whinehouse. Es war ein schrecklicher Unfall, und wir trauern hier alle, jeder auf seine Weise.« Sie setzte sich wieder und merkte schon, wie Marco neben ihr murrte. Ihm wäre es natürlich lieber gewesen, seine brandneue

Lieblingssängerin in der Reihe dieser großen tragischen Sängerschicksale zu sehen, das wäre besser für den zukünftigen Xena-Kult. Wahrscheinlich ärgerte er sich auch gerade, dass Xena in der Show keine Coverversion einer dieser beiden berühmten toten Stars gesungen hatte, die er nun auskoppeln konnte. Und wirklich – er kniff sie heimlich in den Oberschenkel.

»Etwas mehr Gefühl!«, zischte er durch die Zähne, während er den kantigen Schädel in Pseudotrauer gesenkt hielt.

»Etwas weniger Gier!«, zischte Tanya zurück und suchte mit ihrem Blick Nils, der hinter den Journalisten an der Seite stand.

»Dieses neue Lichtdouble strahlt dich immer so zufrieden an … ich denke, du schläfst nicht rum auf der Arbeit …?«

Tanya durchzuckte es. Verdammt! Marco entging einfach nichts. Sie hatte so gehofft, Nils am Chef vorbeischmuggeln zu können. Aber ein Fuchs blieb ein Fuchs. Da half nur die Flucht nach vorne.

»Ich dachte, ich lass mich von dir inspirieren. Du bist für mich doch immer ein Vorbild!«, knurrte sie.

Jetzt zog Marco seine Sonnenbrille leicht herunter und sah erst Nils und dann Tanya lange an. »Ich wusste ja, dass du auf Ashton Kutcher stehst …« Er grinste breit. »Aber das macht dich, rein optisch gesehen, nun wirklich nicht zu einer Demi Moore.«

Wenn sie die Chance gehabt hätte, wäre Tanya jetzt einfach aufgestanden und gegangen. Stattdessen musste sie noch dem Ende von Pitterchens langem kölschem Geheule zuhören, der endlich mit einer wie immer allgemeinen rheinischen Lebensweisheit seinen Beitrag beendete. »Et hätt noch immer jot jejange!«

Hat es eben nicht, dachte Tanya. Nicht für Xena/Heike Dehlen.

Als sich Pitterchen setzte, atmete Tanya auf. Das Schlimmste war vorbei. Jetzt kamen nur noch Einzelinterviews, die sie mit dem Satz »Das geht heute nicht, ich bin noch zu geschockt!« zu umgehen gedachte. Und bis jetzt hatte auch Gott sei Dank niemand etwas gesungen – das hatten alle schon in der Sendung am Samstag erledigt. Aber gerade, als der neue PR-Hengst den Sack zumachen wollte, erhob sich Chantal, zog die große Bienenbrille von der Nase und machte ein Gesicht, als ob sie Marlene Dietrich in »Zeugin der Anklage« in 3D darstellen wollte.

»Meine Damen und Herren von der Presse, ich habe noch etwas mitzuteilen!« Nein. Nicht die Dietrich. Eher Joan Collins, dachte Tanya. Aber wer auch immer – es funktionierte. Alle sahen zu Chantal hinüber, und die Fotografen schossen das Motiv schon mal vorsorglich ab. »Wir trauern heute um meine liebe Kollegin Xena, ein aufgehender Stern am Pophimmel, der viel zu früh verloschen ist!«

Du liebe Güte, wer hatte ihr denn das geschrieben? Tanya musste ein Kichern unterdrücken. Die Textfirma »Soap to Go«?

Chantal hob die Arme. »Aber gerade an so einem Tag der ehrlichen Gefühle ist kein Platz für eine Lüge. Und deshalb möchte ich hier und heute klarstellen, dass jemand in diesem Raum – jemand von *Music Star 3000* – nicht die Wahrheit sagt, was seine Identität angeht.«

Jetzt hatte Chantal Tanya doch. Manchmal konnte billiges Drama wirklich packend sein. Würde Chantal jetzt enthüllen, dass Tanja sich ein Y einverleibt hatte und schnell eine Silbe von Becker abgetrennt hatte wie Chantal ein paar Zentimeter von ihrer Natur? Oder dass das beliebte Pitterchen ein tragischer Alki war? Oder Marco ein Arschloch? Aber was wäre daran neu?

»Jemand hier lügt!« Jetzt kramte Chantal aus ihrer riesigen Handtasche einen Umschlag hervor und streckte ihn anklagend in Richtung Presse wie in einer amerikanischen Gerichtsserie. »Jemand hier spielt der ganzen Welt schlechtes Theater vor!«

»Du mein Schatz, du!«, wollte Tanya rufen und wurde nun innerlich wirklich fast hysterisch. Mit einem effektvollen Ruck zog Marlene Collins ein Foto aus dem Umschlag und drehte es um. Darauf war ein freundliches Mädchengesicht mit vielen Piercings abgebildet. »Die sogenannte Fatima hier ist nicht Fatima aus Berlin-Kreuzberg, sondern die Jungschauspielerin Nesrin Akin aus Berlin-Mitte!« Mit einem triumphalen Gesichtsausdruck hielt Chantal das Foto der unbekopftuchten Ex-Fatima in deren Richtung, als ob sie gerade persönlich die Berliner Mauer durchbrochen hätte. Die Kameras blitzten ein Silvesterfeuerwerk auf die überraschte Konkurrentin.

Aber die Transe der Anklage hatte wohl nicht mit der Coolness Berliner Schauspielschülerinnen gerechnet.

»Das ist natürlich richtig, meine liebe Chantal …«, mit einem schnellen Ruck zog sich die enttarnte Nesrin das Kopftuch herunter und warf es auf den Tisch wie ein lästiges Requisit. Darunter leuchtete eine platinblond gefärbte, sehr kurze Strubbelfrisur. »Ich bin Nesrin Akin, Schauspielerin, und habe diese Maskerade hier nur durchgezogen, um einen künstlerischen Kommentar zu der Rolle der muslimischen Frau in der heutigen Mediengesellschaft zu gestalten. Das Ganze ist Teil meines Theatersoloprojekts ›Muslima 3000‹, das ich ab September in den Berliner Sophiensälen aufführen werde und von dem man jetzt Ausschnitte auf meiner Homepage muslima3000.de sehen kann, darunter …«, die Jungschauspielerin machte eine strategische Pause, ehe ihre werbewirksame Rückhand genau in Richtung Chantal zielte wie Venus Williams an ihrem besten Grand-Slam-Tag, »… darunter auch viel Backstagematerial von den Proben, das unter anderem zeigt, wie das alberne Imitieren eines weiblichen 50er-Jahre-Glamourklischees leider selbst im transsexuellen Gendermilieu nicht zu feministischem Fortschritt, sondern nur zur weiteren Zementierung der unterdrückten Frau im Entertainment führt! Außerdem möchte ich darauf hinweisen, dass ich tatsächlich auch ohne Kopftuch eine echte Muslima bin. Und sehr religiös.«

Das hatte gesessen. Chantal stand der Mund offen, während sie immer noch über den letzten langen Satz ihrer Gegnerin nachdachte. Als sie ihn begriffen hatte, fiel ihr anscheinend auch keine Geste aus dem Bereich »selbstbewusster Postfeminismus« ein, sondern im Gegenteil – wie Alexis einst auf Crystal hechtete sie nun über den Tisch, krallte sich die coole Ex-Fatima und warf sie zu Boden. Das Gerangel, das nun folgte, wurde von den Blitzen der Fotografen so hell ausgeleuchtet, als ob man einen wissenschaftlichen Laborfilm drehte, und auch die Tonleute der anwesenden TV-Teams kauerten sich so nah wie möglich an das Knäuel aus Türkinnenpower und scharfen grünen langen Fingernägeln heran, um auf keinen Fall eine der lauthals ins Feld geführten Beschimpfungen zu verpassen. »Retrokuh« und »Schauspielschlampe« waren zwei der harmloseren.

Tanya konnte nicht mehr, sie lachte aus vollem Hals. Diese Absurdität hatte ihr an diesem Tag noch gefehlt, um das Gemisch aus echter Trauer und dunklen Zweifeln wegzuwischen. Diese Show und alles um sie herum war ein Zirkus und sonst nichts. In jedem Zirkus gab es Unfälle, aber abends war wieder Vorstellung. Und in jedem Zirkus gab es attraktive junge Männer, die immer den roten Manegenteppich ausrollten. Sie wechselte einen Blick mit Nils und lächelte ihm ganz offen zu. Und diesmal war es ihr egal, ob Marco oder die Kameras anwesend waren. Die News des Tages waren ganz andere.

KAPITEL 18

Sascha ließ seine große pinke Gaga-Sonnenbrille am nächsten Tag extra lange auf, um die Masse der Journalisten bei den Proben ein bisschen zu beeindrucken. Der neue PR-Chef hatte nach der gestrigen Pressekonferenz die heutigen Proben schnell für die Presse freigegeben. Er wusste, dass Chantals Anklage gestern und die Fatima/Nesrin-Retourkutsche plus der Catfight pures PR-Gold gewesen waren. Und das perfekte Gegengift zu den Xena-Nachrufen, die seit Samstag ausschließlich erschienen waren und das Image der Sendung langsam von »Eine Party für den Star von morgen« in »Eine Leichenhalle für den Star von gestern« zu drücken drohten. Auf jeden Fall hatte heute jeder anwesende Journalist etwas zu schreiben, egal ob »Wie gehen die Kandidaten bei den Proben mit dem Trauerfall um?« für *Tina* und *Goldenes Blatt* bis zu »Transe gegen Türkin« für alle bunten Blätter, die von dem mitfühlenden Ton schon wieder zur fröhlichen Freakshow umgestiegen waren.

»Das Kopftuch fällt – und damit die letzten Hemmungen!«, war eine von Saschas Lieblingsschlagzeilen am Morgen gewesen. Gefolgt von »Wenn Frauen hassen! Aber welche ist echt?«

Ihn wurmte nur, dass er selber in keiner Schlagzeile vorkam. Er hatte zwar noch kurz überlegt, ob er sich minderheitensolidarisch auf Chantals Seite schlagen und die Homophobie im Islam thematisieren sollte. Aber das hätte ihm höchstens ein paar Internetsätze auf gut gemeinten Politseiten eingebracht und nicht die großen Buchstaben der wichtigen Presse, auch nicht der vermeintlich seriösen. Selbst *Spiegel Online* hatte mit dem Klassiker »Schamlos TV – wo hört der Spaß auf?« aufgemacht. Auf Platz zwei war ein Erdbeben in Asien mit 5000 Toten gelandet.

Außerdem fand Sascha die neue Fatima alias Nesrin prima. Mit nicht enden wollender Frische sprudelte die ehemalig so wortkarge Kopftuchmaus nun schon den ganzen Morgen in Interviews einen wilden Mix heraus, der irgendwo zwischen Helene Hegemann on Speed und Post-Religion-Post-Gender-Post-Feminismus-Post-Post-Post-Prosa anzusiedeln war. Sascha hatte insgeheim dem ganzen Vorfall bei der Pressekonferenz den Namen »Chantalotl Roadkill« gegeben. Aber das half seinem Profil in der Show jetzt auch nicht weiter. Er musste dringend stärker agieren.

Vor allem auch, wenn er an das Lied dieser Woche dachte. Beim Thema Duette wäre so viel möglich gewesen, aber er war ausgerechnet zu Mike D und »Walk this way« verdonnert worden. Der Effekt war klar – Tunte gegen Macho –, aber er hasste diesen Typen, dieses Lied und die ganze Idee. Außer ein paar gut gesungenen Noten in seiner obersten Lage war für ihn da nichts drin. Vielleicht müsste sein Outfit es bringen. Er dachte kurz an Björks berühmtes Schwanenkleid von der Oscarverleihung. Aber vielleicht würde Mike D dann den Schwan schlachten. Zumindest guckte er gerade so.

Sascha sah nach links, auch Lilly hatte diese Woche ein schweres Los gezogen, obwohl »Beauty and the Beast« mit Mephisto wenigstens inhaltlich völlig Sinn machte. Und es klang auch gut, so viel hatte Sascha schon mitgekriegt. Mephisto warf seinen Dramabass an, und Lilly war die pure Elfe. Das würde Punkte regnen, egal für wen der beiden. Der Höhepunkt der Show würde aber natürlich das Duett, vielmehr das DUELL Chantal/Nesrin darstellen. Mit atemberaubendem Instinkt und hemmungslosem Showgespür hatte die Produktion die beiden sofort nach der Pressekonferenz zu »Enough is Enough« von Donna Summer und Barbra Streisand verdonnert. Ein Titel, der grundsätzlich Chantals großen Discogefühlen entgegenkam, aber in dem auch Nesrin ihre solide Stimme glänzen lassen konnte. Und ganz Deutschland wollte natürlich sehen, welche Dramaqueen aus diesem Duett siegreich hervorgehen würde. Marco Deutz hatte es auf seinem Blog schon als »Bitch Fight des Jahres« angekündigt. Diese Nummer würde von der Reihenfolge her also sicher als dritte und letzte in der Show kommen, Lilly und Mephistos getragene Ballade in der Mitte, und er und Mike müssten mit diesem blöden Rock Rap anfangen, um die Herzen der heterosexuellen männlichen Teenager vor den Bildschirmen zu begeistern. Die sowieso viel seltener zu den Telefonhörern griffen als die Mädchen. Es war zum Haare raufen!

In einem Wutanfall donnerte Sascha seine Noten und seine Wasserflasche in die Ecke des Probenraumes. Wenn er sauer war, musste er oft etwas schmeißen. Diese Ausbrüche trauten ihm viele seiner flüchtigen Bekannten nicht zu, aber gute Freunde wussten, dass der kleine niedliche Popboy durchaus zu unkontrollierten Aggressionsschüben neigen konnte. Diverse Voodoo-Puppen von Marco Deutz samt Stricknadeln, die unter seinem Bett im Hotel lagen, konnten das bezeugen.

Sascha überlegte kurz, ob er sich einfach weigern sollte, das Duett zu singen. Es gab Gründe genug: Mike war homophob, vorbestraft und roch aus dem Mund – das wäre ja schon mal der Anfang einer Argumentation. Aber er konnte sich genau vorstellen, wie Marco sich vor ihm aufbauen und aus allen Rohren schießen würde: Er solle nicht so eine Memme sein, das wäre ein Spitzensong, und was für Aerosmith und Run DMC gut genug gewesen wäre, würde ja auch für ihn reichen. Nein, es hatte keinen Sinn – wenn, dann müsste er die Sache geschickter einfädeln. Vielleicht heute Abend – Marco Deutz gab sein legendäres Bergfest und hatte alle Kandidaten und Mitarbeiter der Show auf seine Jacht eingeladen. Die Staffel war zur Hälfte rum, nur noch sechs Kandidaten waren im Spiel und – Xena hin, Xena her – man musste die Feste feiern, wie sie fallen. Das hatte Marco dem ganzen Ensemble am Morgen verkündet.

Ja, dachte Sascha bei einem Rundblick durch den Probenraum. Die Party war seine einzige Chance. Marco musste ihm einfach »Beauty and the Beast« überlassen und die beiden Bullen Mike und Mephisto in der Rap Battle aufeinanderhetzen. Denn sonst war Saschas Top-Drei-Position in der Show ernsthaft bedroht.

KAPITEL 19

Tanya stand an der Reling der Jacht von Deutschlands beliebtestem Jurychef und wartete auf Nils. Dass sie ihn mit zu Marcos Party genommen hatte, hatte sie am Morgen aus ihrem Bauchgefühl heraus entschieden. Natürlich würde sie sich den ganzen Abend Marcos und Pitterchens dumme Sprüche anhören müssen, aber sie war jetzt bereit dafür, und sie vertraute Nils, dass er sich auch in dieser glitzernden MTV-Kulisse nicht verrückt machen lassen würde. Außerdem: Sie hasste Marcos »Bergfeste« mit Inbrunst und brauchte einen schlauen Sympathisanten, der das alles mit ihr nachher durchsprechen und weglachen würde – den neureichen Protz und das abendfüllende Egoschaukeln des Gastgebers durch die Untergebenen, sprich Gäste. Sie wollte nur so kurz wie möglich bleiben.

Tanya atmete tief durch. Was für ein Kontrast zwischen der ruhigen Sommernacht auf dem Rhein und dem »prunkelnden« Getue direkt hinter ihr! Sie hatte schon vor zwei Staffeln für Marcos Stil das Wort »prunkeln« erfunden – eine Mischung aus »protzen« und »funkeln«.

Alles an und um Marco »prunkelte« – seine Klamotten, seine Autos, seine Frauen, sein Boot. Was nicht glitzerte, war nichts wert – mit dieser Haltung (die Marco eigentlich mit jeder Homeshopping-Hausfrau teilte, die sich gerne Swarovski-Steine aufs T-Shirt bügelte) war Marco inzwischen weit gekommen und zierte Cover der deutschen GQ oder des STERN. In zu engen T-Shirts von Ibiza-hafter Farbigkeit und immer ein bis zwei Glitzersteinchen zwischen Uhr, Brust und Ohr. Eigentlich – und ab und zu musste Tanya darüber wirklich lachen – sah Marco Deutz, Deutschlands Superbulle Numero Uno, wahnsinnig schwul aus. Die echten Schwulen wie Sascha waren inzwischen konservativer gekleidet – auch heute

Abend war Sascha in einem eleganten hellgrauen Anzug gekommen –, während die Hetero-Machos immer mehr aussahen wie eine Resterampe auf Mykonos. Dazu passte natürlich auch genau dieses Boot. Viel zu groß, viel zu gold an den falschen Stellen und viel zu viele Sitzgelegenheiten, in die man einsank wie in eine Düne bei Sandsturm – all das machte aus dieser offensichtlichen Schwanzverlängerung für Tanya weniger ein Symbol für Männlichkeit als ein Symbol für Kindlichkeit. Es war eigentlich ein blinkendes Kinderzimmer, das hier auf dem stillen schwarzen Rhein schwamm, und nicht ein Schloss. Nur die überall herumlaufenden Loreleys, die oft nichts am Körper zu tragen schienen außer langen blonden Haaren und einem gelangweilten Gesicht, passten in die Umgebung. Der Rest war Billigtechno und Größenwahn.

Tanya sah auf die Uhr. Allmählich wurde ihr langweilig. Nils war schon zehn Minuten weg, um ihr einen neuen Drink zu holen. Das Oberdeck der Jacht war völlig verlassen. Sie fröstelte. Wenn sie jetzt noch einmal reingehen würde, müsste sie mit allen reden. Abhauen konnte sie jetzt aber auch nicht – sie konnte den armen Nils unmöglich in dieser betrunkenen Power-Posse allein lassen. Sie beschloss, noch fünf Minuten meditativ dem Fluss und dem Wind zu lauschen und dann Nils suchen zu gehen. Sie fixierte ein Licht am Ufer und versuchte innerlich ruhig zu werden. Doch das Gegenteil passierte – immer wieder tauchten Momente aus den letzten Wochen auf, die sie im Wirbel der letzten Tage erfolgreich verdrängt hatte.

Das Begräbnis von Mausi Schmitz zum Beispiel mit

dem aufdringlichen Fotografen, der selber nicht viel später begraben worden war. Die wenigen Trauernden an Mausis Grab: der blasse Sascha, Sebastian, Chantal, Peter de Bruyn – auch der wenig später tot. Xenas Showeinlage bei der Beerdigung – auch sie nicht mehr da. Es war seltsam – drei von den Besuchern dieses Begräbnisses waren inzwischen selber begraben. Zufall? In Tanyas Hirn arbeitete es. Plötzlich fiel ihr der auffallend normal aussehende Mann bei der Beerdigung ein, dessen Statur und Haltung sie an den mysteriösen Mephisto erinnert hatten ... und gleichzeitig, wie auf einem Splitscreen, sah sie Xena mit Mephisto tuscheln. Und dann das Bild von dem Mann mit der Maske, wie er vor Tanya durch das Einkaufscenter flüchtete, kurz bevor Xena die Rampe runtergedonnert war. »In Panik«, hatte der Zeuge gesagt.

Plötzlich spürte Tanya direkt in ihrem Nacken ein warmes Atmen. Und sie roch einen Geruch, der ihr bekannt vorkam. Nils endlich, dachte sie und war froh, dass er sie aus ihren düsteren Grübeleien erlöste. »Wo warst du so lange?« Sie drehte sich um und sah direkt in Mephistos Maske. Ein harter Blick blitzte durch die Augenlöcher. Tanya wollte aufschreien, doch da schnellte eine Hand vor und legte sich mit eisernem Griff über Mund und Augen. Die zweite Hand bog ihr gleichzeitig den Arm nach hinten.

Der Angreifer drückte sein ganzes Gewicht gegen Tanyas Oberkörper und bog sie damit nach hinten über die Reling. Sie versuchte zu beißen oder zu schreien, aber der Griff über ihrem Mund war fest, und die fremden Finger krallten sich in ihre Wangen. Wer verdammt war das? Sie versuchte einen Blick auf das Gesicht zu erhaschen, sah aber nur die billige Plastikmaske.

Der Angreifer verstärkte seinen Griff. Keuchend stemmte sich Tanya gegen die Attacke, aber sie spürte, wie ihre Wirbelsäule sich Wirbel für Wirbel über die harte Stange der Reling schob, während das Atmen immer schwieriger und ihre Kräfte schwächer wurden. Jetzt schob ihr Gegner ihr Kinn nach oben. Tanya sah aus weit aufgerissenen Augen nur noch einzelne Sterne im dunklen Nachthimmel und fühlte, wie die Panik sie überwältigte. Ihre Füße hoben unter dem Druck vom Boden langsam ab, sie konnte gerade noch mit den Zehen mühsam die Balance halten. Bitte nicht, schoss es ihr durch den Kopf. Bitte nicht auch ich!

Auf einmal hörte sie von Ferne Musik aufjaulen, einen harten Elektrobeat, als ob jemand eine Tür zum Deck aufgerissen hatte. Sie spürte, wie ihr Angreifer erstarrte und für einen Moment aus dem Konzept gebracht war. Verzweifelt versuchte Tanya ein Geräusch herauszubringen, aber der Griff über ihren Mund war unerbittlich. Irgendwo rechts von ihr hörte sie männliches Lachen und weibliches Kichern.

»Kommt raus, ihr Hübschen.« Das war Marcos vertraute Stimme. »Hier ist es am geilsten!«

In einer einzigen Bewegung ließ ihr Angreifer Tanya plötzlich los. Sie stürzte hart auf den Boden und schlug mit dem Kopf gegen die Bordwand. Sie sah nur noch, wie die maskierte Gestalt im Schatten verschwand, lautlos, wie sie gekommen war.

Tanya rang nach Luft.

»Ist das geil oder ist das geil?«, brüllte Marco wie durch einen Nebel. »Aber jetzt genug geglotzt, wir gehen wieder rein, wir machen Paaaarty!«

Mit diesem Schlachtruf schloss sich wieder eine Tür, und es wurde still. Tanya spürte, wie heftig ihr Herz schlug. Sie zog sich mühsam an der Reling hoch und hörte fast im gleichen Moment wieder Schritte. Sie riss die Arme zur Verteidigung hoch, aber dann erkannte sie Nils' Gesicht im Licht einer schaukelnden Laterne. »Tanya? Was ist los?«

Tanya konnte sich nicht zurückhalten. Wie aus einem großen Strom brach es aus ihr heraus. Tränen und noch mehr Tränen. »Bring mich nach Haus!«, flüsterte sie. »Bitte schnell nach Hause!«

KAPITEL 20

Sascha stand während des Warm-ups seitlich in den Kulissen und checkte wie immer das Publikum. Es war wieder Samstag, also Liveshow-Abend, und er verglich seinen Fanblock in Größe und Ausstattung mit denen der anderen Kandidaten. Die Produktion achtete zwar darauf, dass die Blocks immer ungefähr gleich groß waren, aber ein paar Unterschiede konnte man schon erkennen. Zum Beispiel, ob nur Angehörige und Freunde Transparente und Schilder in die Luft hielten oder auch Menschen, die man gar nicht kannte. Das waren dann schon echte Fans. Wenn man während des Liedes in deren Richtung sang, fingen sie an zu schreien und zu kreischen, was die Kameras nur zu gerne auffingen. So etwas kam ins Bild und übertrug sich auf die Zuschauer zu Hause. Sascha stoppte kurz – war er eigentlich zu perfektionistisch geworden in seinem Ehrgeiz? Zu hemmungslos in seinem Willen zu gewinnen? Nein, er war sich sicher, Madonna, Gaga und Britney hatten genauso gedacht und gehandelt. Taten es immer noch.

Und deshalb war er, Sascha, unter den letzten sechs Kandidaten.

Er war überhaupt sehr zufrieden mit sich, seit er Marco beim Bergfest am Mittwoch im Suff wirklich den Songtausch abgehandelt hatte. Er hatte sich den ganzen Abend darauf konzentriert und nicht nur auf Argumente gesetzt, sondern vor allem Marcos Tequila-Input genau beobachtet. Im richtigen Moment hatte er sich dann den Chef geschnappt und nach zehn Minuten Diskussion den Song »Walk this way« gegen »Beauty and the Beast« getauscht. Marco wusste natürlich genau wie Sascha, dass er und Lilly Balladenprofis waren und als das perfekte Traumpaar sehr disneyhaft rüberkommen würden. »Das klappt, auch wenn du 'ne Schwuchtel bist!«, musste Marco natürlich noch dazurülpsen.

Sascha war vorbereitet gewesen, der Konter hatte ihm keinerlei Mühe bereitet.

»Das hat beim Thema ›Traumpaare‹ in Hollywood ja wohl noch nie jemand gestört!«

Daraufhin musste Marco lachen und hatte ihm mit einem erbärmlichen High Five und einem abschließenden »Dann hab ich aber was gut bei dir!« den Songwechsel genehmigt. Dieser letzte Satz machte Sascha zwar immer noch ein bisschen nervös – er ahnte schon, dass sich Marco, Sufflevel hin, Sufflevel her, an so einen Satz erinnern und ihn vermutlich an geeigneter Stelle benutzen würde wie ein Ass beim Skat – aber erst mal war er happy.

Er und Lilly hatten schon bei der Probe spontanen Applaus von den Kabelhilfen und Lichtdoubles bekommen, während Mephisto hinten in den Kulissen noch immer verzweifelt den blöden Rap probte. Die Nummer würde Sascha weiter nach vorne bringen, davon war er überzeugt. Und das war alles, worum es jetzt ging.

Neben sich sah er Tanya Beck. Sie saß auf einem Stuhl und konzentrierte sich auf ihren Auftritt. Selbst die Schminke konnte nicht überdecken, wie blass sie war. Sie war seit dem Bergfest am Mittwoch krankgeschrieben gewesen, so hieß es jedenfalls. Selbst die Generalprobe nachmittags hatte sie sausen lassen und war direkt von zu Hause ans Set gekommen. Entweder war sie wirklich krank oder dieser niedliche Typ, mit dem sie jetzt wohl offiziell zusammen war, tat ihr doch nicht gut. Oder vielleicht hatte sie auch auf dem Schiff zu viel getrunken. Am Schluss waren ja alle sehr betrunken gewesen. Sogar seine neue Lieblings-Duett-Partnerin Lilly. Sie war so aufgekratzt gewesen wie noch nie vorher, hatte wild auf Techno getanzt und einmal sogar an Pitterchen einen erotischen Hip-Hop-Arschtanz gemacht, der den völlig außer Fassung gebracht hatte. Die Lilie war einen Abend lang zur Schwertlilie geworden. Aber Sascha schrieb das dem Tequila zu – denn Lilly hatte ihm am nächsten Tag bei der Probe mit hängenden Lidern gebeichtet, dass sie dieses Getränk vorher noch nie getrunken hatte. Am Ende des Abends hatte es sogar eine ungewöhnliche Knutscherei gegeben – Nesrin, die neue, jetzt enthemmte Muslima, hatte mit Mike D rumgeknutscht … Vielleicht arbeitete sie ja an ihrem nächsten Projekt »Prolo 3000«, in dem sie sich als Lady-Rapperin mit Mike in die Strafvollzugsanstalt begeben würde und von dort aus bloggte. Egal, Sascha gönnte es ihr. Mike D jedoch gönnte er gar nichts. Überhaupt – warum war eigentlich dieser Schmalspur-Eminem noch im Rennen? Er war bestimmt nicht der Mädchentyp für die Anrufe da draußen – es konnte höchstens sein, dass er Marcos Typ war. Marcos Kommentare zu Mike D waren immer eher positiv und seine Vorliebe für wilde Jungs bekannt. Vielleicht hatte Marco Deutz auch mal ein richtig cooler Rapper sein wollen anstatt ein Weichspül-80er-Jahre-Synthie-Popper. Auf jeden Fall hatten die beiden am Mittwoch nicht nur pausenlos Tequilashots gekippt und ungelenke Mädchen an Marcos extra in die Bar eingebauten »Poles« zum Stangentanz gehetzt – sie waren auch ziemlich lange zusammen verschwunden gewesen. Vielleicht hatten sie nur gekokst – vielleicht aber auch schon Verträge gemacht. Egal: Mit »Walk this Way« war heute für den Herrn Michael D nichts sicher, das war Sascha klar. Der Titel konnte sich heute Abend durchaus als Ausgangsschild entpuppen.

Im Publikum draußen wurden vereinzelte Buhrufe laut,

ein kleiner Tumult entstand. Sascha schob seinen Vorhang zurück und sah den bekloppten Uwe in einer der hinteren Reihen stehen. Er schwenkte wirklich eine Deutschlandfahne und wurde jetzt von den Ordnern aus dem Saal geschafft. Anscheinend hatte sich der stramm rechte Ex-Kandidat ins Publikum geschummelt.

Na ja, dachte Sascha. Nur Neonazis können so blöd sein, schon im Warm-up zu randalieren! Zehn Minuten später im Opening hätten es Millionen gesehen, so nur ein paar entgeisterte Studiozuschauer, die sich auf die Show freuten und nun schon wieder jubelten. Denn jetzt trat das Pitterchen auf, fiel um, und damit begann wie immer die Show.

Tanya segelte durch den Abend, immer noch wie betäubt. Zwei Tage lang hatte sie im Bett gelegen und sich überlegt, ob sie den Angriff melden sollte. Der Polizei, der Produktion, der Presse – irgendjemandem. Zwei Tage lang hatte sie – während Nils aufopfernd Hühnersuppe kochte und ihr keinen Moment von der Seite wich – die Folgen überlegt: Die Polizei würde Marcos Jacht untersuchen, ihre Glaubwürdigkeit anzweifeln, das Ganze würde ein Riesenskandal werden und übrig bleiben würde – nichts. Denn was konnte sie schon beweisen? Dass jemand sie gegen eine Reling gedrückt hatte? Die blauen Flecken am Rücken konnte sie sich auch beim Sport geholt haben.

Niemand war Zeuge des Vorfalls gewesen, keiner konnte ihre Aussage bestätigen. Nils plagten immer noch schreckliche Gewissensbisse, dass er sich an der Bar in ein

Gespräch mit dem total besoffenen Pitterchen hatte verwickeln lassen und so lange weg gewesen war. Aber auch er hatte niemanden gesehen, und eine Aussage ihres neuen jungen Lovers würde nur einen Effekt haben: ihn, Nils, auf jedes Cover jeder Zeitung der Nation bringen. Und damit noch das Einzige gefährden, was sie in den letzten Tagen überhaupt hatte trösten können – ihr brandneues Glück mit einem Mann, der Gott sei Dank nicht in der Öffentlichkeit stand.

Nein, sie hatte einen anderen Entschluss gefasst. Während sie an ihrem Pult saß und Mephisto ins Gesicht sah, wie er versuchte zu rappen und zu rocken, dachte sie nur an eins: Heute würde er ihr nicht entkommen!

Natürlich hatte auf der Jacht wirklich jeder seine Maske aufhaben können, aber mit diesem Typ stimmte einfach etwas nicht, das hatte sie von Anfang an gespürt. Und: Er war in der Nähe gewesen, als Xena verunglückt war. Ihm würde sie heute als Erstem auf den Zahn fühlen! Sie musste jetzt aktiv werden. Sie war das Ganze mit Nils zusammen (der sich als Columbo-Fan herausgestellt hatte und sehr gerne Strategien durchdachte) am gestrigen Abend genau durchgegangen: Tanya würde sofort nach Erlöschen des letzten Kamerarotlichtes losspurten, während Nils an dem einzigen Studioausgang im Auto wartete, der für Mephistos Exit infrage kam. Dann würden sie beide ihm folgen und endlich herausfinden, wer oder was dieser Typ war.

»Ich fand es heute nicht so stark, Mephisto!« Sie musste diesem Mann ins Gesicht sehen, während die Kamera jedes Gefühl von ihrem Gesicht ablas, aber sie war vorbereitet. Innerlich war sie ganz kalt. »Du bist zwar sonst gut bei großen Rockgefühlen, aber dieser Song lag dir einfach nicht.« Neutraler konnte man das nicht formulieren. Niemand konnte erkannt haben, was unter der Fassade vor sich ging, nicht einmal ihre Mutter. Mit ihrem professionellsten Lächeln moderierte sie weiter zu Pitterchen.

Pass nur auf, du Mistkerl!, dachte sie, sobald sie aus Mephistos Achse und aus dem Bild war. Heute bist du dran.

KAPITEL 21

Zwei Stunden später lag die Show endlich in den letzten Zügen, und Tanya war plötzlich hellwach. Das Duell Chantal gegen Nesrin war zu Gunsten der Transe ausgegangen, die nach Nesrins Etikettenschwindel für das Publikum anscheinend doch glaubhafter wirkte als die echte falsche Muslima. Nesrin hatte ihr Ende in der Show aber erwartungsgemäß mit viel Humor genommen und war mit dem Satz »Man sieht sich in der nächsten Medienhölle!« aus der Sendung und aus dem Studio gesegelt. Chantal hatte sich daraufhin unaufgefordert von Mike D auf den Schultern durch das Studio tragen lassen und hatte hundertmal »Diva Power!« gebrüllt, was den Abspann gefüllt hatte. Sascha und Lilly waren mit »Beauty and the Beast« ganz weit vorne gelandet, und Tanya war jetzt bereit, IHR Beast zu erlegen. Sobald das Licht an der Kamera ausging, sprang sie auf und lief zügig ins Backstage, an ihrer Garderobe vorbei auf den Parkplatz, wo Nils schon mit laufendem Motor wartete.

»Er muss hier rauskommen!«, wiederholte Tanya noch einmal ihr Mantra des ganzen Tages. »Vorne ist Publikum, hinten Presse – es gibt nur diese Tür, die unbeobachtet ist. Der Alarmhinweis ist fake. Marco hat sich das Schild extra basteln lassen, wenn er mal schnell verschwinden will!«

Und wirklich – in diesem Moment tauchte Mephistos Silhouette in der Tür auf und ging schnell auf ein Auto zu. Er war allein, schaute sich prüfend um, setzte sich aber dann flink in einen Opel Astra und fuhr mit ziemlichem Tempo vom Parkplatz.

»Los jetzt!«, kommandierte Tanya.

Nils grinste. »Ja, Boss!«, gab er zurück. »Obwohl ich zu bedenken gebe – welcher Mörder fährt schon Opel Astra?«

Die ersten Kilometer waren schwierig. Vor dem TV-Studio strömten nun die Zuschauer aus dem Studio und zu ihren Autos. Aber sowohl Mephistos Wagen als auch Tanya und Nils schafften es gerade vor der ersten Welle der Abfahrenden, vom Gelände zu kommen und auf die Landstraße Richtung Stadt einzubiegen. Der Verkehr war typisch für einen Samstagabend – Menschen kamen aus der Stadt und fuhren zurück in ihren Vorort, während die Jüngeren gerade erst zum Nightlife aufbrachen.

Aber dann machte Mephisto es ihnen einfach. Er fuhr knapp über die Geschwindigkeitsbegrenzung und wechselte kaum die Spur. Nach etwa einer halben Stunde auf der Zufahrtstraße erreichten sie die Kölner Innenstadt. Hier wurde die Verfolgung schwieriger, weil eine einzige Ampelphase in den engen Straßen darüber entscheiden konnte, ob sie Mephisto aus den Augen verlieren würden. Aber sie hatten Glück mit den Ampeln, und so fuhren sie um einige Ecken, bis sie in der Nähe des Rathenauplatzes endgültig in ein Wohnviertel abbogen. Jetzt waren sie direkt hinter Mephistos Wagen. Tanya duckte sich, damit er sie nicht im Rückspiegel erkennen konnte.

Nach drei weiteren Ecken verlangsamte Mephisto plötzlich seine Fahrt, als ob er einen Parkplatz suchen würde. Schließlich bog er in eine Einfahrt ein, ein Garagentor hob sich, und der Wagen verschwand in der Tiefgarage eines neutral aussehenden Gebäudes.

Nils stoppte in der Nähe der Einfahrt und schaltete die Scheinwerfer aus. »Jetzt wird es spannend«, flüsterte er.

Tanya beobachtete die Fenster des vierstöckigen Hauses. Alles war dunkel, offenbar handelte es sich um ein Bürohaus, das abends leer war. Nichts rührte sich.

Nach zehn Minuten wurde sie unruhig. »Ich könnte mal auf den Klingelschildern gucken!«, schlug sie schließlich vor.

»Wenn, dann mach ich das!«, gab Nils zurück. »Wenn der rauskommt und dich sieht, ist es vorbei.«

Mit klopfendem Herzen sah Tanya, wie Nils zum Hauseingang schlich und versuchte, im Dunkeln die Namensschilder zu entziffern. In diesem Moment ging im Flur des Hauses das Licht an. Nils sprang zurück und sprintete zum

Auto. Gerade als in ihrem Wagen das automatische Innen-
licht wieder ausgegangen war, öffnete sich die Haustür,
und ein Mann kam heraus, der in Größe und Statur Mephisto glich. Er trug keine Maske, sondern einen biederen
Stoffmantel und einen Hut. Er schaute kurz nach links und
rechts und ging dann schnell die Straße entlang.

»Das ist er! Bestimmt!« Nils kniff die Augen zusammen.

»Bist du sicher?«, fragte Tanya zögernd.

»Ganz sicher!«, grinste Nils. »Denn weißt du, wer in diesem Haus ein Büro hat? MDP!«

Tanya war fassungslos. »Marco Deutz Productions?«

»Ganz genau!«, sagte Nils. »Nichts wie hinter ihm her,
sonst entwischt er uns!«

Tanya schlug die Kapuze ihres Parkas hoch und lief neben Nils durch die stille Seitenstraße. Der Mann vor ihnen bog noch zweimal um eine Ecke, dann ging er eine
Treppe hinunter und verschwand in einem Lokal namens
»Bacchus«.

Tanya und Nils blieben vor dem Schild stehen.

»Eine Weinstube …«, stellte Tanya fest, was natürlich
völlig überflüssig war, aber ihr Zeit gab, bevor sie den
letzten Schritt machten.

»Gehen wir da jetzt rein?« Nils schien zu ahnen, was ihr
durch den Kopf ging.

Tanya zögerte nur einen Moment. »Ja, das tun wir!«,
sagte sie, hakte sich bei Nils unter und stieß die Eingangstür mit Butzenscheiben auf.

Die Weinstube mit den geraden Holzbänken und

schlichten Holztischen war gut besucht. Viele Paare saßen gemütlich zusammen, tranken Wein oder aßen Flammkuchen. Tanyas Blick glitt über die Gesichter. Sie wirkte jetzt sicher auffällig neugierig, aber das war ihr egal. Und die Menschen im Lokal waren glücklicherweise mit sich beschäftigt, obwohl eine aufgetakelte Fernsehmoderatorin im vollen Show-Ornat sonst genug Aufsehen erregt hätte.

In der letzten Ecke des Lokals an einem kleinen Tisch saß ein unscheinbarer Mann und spielte mit zwei Bierdeckeln. Einen Moment lang dachte Tanya, sie hätten wirklich den Falschen verfolgt, so zurückhaltend war alles an diesem gemütlichen Weintrinker. Wäre er eine Farbe gewesen, wäre er beige. Aber in dem Moment, als er aufsah, Tanya erkannte und sich maßloser Schrecken in seinem Gesicht ausbreitete, wusste sie: Das war ihr Castingshow-Teufel!

KAPITEL 22

»Guten Abend, Mephisto!« Tanya kam gleich zur Sache und schob sich zu dem unauffälligsten Popstar der Welt an den Tisch. Nils setzte sich auf die andere Seite.

»Das ist mein Freund Nils, mich kennen Sie ja, und wir beide möchten jetzt wissen, was Sie eigentlich vorhaben und vor allem, was das am Mittwoch auf Marco Deutz' Jacht sollte.«

Der Teufel wirkte nicht mal überrascht. Eher müde. Er senkte langsam den Blick, und als er anfing zu sprechen, war auch seine Stimme beige, leise und etwas belegt. Meilenweit entfernt von dem pompösen Gebrüll, das er sonst in seinen Showauftritten entwickelt hatte.

»Ich plane gar nichts«, gab er leise zurück. »Und jetzt, wo Sie mich gefunden haben, muss ich das ja auch nicht mehr. Sie werden mich verraten, nicht wahr?«

Tanya kniff die Augen zusammen: »Was gäbe es denn zu verraten, Herr …?«

»Schmidtke. Hans-Werner Schmidtke«, kam es noch leiser zurück.

Tanya sah Hilfe suchend zu Nils rüber. Vielleicht war das doch der falsche Mann. Oder ein Zwillingsbruder. Wo waren denn bitte all das Poltern und die Posen von Mephisto geblieben?

Nils übernahm. »Herr … Schmidtke – Sie sind doch Mephisto, oder?«

Einen Moment lang blitzte es in den Augen ihres Gegenübers auf. »Ja, ich bin es! Schon seit fast zwei Jahren.«

Nun war Tanya vollends verwirrt. »Was meinen Sie denn mit zwei Jahren?«

»Ich habe mein Leben Mephisto verschrieben. Ich habe ihn mir verdient. Ich bin er, verstehen Sie?«

Nein, Tanya verstand gar nichts mehr. »Sind Sie in einer Sekte? Einer Art Kult?«

»Aber nein!« Die schmalen Lippen des Mannes verzogen sich zu einem müden Lächeln. »Mephisto ist eine Rolle. Aus ›Masters & Beasts‹!« Jetzt ging die Stimme wieder auf Level minus Eins zurück. »Wissen Sie, ich arbeite seit fast 20 Jahren in der Kölner Stadtverwaltung im Bereich ›Öffentliche Gewässer‹. Mein Leben ist langweilig. Ich bin brav, fleißig und tue meinen Job. Aber in ›Masters & Beasts‹ – da bin ich ein Mann mit einem Traum.«

»›Masters & Beasts‹ – das ist ein Online-Spiel, oder?«, fragte Nils dazwischen.

Jetzt ging Tanya endlich ein Licht auf. Sie warf Nils einen Blick zu. Wahrscheinlich wusste man in seinem Alter mehr von der Welt des Online Gaming, als Tanya sich jemals anlesen könnte.

Mephisto nickte. »Ich spiele fast jeden Abend. Einfach nur zum Spaß. Erst war ich fünf Jahre ›Beast‹ und dann habe ich vor zwei Jahren die Masterprüfung bestanden. Mit Auszeichnung!« Hier hob das große Castingshow-Mysterium wieder seine Stimme, und Tanya erkannte endlich einen Hauch von dem Ehrgeiz, der ihn bis jetzt durch die Show gebracht hatte. »Ich bin sogar Master Stufe sieben! Wir sind nur knapp 2000 auf der ganzen Welt. Ein Master Mephisto ist sehr mächtig!«

»Was tut denn Mephisto in dem Spiel?«, wollte nun Nils wissen. »Singen?«

»Nein, natürlich nicht!« Jetzt wurde Herr Schmidtke fast böse. »Er ist ein Kämpfer mit dem vierten Schwertergrad. Er kämpft gegen das Böse. Die Beasts, die Trolle und vor allem die Aliens! Das Singen kommt von meinem anderen Hobby: Ich fahre im Urlaub sehr gerne in Robinson Clubs, und da gibt es so nette Karaokeabende. Im Club auf Fuerteventura hat mich ja auch der Redakteur des Senders angesprochen. Und als ich ihm von ›Masters & Beasts‹ erzählt habe, war er Feuer und Flamme.«

Tanya musste jetzt fast loslachen. Das böse TV-Teufel-chen war ein Karaoke liebender Spießbürger mit einem Internetdoppelleben! Ein genialer Coup für die Show und ein jämmerliches Häufchen Elend im echten Leben. Teu-felchen Schmidtke ließ den Kopf noch etwas mehr hän-gen. »Aber im Grunde genommen ist es auch ziemlich anstrengend. Also mit der Maske und dem schnellen Ab-hauen und dem ständigen Versteckspiel.« Er sah Tanya anklagend an. »Sie sind mir ja einmal im Einkaufscen-ter ziemlich dicht auf den Fersen gewesen! Und keinem durfte ich was erzählen. Ich meine, morgens musste ich ja auch immer wieder im Büro sein. Und niemand durfte etwas wissen – nicht einmal mein Chef! Das war schon hart!« Jetzt hatte sich Herr Schmidtke richtig warmgere-det. Anscheinend hatte ihm das schon lange auf der See-le gelegen.

Tanya musterte ihn und zweifelte immer mehr daran, dass sie mit ihrem Verdacht, was den Abend der Party an-ging, richtiggelegen hatte. Aber trotzdem fragte sie weiter. »Bei all dem Spaß, den Ihnen die Rolle gemacht hat, noch dazu im Fernsehen – warum haben Sie mich am Mitt-woch auf der Jacht bedroht, Herr Schmidtke?«

Ein verblüffter Ausdruck trat auf das Gesicht des bra-ven Beamten. »Aber ich war am Mittwoch auf keiner Jacht. Wir hatten doch Ausstandsparty für Frau Schrö-der im Büro, und da darf keiner fehlen, sonst ist der Chef sauer! Sie können meine Kollegen fragen, jeder wird Ih-nen das bestätigen. Aber dann fliegt alles auf. Möchten Sie das wirklich?«

Tanya sah rüber zu Nils. Nein, dieses arme Würstchen hier war bestimmt nicht der brutale Angreifer vom Mittwoch, da musste sie die »Öffentliche Gewässer«-Stelle der Stadt Köln nicht bemühen und nach der Ausstandsparty von Frau Schröder fragen. Es fühlte sich einfach nicht so an.

»Ich weiß noch nicht, was ich wegen Ihrer Rolle tun möchte«, sagte sie. »Ich möchte im Moment nur eins von Ihnen, nämlich eine Information: Gibt es Ihre Maske sonst noch wo?«

Herr Schmidtke sah sie ungläubig an. »Na klar, im Netz auf der Seite von ›Masters & Beasts‹. 17,99!«, erklärte er es ihr, als ob er ein kleines Kind vor sich hätte. »Viele setzen sich zum Spielen die zur Rolle passenden Masken auf, gerade, wenn man die Webcam dazuschaltet. Ich bin doch nicht der einzige Mephisto auf der Welt!«

Tanya wechselte noch einmal einen Blick mit Nils. Die Sache war klar. Jemand anderes hatte sich die Maske besorgt, um sich zu tarnen. Oder sogar, um den Verdacht auf Mephisto Schmidtke zu lenken. Wer immer es war, er war ganz schön raffiniert. Tanya durchschauerte es mitten in der warmen Atmosphäre der Weinstube. Sie war immer noch in Gefahr.

»Werden Sie mich verraten?« Das enttarnte Exteufelchen sah Tanya jetzt bittend an. »Ich habe es doch schon so weit geschafft! Ich will unbedingt gewinnen – ein echter Master gibt sich nie zufrieden, bis er sein Ziel erreicht hat!«

»Tja, nur schade, dass wir so wenig Trolle und Aliens in der Show haben.« Tanya konnte den armen Kerl nicht länger auf die Folter spannen. »Biester allerdings genug. Nein, ich werde Sie nicht verraten, Herr Schmidtke. Jedem seinen Traum. Aber schauen Sie bei Ihren Performances nicht zu oft in meine Richtung. Ihre Illusion hat für mich doch jetzt irgendwie – gelitten.« Sie stand auf. »Komm, Nils, wir gehen.« Sie gab dem erleichterten Schmidtke die Hand. »Wir sehen uns nächste Woche. Einen schönen Sonntag noch!«

Herr Schmidtke ließ ihre Hand nicht los. Er zog Tanya noch einmal näher zu sich heran. »Ich bin so traurig wegen Xena ...«, flüsterte er ihr ins Ohr. Tanya musste an die vielen Momente denken, in denen Mephisto und Xena die Köpfe zusammengesteckt hatten. Sie hatte immer gedacht, da würde ein dunkler Pakt des Bösen geschlossen. »Die Xena war ein ganz liebes Mädchen ...«, flüsterte ein offensichtlich verliebter Mann mittleren Alters weiter, »und so schön ... wie die nachtschwarze Prinzessin, der wir Master alle den goldenen Eid geschworen haben.«

Tanya zog ihre Hand zurück und beschloss, den großen Master in der irdischen Zwischenwelt der Weinstube zurückzulassen. Sie hoffte, dass sie ab jetzt bei seinen Auftritten in der Show überhaupt noch ernst bleiben könnte.

Als sie mit Nils das Lokal verließ, drehte sie sich ein letztes Mal zu Herrn Schmidtke um und sah, wie der nächtliche Retter der Welt mit zitternder Hand bei der Kellnerin noch einen Schoppen Landwein bestellte.

Als sich die Eingangstür schloss, war Hans-Werner Schmidtke ganz schön schummerig nach all der Aufregung. Diese Frau von der Jury hätte alles platzen lassen können. Dann hätte er sich in der Show nicht mehr sehen lassen können und im Büro schon gar nicht. Er seufzte. Tja, er spielte eben ein gefährliches Spiel! Er prostete mit seinem frischen Glas Wein ohne Grund in die Runde des Lokals, in dem sich, für einen späten Samstagabend, immer noch ziemlich viele Leute aufhielten. Der Wein schmeckte aber auch gut! Er trieb allerdings – Hans-Werner Schmidtke spürte seine Blase und stützte sich auf dem Tisch auf, um auf die Toilette im Untergeschoss zu gehen. So schwindelig von drei Glas Weißwein … Aber im Alter verträgt man eben weniger, dachte er resigniert, während er die schwere Holztür aufschob und sich auf die steile Treppe ins Untergeschoss konzentrierte. »Einen Schritt vor den anderen, großer Mephisto, schön langsam und vorsichtig!« So balancierte er leicht angetrunken in Richtung Untergeschoss, als er plötzlich eine starke Hand auf seiner Schulter fühlte. Bevor er sich umdrehen konnte, bekam er einen kräftigen Schubs von hinten, flog in hohem Bogen die Treppe hinunter und krachte mit voller Wucht auf den gekachelten Boden des Kellergeschosses. Sein letzter Blick fiel auf einen Ständer mit Flyern, der vor den Toiletten aufgehängt war. »Tickets für *Music Star 3000*!« stand auf einem besonders bunten Zettel. »Seien Sie dabei, wenn Deutschlands neuer Topstar geboren wird!«

Oder stirbt, fuhr es Hans-Werner Schmidtke erschreckend klar durch den Kopf, bevor er das Bewusstsein verlor.

Tanya fuhr alleine nach Haus. Sie hatte sich direkt vor dem Lokal schnell von Nils getrennt. Sie musste heute Abend alleine schlafen und über all das, was ihr passiert war, in Ruhe nachdenken. In ihrem Bett wälzte sie sich noch lange hin und her. Wer war alles auf der Jacht gewesen? Wer hatte die Kraft, sie so brutal zu bedrohen? Wer war der wahre Teufel gewesen?

Gerade, als sie einschlafen wollte, klingelte ihr Handy. Sie sah die Nummer der Produktion, und wieder stieg dieses schreckliche kalte Gefühl in ihr hoch. Als sie das Gespräch annahm, wusste sie schon fast, was sie hören würde und wovor sie sich die ganze Woche gefürchtet hatte: Es gab ein nächstes Opfer. Hans-Werner Schmidtke war mit gebrochenem Genick in der Weinstube aufgefunden worden. Die zweite Leiche bei den Kandidaten, die fünfte insgesamt in der Produktion. Jetzt würde wirklich die Hölle losbrechen.

WOCHE 6:

DON'T STOP
'TIL YOU GET ENOUGH
Disco

E-Mails an die Produktion nach der Sendung, Auszüge:

LILLY MUSS GEWINNEN!
Der Lilly-Fanclub

Sascha is the best, forget the rest!
Die Saschas, Recklinghausen

Chantal hat die blöde Schauspieltante
mit Recht weggeputzt,
Chantal ist authentisch und ein Rolemodel
für die Transgender-Bewegung.
Keep it up girrrl!
helgahope

und es regnete feuer vom himmel
joab

KAPITEL 23

Am Sonntag wurde Sascha von der Polizei geweckt. Schon um neun Uhr morgens klingelte ihn die Rezeption aus dem Bett, und statt des gemütlichen Ausschlaf-Frühstücks saß er nun schon zwei Stunden lang im Verhör in seinem Hotelzimmer bei schlechtem Kaffee und Wasser aus der Wasserleitung. Aber er war froh darüber. Nachdem er in seinem leicht verkaterten Kopf (er hatte gestern noch im *Rainbow* bis fünf Uhr morgens seinen weiteren Etappensieg gefeiert) begriffen hatte, was Mephisto passiert war und was das für den »Fall Xena« und somit für alle Kandidaten der Show bedeutete, war er plötzlich hellwach gewesen. Bereitwillig gab er Auskunft über die letzten Wochen in seinem Leben – sogar den peinlichen Flirtversuch mit Sebastian sparte er nicht aus. Aber wirklich Erhellendes konnte er nicht beitragen. Außer den oft bloß liegenden Nerven der Kandidaten und den dadurch entstandenen Spannungen bei den Proben und Shows hatte für ihn bisher nichts auf einen Herd für Gewalt hingewiesen. Und wenn das in jeder Castingshow der Welt dazu führen würde, dass Kandidaten umgebracht würden, gäbe es ja jetzt schon überall mehr Tote als Sieger.

Erst als die Polizei wieder gegangen war und ihm geraten hatte, heute möglichst nicht zu viel Zeit allein zu verbringen und alles Auffällige sofort zu melden, wurde ihm klar, was das jetzt bedeutete. Er war in realer Gefahr, zum ersten Mal in seinem jungen Leben. Wenn der oder die Täter weiter unter den Kandidaten morden würde(n), gäbe es nur noch vier Menschen, die es treffen könnte: ihn, Lilly, Chantal und Mike D. Obwohl: Wenn man die »Unfälle« von Mausi, de Bruyn und dem Fotografen jetzt auch anders interpretierte – der Polizist hatte sich dazu nicht festlegen wollen –, könnte es fast jeden in der Show treffen. Und das war das nächste Problem: Würde die TV-Show jetzt abgesagt werden? War das Risiko nicht zu hoch für alle Beteiligten? Oder würde er von nun an immer unter Personenschutz proben und auftreten?

Na ja, dann hätte er wenigstens die Chance auf einen gut aussehenden Bodyguard. Als sein Humor zurückkam, beschloss er, nicht länger in seinem Hotelzimmer herumzusitzen. Er musste mit jemand reden, am besten jemandem, dem es gerade ähnlich ging. Schnell hatte er Lillys Handynummer eingetippt, doch es sprang nur die Mailbox an. Auch Chantal, an die er danach dachte, war nicht zu erreichen – hier ertönte eine Viertelstunde lang nur das Besetztzeichen. Mike D kam nicht infrage – nicht einmal in höchster Not würde er irgendetwas Ernstes mit diesem Idioten besprechen. Schließlich entschloss sich Sascha, ins Studio zu fahren. Trotz des Sonntags würden wegen der besonderen Situation sicher Leute von der Produktion dort sein, und vielleicht könnte er Tanya Beck sprechen oder sogar Marco Deutz.

»Wir sind eine große Familie!«, hatte Marco immer gesagt, und das musste jetzt doch wohl erst recht gelten. Seine Showfamilie war Sascha jedenfalls im Moment wichtiger als seine echte Familie, die er eben schon in einem langen Telefonat so weit beruhigt hatte, wie es ging. Natürlich wollte seine Mutter, dass er die Show abbrechen sollte, aber natürlich würde er das nicht tun. Mephisto und Xena waren schließlich beide außerhalb des Studios »verunglückt«. Vielleicht war es in dem hellerleuchteten und mit Kameras bestückten Studio sogar am sichersten.

Während er sich schnell notstylte und ein passendes Outfit raussuchte – natürlich schwarz, aber nicht schon wieder der Anzug –, kam ihm plötzlich ein Bild vor Augen, das er schon fast vergessen hatte und das er auch der Polizei gegenüber nicht erwähnt hatte: Ganz klar sah er wieder die kleine Besuchertruppe vor sich, die vor drei Wochen die Studiotour gemacht hatte, während er oben am Fenster eine Art huldvoll winkende Evita geübt hatte. Und genauso klar sah er wieder Sebastians Gesicht vor sich, wie es sich unter Saschas Blick schnell unter der Kapuze wegduckte und mit der Gruppe um die Ecke verschwand. Was hatte Sebastian damals auf dem Studiogelände getan? Ein Ex-Kandidat besucht die Stätten seines Wirkens? Oder: Jemand kehrt zum Tatort zurück? Sascha durchzuckte es. Innerlich machte er sich eine Notiz, das gleich morgen der Polizei zu erzählen. Aber erst einmal musste er hier raus.

Als Sascha vor das Hotel trat, fiel die Meute der wartenden Fotografen über ihn her wie ein Schwarm Möwen über ein kleines Stück Toastbrot. Gott sei Dank war der Wagen gleich da, der ihn ins Studio bringen würde, aber als er sich durch die schreienden Paparazzi durchdrängelte, wurde ihm doch einen Moment lang mulmig zumute. Während er das Bad in der Medienmenge gestern noch genossen hatte, fühlte er sich jetzt auf einmal unbeschützt und angreifbar. Er versuchte bewusst zu erkennen, wer ihn bedrängte, und sich die Gesichter einzuprägen – warum auch immer. Einzelne Rufe drangen an sein Ohr. »Sascha, glaubst du, es gibt einen Castingshow-Mörder?« war darunter und »Willst du weiter in der Show bleiben?«. Er antwortete auf nichts, aber gerade bevor er die schützende Wagentür zuzog, kam noch eine Frage durch, die ihn den Rest des Tages nicht mehr losließ: »Sascha, Sascha – wer wird der Nächste sein? Hast du keine Angst?«

»Bitte ganz schnell ins Studio!« Sascha schob seine dunkle Sonnenbrille extra hoch auf die Nase und lehnte sich im Sitz zurück. Hatte er Angst? Ja, er hatte Angst.

Die Sondersitzung war kurzfristig anberaumt worden. Tanya war als eine der Letzten im Sitzungsraum des Studios eingetroffen. Sie schaute in die Runde und registrierte, dass die Stimmung ungewöhnlich für die Menschen war, die in und bei dieser Show arbeiteten. Es gab sonst Stress, es gab Zynismus, es gab auch Gelächter, und es gab Aggression – aber jetzt herrschte eine Art ruhiger Panik unter den Anwesenden. Neben den Jurymitgliedern und dem neuen Pressesprecher saßen der Produzent der Sendung, der Regisseur und der zuständige Redakteur des Senders, der über Standleitung mit dem Chef des Senders verbunden war. Auf dem Konferenztisch, auf dem sonst fröhliche und poppige Fotos von realen oder möglichen Kandidaten ausgebreitet waren, lag jetzt eine dünne Akte in einem altmodischen Leitz-Ordner, den der zuständige Kommissar der Kölner Polizei dort hingelegt hatte. »Mordverdacht Castingshow« hatte jemand mit Eddingstift auf den Rücken gekritzelt. Und tatsächlich – genau darum ging es jetzt.

Der Kommissar, ein ruhig wirkender Mittdreißiger namens Heiko Köhler, hatte gerade noch einmal alle Fakten aufgezählt, die der Polizei bekannt waren. Sie hatten diskret schon seit Xenas Tod in Absprache mit dem Sender recherchiert, aber jetzt besonders scharf in den seit den frühen Morgenstunden andauernden Verhören aller Beteiligten ermittelt. Einiges war allen bekannt, anderes erschreckenderweise völlig neu. Dass bei einer erneuten Untersuchung von Xenas Unfall-Motorrad eine manipulierte Bremse gefunden worden war, die man vorher »übersehen« hatte, ließ sich Tanya in den Händen der Polizei nicht sicherer fühlen.

Die Leichen von Manfred Schmitz und Peter de Bruyn sollten noch ein zweites Mal obduziert werden, um die genaue Zusammensetzung der eingenommenen Drogen festzustellen. Und obwohl der Herzinfarkt beim Fotografen Olli Bräuer als Todesursache hundertprozentig feststand, wollte man auch da noch einmal die Leiche exhumieren und nach Spuren äußerlicher Gewaltanwendung suchen. Tanya war das egal, denn sie war sich inzwischen ganz sicher, dass – egal bei welcher Zusammensetzung der Drogen und ob Herzinfarkt oder nicht – diese Unfälle keine Unfälle gewesen waren. Sie selber überraschte die Polizei und vor allem ihre Mitjuroren, als sie nun öffentlich von dem Angriff auf der Jacht erzählte. Marco war besonders verdutzt, schien aber insgesamt fast mehr Angst um das Image seines Bootes zu haben als um Tanyas Unversehrtheit.

Zum ersten Mal, seit Tanya ihn kannte, schien der alte Haudegen Schiss zu haben. Er erwähnte die Worte »Personenschutz twentyfour seven« und »Durchleuchtungs-Schleusen an jedem Studioeingang« einmal zu oft, um als eiskalter Macho amerikanischen Stils rüberzukommen. Zu Pitterchen musste Tanya gar nicht hinsehen, schon bei ihrer Ankunft um elf Uhr morgens war das beliebte Kölner Original volltrunken gewesen und hatte immer nur in den Raum gerufen: »Ich habe zwar kein Alibi, aber ich war den janzen Abend zu Hause! Ehrlisch!«

Jetzt allerdings war der Stand der Dinge erst einmal ausreichend von Kommissar Köhler erläutert worden, und nun kam es zu jener Frage, die sich eigentlich die ganze Zeit als schwelende Hauptfrage hinter allen Vermutungen und der Beweisaufnahme versteckt hatte. Der Kommissar stellte sie trocken, merkwürdigerweise nicht an den Produzenten oder den Senderredakteur, sondern an Tanya, vielleicht, weil sie in all dem Wirrwarr bisher am ruhigsten gewirkt hatte.

»Wollen Sie denn mit der Sendung weitermachen? Wie haben Sie sich das vorgestellt?«

Tanya seufzte nur und wies mit einer Handbewegung in Richtung Marco, der wiederum auf Sender und Produktion schaute, die aber beide den Blick auffallend nach unten gesenkt hatten.

Jetzt wird wohl der Herdenführer die Herde führen müssen, dachte Tanya. Komm, Marco – spiel schon dein Spiel!

Und wirklich – nachdem »Deutschlands coolster Macho« von seinen eigentlichen Chefs keine Antwort auf die einfache Frage des Kommissars zu bekommen schien, fällte er alleine die Entscheidung: »Natürlich machen wir weiter«, sagte er. »Wir erhöhen die Sicherheit, bis das hier vor Knarren so voll ist wie das Weiße Haus nach 9/11! Wir lassen uns doch von so einem Scheiß-Psycho nicht in die Knie zwingen. Wir sind Deutschlands beliebteste und erfolgreichste Fernsehshow – nicht irgendein schwules Minderheitenprogramm auf Arte. Wir werden unseren Ruf verteidigen! Wir ...«, und damit brachte er, genau wie Tanya es sich gedacht hatte, das ewige Totschlagargument, »wir schulden das unseren Kandidaten, die so hart gearbeitet haben, um bis hierherzukommen! Und wir schulden es den Toten!«

Tanya war nicht die Einzige, die bemerkte, wie der Produzent und der Senderredakteur wieder von ihren Notizen hochsahen, im höchsten Maß erleichtert, weil Super-Marco gerade natürlich unendlich viel Geld gerettet, ja vielleicht sogar geriert hatte.

Der Kommissar schaute Marco Deutz fast verblüfft an: »Aber Ihnen ist klar, dass Sie mit dieser Entscheidung unter Umständen weitere Menschenleben riskieren?«, fragte er. »Wir können so ein unübersichtliches Gelände wie diese Show nicht hundertprozentig absichern, geschweige denn das Privatleben aller Kandidaten und Mitarbeiter.«

Marco stand nun auf und stützte die Hände auf den Tisch wie in einem B-Movie. »Ich glaube, ich spreche im Namen der gesamten Chefetage von *Music Star 3000*« – damit meinte er sich, auch wenn er jetzt die anderen ansieht, dachte Tanya, in deren Magen es immer mehr rumorte – »wenn ich sage, dass jedem freigestellt ist, zu gehen, wann immer er will. Wir werden niemand aufhalten! Aber …« – und hier machte er eine seiner gefürchteten Kunstpausen und zündete sich tatsächlich eine Zigarre an – »man hat schon viel über Marco Deutz gesagt und geschrieben, aber eines noch nicht: Ich bin kein Weichei!« Damit setzte er sich wieder hin, und das besoffene Pitterchen fing doch tatsächlich an zu klatschen. Tanya war jetzt richtig schlecht.

»Wie Sie meinen«, sagte der Kommissar. »Das ist natürlich Ihre Entscheidung.« Er packte seine Sachen zusammen, aber seine Miene war nun nicht länger verblüfft. Er sah ganz klar besorgt aus. »Wir werden unser Möglichstes tun, den Fall schnell aufzuklären. Wenn jemand noch etwas einfällt, ich lasse meine Handynummer da. Guten Tag!«

Während der Kommissar und seine Leute den Sitzungsraum verließen, beobachtete Tanya, wie Marco – fast gemütlich – seine Zigarre paffte. Er wirkte tatsächlich zufrieden. Und Tanya hoffte in diesem Moment, nein,

sie betete, dass dieser Trottel nie in die Politik gehen würde. Deutschland war zwar noch nicht Amerika, aber alles
war möglich. Sie schwor sich, dass sie dieses Land auf
der Stelle verlassen würde, wenn solche Typen wie Marco
Deutz noch mehr Macht über Menschen bekämen.

Als Tanya zur Beruhigung Nils anrufen wollte, sprang
nur seine Mailbox an, genauso wie schon den ganzen Tag
lang. Seit dem Abschied vor dem Weinlokal hatten sie sich
nicht mehr gesprochen. Als letztes Mittel ging sie in ihrem Smartphone schnell auf seine Facebook-Seite und
checkte, ob irgendwelche Nachrichten von Freunden auf
seinen aktuellen Aufenthaltsort hinwiesen. Aber auch da
war es wie immer sehr unbelebt. Seine Grundangaben
nahmen den meisten Platz auf der Seite ein – hier musste sie jedes Mal über seinen wilden Hobbymix lächeln –
von Freeclimbing bis Columbo, von Margaritas bis zum
überraschenden Schach. Und es gab einen neuen But-
ton – Miss T.

Wie süß – bestimmt eine Art Poesiealbum über Tanya.
Sie clickte schnell drauf, und während sich die Fotogalerie
hochlud, sah sie unten die Menge der Fotos hochzählen.
551! 551 Fotos von ihr. Nur von ihr. Aus allen Zeiten! Wie
ein Archiv ihrer gesamten Karriere sah sie sich auf allen
roten Teppichen der letzten zwanzig Jahre stehen. Schnell
schloss sie die Datei wieder und atmete tief durch.

Das war kein Poesiealbum, das war ein Altar. Er war
ein Fan gewesen, das wusste sie ja, aber das hier – das war
doch … ziemlich extrem. Als sie sich ausloggen wollte, fiel

ihr Blick auf die Rubrik »Beziehungsstatus«, und sie stutzte noch einmal. Er hatte »Es ist kompliziert« angekreuzt.

War es das für ihn? Was war passiert?

KAPITEL 24

Die Proben, die wie üblich am Montagnachmittag statt-
fanden, waren für Sascha gespenstisch. Selbst er, der aus
Hunderten von Starbios wusste, dass jede blöde Show
»always on« gehen musste, fand es pervers, im Klima eines Hochsicherheitstraktes fröhliche Popsongs zu proben.
Überall im Gebäude wimmelte es von Polizei und der internen Securitytruppe. Der Probensaal war gesäumt von
düster blickenden Muskeltypen mit Waffen am Gürtel.
Auch das Thema »Disco« war für diese Woche denkbar
ungeeignet, aber die Produktion hatte sich entschlossen,
nicht wieder eine Balladen-Sendung zu machen.

»In dunklen Zeiten brauchen wir Licht«, hieß es in der
schnell rausgehauenen Pressemeldung, die sofort im Internet veröffentlicht worden war und immer lyrischer und
unsachlicher wurde, je länger sie ihre Kreise zog. »Disco
und Soul geben den Menschen Freude. Und Freude können unsere Kandidaten wie auch das Publikum gerade
aufgrund der tragischen Vorfälle in diesen dunklen Zeiten
gut gebrauchen. Wir werden im Andenken von Xena und
Mephisto jedoch darauf achten, dass die Titel geschmack-
und pietätvoll ausgewählt werden.«

Das hatte nicht ganz geklappt, fand Sascha, denn einige Aussagen zum Thema Überleben in den Songs konnte man doch als ziemlich zynisch werten. So hatte sich Mike D trotzig »Staying Alive« ausgesucht und kämpfte nun vor dem Spiegel im Probensaal mit seinen John-Travolta-Moves, während Chantal, ganz die große Emotionale, sich zu Shirley Basseys »This is my life« hinreißen ließ. Beide hatten sich damit Lieder ausgesucht, die sogar das dümmste Publikum inhaltlich mit den Todesfällen verbinden würden, und molken so ungeniert den Tod ihrer ehemaligen Konkurrenten für Punkte.

Sascha hatte sich für Michael Jacksons »Man in the Mirror« entschieden, weil dieses Lied insgesamt nicht fröhlich, sondern merkwürdig inhaltsschwanger daherkam, und weil Michael Jackson ihm immer gut stand. Er übte schon seit Jahren eine perfekte Choreografie zu dem Song und würde sich durch Mike und Chantals Bauernschläue nicht aus dem Konzept bringen lassen. Lilly versuchte sich an »Don't leave me this way«, was auch gut zu ihr passte. Der Song vermittelte ein trauriges Grundgefühl, und das war ihr wie auf den Leib geschrieben. Fakt war, dachte Sascha, während er zum hundertsten Mal einen Hut vom Kopf in die Hand rollen ließ, dass Lilly in der letzten Woche noch einmal zweihundert Prozent an Traurigkeit zugelegt hatte. War sie vorher schon immer still, aber süß gewesen, schien ihr seit letzter Woche etwas so Großes auf der Seele zu liegen, dass der zierliche Rahmen ihres Körpers fast darunter zu zerbrechen schien. Ihre Gesichtsfarbe hatte sich von »noblem Weiß« zu »totenblass« entwickelt, und nicht einmal die Farbeimer eines

Mausi Schmitz hätten daraus Lebensfreude oder Frische zaubern können. Gott sei Dank wurde sie die ganze Nummer hindurch von den Tänzern nur gehoben und getragen, sodass sie trotz Discobeat nicht viel tanzen musste. Sascha bezweifelte, dass sie zu einem einfachen Sidestep die Kraft gehabt hätte.

Ein Polizist stand in der Tür hinter ihm, ein besonders attraktives Exemplar, wie Sascha fand, während er in einen figurbetonenden Stretch ging. Sein Gehirn – wenn es denn sein Gehirn war – funktionierte immer zweigleisig, und er hatte sich schon oft dabei erwischt, wie er selbst in den stressigsten oder sogar traurigsten Situationen an Sex dachte. Einmal hatte er sogar bei der Beerdigung einer alten Tante mit einem niedlichen Sargträger geflirtet und dessen Handynummer und später sein Bett erobert. Manchmal kam es Sascha so vor, als ob diese Koppelung sogar von der Natur so gewollt war und insgesamt zu einem Ausgleich der emotionalen Lage beisteuerte. Wenn alles im Leben in Balance bleiben sollte, warum nicht auch psychisches Leid und fleischliche Freud? Außerdem hatte er das Gefühl, dass der Polizist schon die ganze Zeit auffällig in seine Richtung starrte. Noch einmal streckte Sascha ganz nebenbei seinen Hintern raus – ein Körperteil, das ihm, und da war er sich ganz sicher, in dieser Show schon mehr Telefonanrufe gebracht hatte als seine ganze »Aquarius«-Nummer zusammen. Dabei warf er einen scheinbar gelangweilten Blick in die Richtung des Polizisten, doch der tippte gerade hektisch auf seinem Handy herum.

Wenn du Bilder von mir suchst, die besten gibt es nicht im Netz, dachte Sascha, doch der Anmachspruch war selbst ihm zu blöd. Noch einmal gab er dem Tonassi das Zeichen für den Start des Halb-Playbacks. Er könnte ja für diesen Durchlauf den Polizisten als »Mann im Spiegel« fixieren. Vielleicht würde das in dieser angespannten Atmo allen etwas bringen.

Ein lautes »Scheiße« riss Sascha aus seinen Gedanken. Er sah, wie Mike neben ihm sein weißes Showjackett zu Boden donnerte und wütend aus dem Saal stürmte. Der ihm zugeteilte Securitymann wollte ihm folgen, doch der niedliche Polizist hielt ihn auf und flüsterte ihm etwas ins Ohr. Dann liefen sie gemeinsam hinter Mike her, und so konnte Sascha seinem Spiegel in Uniform nur hinterhersehen. Nun ja, dann eben doch nur wieder alles für die Karriere und ohne Sex. Machen wir halt mehr Merkel als Madonna. Sascha seufzte innerlich und sang jeden Michael-Jackson-Kiekser so perfekt wie das tote Idol.

Tanya hatte sich immer noch nicht entschieden, ob sie die Show verlassen sollte oder nicht, als sie am Freitagmorgen ins Polizeipräsidium zu einer erneuten Befragung fuhr. Die ganze Woche hatte sie die Pros und Cons gewälzt und war alle möglichen Schlagzeilen durchgegangen, vom hämischen »Frau verlässt das sinkende Showschiff« bis zu einer eher sympathisierenden »Tanya Beck in Todesangst«. Nils war immer noch nicht zu erreichen gewesen, in seiner Wohnung brannte nachts kein Licht, und auch im Studio tauchte er nicht auf. Auch ein Anruf bei ihrer Mutter hatte natürlich nichts gebracht. Bei ihr ging das Repertoire von allgemeinen Durchhalteparolen der Nachkriegsgeneration bis zu dem strengen Satz »Eine Tanya Beck flüchtet nicht!«, bei dem es Tanya wie immer besonders gruselte, wenn ihre eigene Mutter sie mit ihrem Künstlernamen anredete. Aber als sie am Freitagmorgen nach einer kurzen Nacht wieder die Lage überdachte, blieben doch insgesamt nur zwei Gefühle übrig. Erstens: ein fast mütterliches Schutzgefühl gegenüber den Kandidaten, besonders gegenüber Sascha und Lilly. Und zweitens: das merkwürdige Bauchgefühl, dass sie aus der direkten Gefahr schon raus war. Wer immer es war, er hatte es bei ihr versucht und war gescheitert. Tanya war zu stark gewesen. Und jetzt – mit der zusätzlichen Rundumüberwachung, die unten vor ihrem Haus stand, war sie stärker als zuvor. Sie war jetzt wachsam.

Den letzten Ausschlag allerdings gab das ganz klare Gefühl, dass sie Marco den Triumph nicht gönnen würde, wenn sie jetzt den Kram hinschmiss. Denn er würde mit Sicherheit schon am Samstag eine andere »Titte in der Mitte« haben – eine mutigere. Oder noch schlimmer: einen weiteren Mann wie Marco.

Also beschloss Tanya Beck, als sie vor dem Revier einparkte, aus einer Mischung von Intuition und trotzigem Feminismus mit der Show weiterzumachen. Sie hoffte, dass sowohl der Dalai Lama als auch die von ihr verehrte Germaine Greer stolz auf sie wären. Und in dieser Stimmung ging sie ins Präsidium – allerdings eher müde als stolz.

Herr Köhler empfing sie in der Eingangshalle und ging mit ihr in ein einfaches Oma-Café um die Ecke, sodass Tanya nicht überprüfen konnte, ob sich der Look moderner Polizeireviere genauso hundertprozentig von den Fernsehversionen unterschied wie echte Popstars von den Gewinnern ihrer Sendung. Stattdessen orderte sie in dem gemütlichen Setting des Cafés in einem Anfall von Wahnsinn ein Stück Schwarzwälder Kirschtorte, um sich durch den Zucker endgültig wach zu bekommen.

Was sie nun von dem sympathischen Herrn Köhler zu hören bekam, hätte allerdings schon gereicht, um jede Müdigkeit vergehen zu lassen. Die neuen Obduktionsbefunde von Mausi, Peter und dem Fotografen lagen vor, und während bei Mausi und Peter die Sachlage immer noch nicht klar war, weil es sich als äußerst schwierig herausgestellt hatte, aus den Rückständen im Körper die ganz genauen Zusammensetzungen der Drogen zu definieren, gab es beim Fotografen Olli Bräuer interessante Neuigkeiten. Die zuständige Ärztin hatte an seinem Rücken oberhalb des Steißbeins mehrere kleine Brandmale gefunden, die bis jetzt übersehen worden waren. Abstand und Tiefe waren analysiert worden und wiesen auf ein Gerät hin, wie es sonst in der Landwirtschaft verwendet wurde: ein Elektroschocker für Bullen mit extrem hoher Voltzahl. Das hieß, der Herzinfarkt war durch mehrere Schübe Strom induziert worden, die dem Fotografen von hinten durch die Haut zugefügt worden waren.

Tanya sah sofort die Szene wieder vor sich: das übliche

unübersichtliche Gedränge beim Fotocall, das Geschrei, die Hektik, Peter de Bruyn, der sich hinter den Fotografen aufgebaut hatte, um mit seinen Handzeichen die Blickrichtung der Kandidaten zu koordinieren.

»Hatte Herr de Bruyn vielleicht ein Motiv, Olli Bräuer zu töten?«, hakte nun der Kommissar nach, als könne er Tanyas Gedanken lesen. »Gab es etwas, das Bräuer wissen konnte oder fotografiert haben könnte, etwas, das Herr de Bruyn geheim halten wollte?«

»Tja, Herr de Bruyn hatte wahrscheinlich mehr Feinde in dieser Welt als irgendjemand anderes, das brachte der Job so mit sich«, gab Tanya zu. »Aber auf der anderen Seite war er selbst nicht zimperlich. Was hätte einem wie ihm schon schaden können?«

»Vielleicht das hier?« Der Kommissar legte einzelne Fotos neben Tanyas Tortenteller, deren Inhalt in keinem größeren Kontrast zu dem gemütlich-spießigen Ambiente des Oma-Cafés und seinen Besucherinnen hätte stehen können. Tanya war nicht prüde, aber sie musste ihre Tortengabel weglegen.

»Ist das da unten Chantal?«, fragte sie mit ihrer professionellsten Stimme.

»Ja, das ist sie«, sagte Herr Köhler ruhig. »Allerdings vor der letzten Operation in einem Zwischenstadium. Eigentlich ist sie da noch mehr Charlie als Chantal.«

»Und darauf stand Peter?« Tanya hatte de Bruyn wirklich jede Perversion zugetraut, aber sie hatte sich ihn eher mit blonden Dominas vorgestellt, die ihm abends den zynischen Tagesjob aus den Knochen peitschten, als mit

Jungs in BHs mit kleinen, frisch von Hormonen geform-
ten Brüsten.

»Ja, absolut.« Herr Köhler klang, als ging es um ein
Parkvergehen. »Er hatte mehrere Sammlungen von solchen Fotos auf seinem Laptop. Wir sind noch auf der Su-
che nach anderen Verbindungen zum Job, aber gerade von
Charlie Kraus, ich meine Chantal, hatte de Bruyn ganze
Alben. Und eben in dem Fall auch von ihnen beiden zusammen. In flagranti.«

Dieses Wort hatte Tanya auch schon lange nicht mehr
gehört, sie hätte fast schon wieder lachen können, wenn
nicht Chantals dick geschminkte Lippen und Peters lust-
verzerrtes Gesicht gerade so nah an ihrer Torte gelegen
hätten. »Das wusste ich wirklich nicht.« Tanya drehte die
Fotos wieder um und gab sie Herrn Köhler zurück, der sie
schnell und jetzt doch auch irgendwie erleichtert wieder
in seiner Aktentasche verschwinden ließ.

»Chantal hatte also ein starkes Motiv, zumindest bei
Peter«, sagte sie nachdenklich. »Solche Fotos tun einem
zukünftigen deutschen Popstar natürlich nicht gut. Und
wenn Olli Bräuer davon noch mehr hatte ...« Sie brach
ab. Was tat sie hier eigentlich? Wollte sie jetzt Frau Doktor
Watson werden?

Aber Herr Köhler schien sie ernst zu nehmen. »In
Chantals Stammkneipe *Rainbow* gibt es einige Gäste, die
Peter dort mit Chantal gesehen haben. Sie alle hätten eins
und eins zusammenzählen können«, sagte er. »Unter anderem Manfred Schmitz, der Maskenbildner. Und auch
der Kandidat Sascha Berger geht dort ein und aus.«

Tanya schüttelte den Kopf. »Aber Xena und Mephisto …? Was wäre da Chantals Motiv gewesen?«

»Genau das wollte ich Sie fragen. Sie haben doch Einblicke in die internen Umfrageergebnisse der Sendung. Wo lagen die verstorbenen Kandidaten im Durchschnitt? Gerade in Bezug auf Chantal?«

Aha. Jetzt kapierte Tanya, worauf der Kommissar hinauswollte. Sie musste nicht lange nachdenken. »Die beiden toten Teilnehmer lagen weit vor Chantal. Chantal bekommt meist nur die Anti-Stimmen. Das sind die Leute, die anrufen, um gegen die klar erkennbaren Trends zu stimmen. Das passiert in jeder Staffel. Sie wollen das Spiel quasi ein bisschen aufmischen. Nur so hat Chantal es bis in dieses Stadium der Show geschafft. Wir nennen diese Stimmen auch intern Freak Votes.«

Jetzt war Herr Köhler doch verblüfft: »Weil die Anrufer Freaks sind oder weil sie Freaks wählen?«, erkundigte er sich.

Tanya konnte nur mitleidig lächeln. Einem Polizeibeamten die Logik einer Castingshow nahezubringen, war auch mal etwas Neues. »Beides natürlich«, sagte sie. »Beides.«

Der Kommissar nickte nur. »Das wäre für Chantal ein Motiv«, sagte er. »Eine letzte Frage noch, Frau Beck.« Er holte aus seiner Aktentasche eine weitere Mappe heraus.

»Auch zum Thema Chantal?« Tanya wollte auf einmal schnell ins Studio zurück und sich die »Dame« genauer ansehen. Außerdem war ihr eingefallen, dass auch Lilly und Sascha immer in der Publikumsgunst VOR Chantal rangierten.

»Indirekt ja …«, antwortete der Kommissar. »Sie kennen doch einen gewissen Nils Lehmann, der in der Produktion als Lichtdouble arbeitet …« Höflich wartete er Tanyas Antwort gar nicht ab. »Wussten Sie, dass er mit Charlie in derselben Schule war … sogar in derselben Klasse? Hat er das vielleicht einmal erwähnt?«

»Nein, nie. Das ist mir neu.« Tanya versuchte sich ihre Bestürzung nicht anmerken zu lassen, aber am Blick des Kommissars merkte sie, dass sie es nicht ganz schaffte. Warum hatte ihr Nils davon nie erzählt?

Wieder dachte sie daran, wie sie ihn kennengelernt hatte. Sie rief sich ihre gemeinsamen Nächte ins Gedächtnis. Sie dachte an die Tage nach dem Angriff auf der Jacht und daran, was für ein sicheres Gefühl er ihr gab. Aber warum hatte er, der sie doch gleich beim ersten Essen beim Japaner in so ziemlich alle Details seines Lebens eingeweiht hatte, ihr ausgerechnet das verschwiegen? Oder später nicht eine Bemerkung zu Chantal gemacht? Sie verstand es nicht. Und plötzlich beschlich sie dieses dumpfe Nils-Gefühl, das sie ganz am Anfang gehabt hatte. Schnell stand sie auf, verabschiedete sich von dem skeptisch blickenden Kommissar und raste ins Studio. Als sie dort in ihre Garderobe kam, hatte sie schon Besuch. Aber nicht von Nils, den sie so gerne sofort zur Rede gestellt hätte, sondern von Sascha, der so panisch aussah wie noch nie zuvor.

KAPITEL 25

Sascha hatte sich lange überlegt, ob er sich irgendjemandem aus der Produktion offenbaren sollte, bevor er sich für Tanya entschieden hatte. Es musste jemand sein, der notfalls ein Geheimnis für sich behalten, aber auch die professionelle Reichweite von Saschas Geschichte genau bewerten könnte. Und jemand, der nicht gleich mit jedem Kram zur Presse lief, sondern erst mal diskrete Nachforschungen anstellen würde und könnte. Kurz: jemand, dem Sascha vertraute. Und da gab es im Moment nur Tanya.

Erst hatte er die Briefe gar nicht ernst genommen, die in seinem Hotel abgegeben worden waren. Zwar hatte er sich gewundert, dass sie nicht mit der normalen Fanpost bei ihm landeten, die die Produktion regelmäßig sammelte und vorbeischickte, aber die Fans von *MS 3000* saßen überall, und obwohl der Aufenthaltsort der Kandidaten geheim gehalten wurde, gab es immer genug Zimmermädchen und Rezeptionisten, die weitererzählten, wer sich gerade in ihren heiligen Hallen aufhielt. Und es war ja am Anfang auch nur ein Brief pro Woche gewesen, immer am Montag und immer sauber aus dem Computer ausgedruckt. Aber jetzt kamen die Briefe täglich.

Sascha hatte sich von Anfang an gegen schwulenfeindliche christliche Fundamentalisten innerlich gewappnet. Sobald in der Öffentlichkeit klar war, dass ihm sexuell Brad Pitt wichtiger war als Angelina Jolie, hatte er sich

auf Hass aller Art mental vorbereitet. Und diese Bibel-
zitate waren ja zuerst auch fast lustig gewesen, wie aus
einem altmodischen Horrorfilm. Aber mit der Zeit hatten sich Ton und Art der Briefe verändert, die Gewaltfan-
tasien waren konkreter geworden und hatten im Vergleich
zu den Bibelsprüchen immer mehr an Raum gewonnen.
Und vor allem jetzt, wo Kandidaten der Sendung »Unfälle« erlitten, war Sascha klar geworden, dass dahinter nicht
nur irgendein krankes müdes Hirn in einem Schrebergar-
ten hockte, sondern die Briefe vielleicht Hinweise auf den
Täter waren. Oder sogar auf das nächste potenzielle Opfer. Und das wollte nicht er sein.

Tanya las die hasserfüllten Machwerke ruhig durch,
denn nach den fröhlichen Fotos von eben konnte sie eigentlich nichts mehr erschüttern. Sie war lange genug in
dieser Show, um jegliche kranke Fanpost gelesen und sogar schon selber bekommen zu haben. Die Autoren der
Show machten sich einen Spaß daraus, die schlimmsten
Blumen der öffentlichen Meinung zu sammeln und jedes
Jahr bei Marcos Weihnachtsfeier als Sketch zu spielen. Bei
der gesamten Crew unvergessen der Sketch »Manni, der
Fußfreund, wünscht sich abgetragene Pumps von Tanya.
Für seine kranke arme Mutter ... die sicher Glitzerheels
mit neun Zentimeter Absatz braucht ...« Und so kam
Tanya die Mischung aus Homophobie und Gewaltfan-
tasien in den Briefen fast vertraut vor. Aber beim Absen-
der stutzte sie plötzlich. »Joab? Der Joab aus der Bibel?«

Sascha war ein Kind seiner Zeit: »Ich habe das natürlich gegoogelt und folgende Geschichte gefunden: Joab ist

eine Person aus dem Alten Testament, Heerführer König Davids und dessen Neffe. Einer von Davids Söhnen war Absalom, bekannt für seine Schönheit und seine langen Haare. Absalom, auf der Flucht vor den Soldaten seines Vaters, blieb mit seinem langen Haupthaar in der Krone eines Baumes hängen. Joab tötete ihn, indem er ihm drei Spieße ins Herz stieß. Dies tat er, obwohl David seine Soldaten vor dem Kampf darum gebeten hatte, Absalom zu verschonen. Er war also ein grausamer Rächer an einem schönen, jungen, ehrlich gesagt, für mich leicht schwul wirkenden Mann.«

Sascha sah Tanya an wie ein verängstigter Welpe. »Was, wenn ich der Nächste bin?« Er sprach damit das aus, was beide dachten. »Was, wenn ich auch einen *Unfall* habe?«

Tanya sah noch einmal den ganzen Stapel von Briefen durch. Nichts am Schriftbild oder am Papier ließ auf den Absender schließen. Gestempelt waren sie in Köln und dann noch mal vom Hotel mit »Eingang Gast« versehen. Aber es könnten Fingerabdrücke darauf sein.

»Ich gebe sie der Polizei«, sagte sie schließlich. »Im Moment forschen die in alle Richtungen, und vielleicht ist es ja wirklich eine Spur. Und was dich angeht … ich bitte Marco, deinen Personenschutz zu verstärken. Und keinen Schritt außerhalb der bekannten Pfade, verstehst du? Vom Studio ins Hotel und zurück, sonst nichts! Keine Ausflüge ins *Rainbow*!«

Das Letzte sollte ihn wieder ein bisschen aufmuntern, zeigte aber bei Sascha keinen Effekt. Sein junges hübsches Gesicht blieb ernst. »Ich verspreche es!«, sagte er feierlich. »Nur vom Studio ins Hotel und zurück!« Er drückte Tanyas Hand und wirkte in diesem Moment noch jünger, als er eigentlich war.

Komisch, dachte Tanya, diese übertriebenen Reaktionen in der Sendung, das ganze Geheule und Umarmen und Zusammenbrechen – das passt nie in den realen Alltag. Es sind Theatergesten aus uralten Melodramen. Im echten Leben fällt der Junge mir jetzt nicht um den Hals, obwohl ich ihm vielleicht gerade helfe, sein Leben zu retten. In der Show, nach ein paar netten Worten von mir über einen Song von ihm, würde er in Tränen ausbrechen und auf die Knie fallen. Verkehrte Welt. Oder ... – und hier hatte sie wieder einen jener kurzen Gedanken, die ihr manchmal selber Angst machten – der Sieg in der Show ist für ihn wichtiger und emotionaler als eine reale Morddrohung.

Sie sah in Saschas klare blaue Augen und konnte darin nichts erkennen außer Dankbarkeit und großer Erleichterung. Wenn das gespielt war, war der Junge richtig gut. Aber als er die Tür hinter sich zuzog, hoffte sie sehr, dass er das dieses eine Mal nicht war.

Als es fünf Minuten später wieder klopfte, dachte sie, dass Sascha etwas vergessen hatte, und öffnete schnell die Tür. Doch im Türrahmen lehnte der verschwundene Nils.

»Wo hast du gesteckt? Ich versuche dich seit einer Woche zu erreichen und werde fast wahnsinnig! Warum kannst du nicht an das verdammte Handy gehen?« Tanya war auf einmal wirklich sauer. »So lasse ich mich nicht behandeln. So geht man nicht um mit ...«

»Mit einer Tanya Beck?«, vervollständigte Nils ihren Satz. »Darf ich erst mal reinkommen?«

»Bitte sehr.« Tanya ging, wütend über ihn und wütend über sich, zu ihrem Garderobentisch und begann hektisch ihre Kajalstifte zu ordnen. Nils setzte sich auf das Sofa. »Ich war weg«, sagte er ruhig und wartete ab, bis Tanya alle zehn Stifte nach Länge sortiert hatte.

»Das hab ich gemerkt«, gab sie zurück und versuchte wieder Fassung zu gewinnen. Und gab es schließlich auf: »Weißt du überhaupt, was hier los ist?« Sie drehte sich zu ihm um und funkelte ihn an. »Hier läuft irgendwo ein Mörder rum, und ich bin dauernd bei der Polizei, und gleichzeitig probe ich für die Sendung und kümmere mich um Sascha – und du bist einfach weg? Wo verdammt noch mal warst du?«

»Bei einem Freund in den Alpen.« Nils senkte den Kopf. »Er hat eine Hütte und hat mich eingeladen. Dort gibt es kein Netz, deshalb konntest du mich nicht erreichen.«

»Ach? Und warum verschwindest du einfach so?« Tanya hatte das Gefühl, sie redete mit einem Achtjährigen. »Warum gibst du mir nicht Bescheid? Und …« Sie wollte es eigentlich nicht, aber es brach aus ihr heraus: »Und warum ist unsere Beziehung KOMPLIZIERT?«

Nils stand auf, lief zum Fenster und ging dort auf und ab. Er hatte seine Hände in der Jeans vergraben und sah immer noch wie ein Teenager aus. »Weil es eben echt kompliziert ist!«, brach er endlich die Stille. »Weil ich nicht weiß, was du von mir willst! Erst küsst du mich, dann läufst du weg, dann sind wir endlich zusammen, und dann lässt du mich einfach vor diesem Weinlokal stehen und düst davon.«

Tanya fiel der Abschied vor dem Lokal ein, er war zwar knapp gewesen, aber doch nicht unfreundlich. Sie wollte damals einfach nur nach Hause und alleine sein.

»Du kannst mich nicht bestellen und abbestellen, wie du es brauchst.« Jetzt wurde Nils deutlich lauter. »Ich bin nicht dein Spielzeug, Tanya! Ich will mit dir zusammen sein, aber dazu musst du mich reinlassen!«

»Ich lasse dich nicht rein? Du verschweigst mir doch alles! Zum Beispiel, dass du Chantal noch als Charlie in der Schule kanntest! So kann ich dir doch nicht trauen!«

»Deshalb kannst du mir nicht trauen?«, schrie Nils. »Weil ich dir nicht alle meine Mitschüler in meiner Jahrgangsstufe aufzähle? Das gibt's doch nicht!« Er ballte die Fäuste. »Ich leg dir hier mein Herz zu Füßen, und du willst wissen, wer mit mir auf der Schule war?«

Tanya konnte nicht mehr zurück. »Und ich hab mich auf deiner Facebook-Seite umgesehen, Nils – über 500 Fotos von mir! Du hast so was wie einen Altar für mich da eingerichtet! Das ist doch krank!«

»Das ist krank?« Nils schien in sich zusammenzusacken. Seine Stimme wurde leise und todtraurig. »Das findest du krank? Ich hab dir gesagt, dass du schon immer meine Traumfrau warst, und das wirfst du mir jetzt vor? Fotos im Internet?« Er packte sie am Unterarm. »Mein Gott, Tanya, das Problem hier bin nicht ich, das Problem bist du! Du traust niemandem! Und genau darüber wollte ich nachdenken, und genau deshalb bin ich auf die Hütte gefahren, um mal Luft in meinen Kopf zu bekommen. Immer geht es hier um dich, deine Ängste, deine Bedingungen! Nur um dich! Und das läuft so nicht!«

Bevor Tanya noch etwas sagen konnte, war Nils aus der Garderobe gestürmt und hatte die Tür hinter sich zugeknallt. Tanya atmete durch, ging zur Tür und schloss sie instinktiv ab. Dann ließ sie sich ins Sofa fallen und brach in Tränen aus. Was machte Nils nur mit ihr? Und was machte sie mit ihm?

Es war nicht nur kompliziert. Es war vermutlich einfach unmöglich.

KAPITEL 26

Am nächsten Morgen beschäftigte sich Tanya zu Hause mit ihrer Fanpost. Oft beruhigte sie das. Sie hatte sehr schlecht geschlafen. Der Streit mit Nils, Saschas Briefe und Peters Fotos hatten sich in ihren Träumen zu einer unheilvollen Melange vermengt, und trotz Frühjogging war ihr Kopf selbst am Showtag immer noch nicht fit. Deshalb bearbeitete sie jetzt nur die nette Post – die hässlichen Briefe mit Fotos von nackten Männern beim Liegestütz hatte die Produktion sowieso schon ausgesondert, bevor der Rest zu ihr kam.

Im Gegensatz zu vielen anderen Prominenten freute Tanya sich nach all diesen Jahren immer noch über Fanpost, besonders über all die bunten und beklebten Mädchenbriefe, die – neben notgeilen alten Säcken – ihre

Hauptzielgruppe bildeten. Und komischerweise hatte sich trotz Internetpornos und Gewaltvideospielen der Look von Mädchenbriefen an ihre weiblichen Lieblingsstars wenig geändert: Es wurden immer noch Schmetterlinge aufgeklebt, Blumen gemalt und Gedichte gereimt. Gut – ab und zu war sie jetzt natürlich die beste Freundin von Lillyfee, aber insgesamt herrschte in diesen Briefen immer noch mehr Unschuld, als die deutsche Presse jeden Tag in ihren Schilderungen betrunkener und ordinärer Teenies vermuten ließ. Deshalb mochte Tanya die Bearbeitung ihrer Fanpost – es war wie ein Ausflug in ihre eigene Kindheit. Bevor die mit ihrem ersten Modelshooting im zarten Alter von 13 Jahren schlagartig zu Ende gegangen war.

Amüsant fand sie immer die beigelegten Fotos, auf denen sie selber mit ihren »Mädels« abgebildet war. Schnappschüsse von irgendeinem Bahnhof oder Flughafen (andere Kontaktpunkte mit dem realen Leben gab es schon fast nicht mehr), auf denen sie immer in der Mitte stand, immer mit dem gleichen Gesichtsausdruck (»Du hast nur ein Fotogesicht. Wechsel doch öfter mal!«, hatte Peter ihr immer wieder zugeraunzt). Daneben standen die strahlenden und aufgeregten Fans mit erwartungsvollen Gesichtern.

Das ist das, was einen Star ausmacht, dachte Tanya, während sie ihre Unterschrift mit dem niedlichen Y-Unterschwung versah. Er bleibt, nur die Umgebung wechselt. Sie zog einen besonders großen Abzug aus einem DIN-A3-Umschlag, ein Gruppenfoto mit sechs

Mädels in pinker H&M-Einheitsuniform. Hier strahlte Tanya nicht wie immer. Im Gegenteil, ihr Gesicht wirkte genervt, fast unfreundlich. Wo war das gewesen? Bei welcher Gelegenheit hatte ihre Professionalität so gewackelt? Sie studierte die Umgebung. Das konnte überall gewesen sein, Shops, Lichter … doch dann fiel es ihr ein: Es war ein Foto aus dem Einkaufscenter neben dem Studio, an dem Tag, als sie Mephisto zum ersten Mal verfolgt hatte! Es war sogar genau die Gruppe gewesen, die sie gestoppt hatte und durch die sie den Anschluss an den Maskenmann verloren hatte. Deshalb schaute sie so unfreundlich. Aber sie war nicht die Einzige. Hinter dem Kopf des kleinsten H&M-Girlies, vier Stufen höher auf der Rolltreppe, ragte noch ein Gesicht hervor, das nicht nur unfreundlich war, sondern fast hassverzerrt. Ein aufgequollenes Gesicht, stark geschminkt, starrte auf dem Foto voller Wut in Tanyas Richtung, wie eine Gedankenblase im Comic, die einen Alptraum darstellen soll.

Und auch dieses Gesicht kannte Tanya. Sie kramte ganz schnell ihre heimliche Lesebrille aus der Tasche und legte sie zur Vergrößerung auf das Foto. Ein buntes Monster, das drauf und dran schien, Tanya von hinten anzuspucken. Die Tigerschleife im blondierten Haar wäre gar nicht mehr nötig gewesen, um sie endgültig zu identifizieren. Wenn sich Tanya damals umgedreht hätte, hätte sie direkt in die unverhohlene Fratze von Lillys Mutter gestarrt.

Wie im Zeitraffer rasten in Tanyas Kopf Bilder und Gesprächsfetzen vorbei. Wie die strampelnde Mutter, tobend und Beleidigungen schreiend aus dem Probenraum entfernt wurde. Beleidigungen, die gegen sie und Xena gerichtet waren. Peter de Bruyn, der Tanya von den sexuellen Angeboten erzählt hatte, die Lillys Mutter ihm gemacht hatte. Lillys blasses Gesicht der letzten Wochen. Und vor allem fiel ihr ein, wer beim Fotocall in den Reihen aller Fans und Verwandten direkt hinter Olli Bräuer gestanden hatte – Lillys Mutter!

Zum ersten Mal in der letzten Zeit machten all ihre Ahnungen und Bauchgefühle Sinn. Sie hatte jetzt einen klaren, konkreten Verdacht. Ihre Hand zitterte leicht, während sie die SMS ins Handy tippte: »Bitte treffen Sie mich heute vor der Show um sechs in meiner Garderobe. Es geht um Ihre Tochter Lilly. Ich sage der Security Bescheid, dass Sie kommen. Tanya Beck.«

KAPITEL 27

Die Frau, die pünktlich um 18 Uhr in Tanyas Garderobe geführt wurde, hatte sich zumindest optisch sehr verändert. Verschwunden waren die Tiermuster und die klingelnden Armreifen, fast puristisch saß eine müde wirkende Frau in Jeans und schlichtem weißem Top vor Tanya, aufrecht, die Beine übereinandergeschlagen wie in einer Talkshow. Nur ihre Augen waren hellwach und musterten Tanya, die ihrerseits in ihrem Show-Outfit aussah wie eine Moderatorin in einer seriösen Talkshow, die sich aufgedonnert hatte – eine Art Versace-Barbie-Version von

Anne Will. Auch die ganze Garderobe wirkte fast wie ein Talkshow-Set, Tanya hatte vorsorglich Wasser in zwei Gläser eingeschüttet und die Stühle so einander gegenübergestellt, dass sie ihren Gast gut sehen konnte, er ihr aber nicht zu nahe kam. Tanya gab dem Securitymann das Zeichen, direkt vor der Tür zu warten. Mit einem prüfenden Blick schloss er die Tür.

Tanya verschwendete keine Zeit. »Frau Helm – ich habe Sie heute wegen Ihrer Tochter zu mir gebeten. Sie kommt mir seit einigen Tagen so bedrückt vor und auffallend blass. Ich wollte mich erkundigen, ob Sie irgendeine Ahnung haben, was ihr Sorgen machen könnte.«

»Woher soll ich das wissen?«, kam es kühl zurück. »Sie haben mich ja von meinem Kind getrennt. Sie geht von hier aus ins Hotel, und auch dort darf ich sie nicht sprechen. Ich habe keine Ahnung, was in ihr vorgeht. Und wenn es Sie interessiert – das verletzt mich sehr.«

»Damit das klar ist, nicht ich habe Sie von Ihrem Kind getrennt«, erwiderte Tanya ruhig. »Die Produktion hat das so beschlossen, nachdem Sie ausfällig geworden sind.«

»Sie verstehen das nicht. Sie haben ja keine Kinder.« Tanya sah, wie sich rote Flecken auf dem Hals von Roberta Helm ausbreiteten und langsam höher wanderten. »Ich wollte immer nur das Beste für meine Lilly. Sie ist Klassen besser als der Rest hier, hat viel mehr Niveau. Die anderen sind doch totaler Müll, billige Castingluder ohne Stimme und Ausstrahlung. Davor wollte ich meine Tochter beschützen.«

»Indem Sie Peter de Bruyn sexuelle Gefälligkeiten angeboten haben?« Tanya musste jetzt deutlicher werden, die Zeit lief ihr davon. »Das nennen Sie den Schutz einer Mutter?«

»Solche Dinge sind doch in Ihrer Branche üblich«, schoss sie zurück. »Ich möchte nicht wissen, mit wem Sie gefickt haben, damit Sie hier, wichtig, wichtig, neben einem kleinen Tisch sitzen dürfen und über andere urteilen, die weit mehr Talent haben als Sie selber. Das ist Ihre Welt – und meine Lilly geht da nur kurz durch. Unbeschadet. Rein. Bis zum Sieg.«

Tanya griff zum Wasserglas und nahm einen strategisch langsamen Schluck. Jetzt kam die Dame aus der Reserve. Aber wenn es sich um die Psychopathin handelte, für die Tanya sie hielt, musste sie vorsichtig bleiben. »Der Sieg ist Ihnen sehr wichtig, nicht wahr?«, sagte sie leise. »Sie würden viel tun, damit Ihre Tochter gewinnt?«

»Nichts, was nicht jede Mutter tun würde!« Auch ihr Gegenüber griff nun nach dem Wasserglas und nahm einen langen Schluck, als wollte sie Tanya imitieren. »Aber wie gesagt, das können Sie nicht nachvollziehen. Sie haben Ihrer Karriere ja alles geopfert, nicht wahr?«

Jetzt reichte es Tanya. Diesen Spruch musste sie sich schon von genügend Leuten anhören, besonders Tanten mittleren Alters. Sie zückte das Foto aus dem Einkaufscenter. »Wen würden Sie denn für die Karriere opfern, Frau Helm?« Sie legte das Foto auf den kleinen runden Tisch zwischen ihnen. »Ach, Sie hatten ja nie eine, wenn ich richtig informiert bin … von ein paar gescheiterten Miss-Wahlen im ländlichen Bereich und einer Handvoll

Sportpokalen mal abgesehen. Aber für die Karriere Ihrer Tochter würden Sie doch sicher einiges tun, oder? Aus purer Mutterliebe? Zum Beispiel im Parkhaus eines Einkaufscenters das Motorrad einer anderen Kandidatin manipulieren?«

Immer noch bewegte sich nichts im Gesicht von Tanyas Gegenüber. Sie müsste noch härter angreifen. »Vor allem einer Kandidatin, die viel besser singen kann als Ihr kleines blondes Püppchen, viel ausdrucksstärker, viel eigenständiger und nicht gedrillt von einer doofen Eislaufmutti, die sich ihren eigenen Traum erfüllen will? Darum geht es doch, Frau Helm, oder? Was wollen Sie denn werden – Mutti-Star 3000?«

Das hatte gesessen. Tanya beobachtete, wie es plötzlich um den Mund der Mutter zu zucken begann und sich die gefalteten Hände im Schoß stark verkrampften. Die Frau schien sich nur noch unter Kontrolle zu haben, weil sie ihre Fingernägel so in ihre Handballen rammte, dass es wehtun musste.

Tanya spürte, dass sie nahe dran war. »Und auch andere Kandidaten waren besser in der Show, nicht wahr?«, sagte sie schnell. »Der arme Mephisto zum Beispiel – der war auch ein guter Sänger.«

»Es geht hier nicht ums Singen!«, knirschte die Mutter zwischen ihren Zähnen. »Das sind doch alles nur Tricks und Schliche! Ihr manipuliert das Publikum, wer gewinnt! Das ist nicht fair!«

»Natürlich ist es nicht fair!« Tanya beugte sich vor und ging so nahe ran an das Gesicht ihrer Kontrahentin, wie sie sich es traute. »Das ist hier alles abgekartet, oder? Make-up-Leute schminken Lilly falsch, Fotografen fotografieren immer nur andere Teilnehmerinnen, PR-Männer bringen den Falschen in die Presse – ist es nicht so?« In diesem Moment stieg Tanya ein Duft in die Nase, den sie schon einmal gerochen hatte. Der ganz schwache Duft von Veilchen gemischt mit Schweiß. Ein Geruch, den sie vom Schiff kannte.

Jetzt wurde ihr plötzlich flau im Magen, aber sie blieb dran: »Diese anderen – die machen alles falsch, oder? Die müssen weg!«

Jetzt war es so weit: Mit einem Aufheulen sprang Lillys Mutter hoch und starrte Tanya so hasserfüllt an wie auf dem Foto aus dem Einkaufscenter. »Du bist nichts als eine kleine Fernseh-Nutte«, brüllte sie los. »Du wirst meiner Tochter nicht im Weg stehen! Niemand wird das, verstehst du? Niemand!«

Tanya wich zurück. Einen Moment lang sah es so aus, als ob Lillys Mutter sie anspringen würde. Doch dann schien sie es sich anders zu überlegen. Mit einem weiteren Wutschrei hechtete sie in Richtung Tür und riss sie auf. Der Securitymann stand breitschultrig mit dem Rücken zur Tür.

»Festhalten!«, schrie Tanya, und der Mann drehte sich herum, doch in diesem Moment war Lillys Mutter auch schon mit einer einzigen blitzschnellen Bewegung unter seinem Arm durchgetaucht und rannte den Studiokorridor entlang.

»Hinterher, sie ist die Mörderin!« Tanya fiel in diesem

Moment noch ein entscheidendes Detail aus den Briefingunterlagen über Lilly ein: »Mutter: Roberta Helm, früher Leistungssportlerin, Leichtathletik.«

Der wuchtige, aber nicht ganz so schnelle Securityschrank spurtete hinter Frau Helm her, aber die Mutter hatte schon die schwere Eisentür zum Hauptstudio erreicht, bevor er halb den Gang runter war. Tanya schlug ihre Garderobentür zu, schloss ab und atmete plötzlich sehr schwer. Gleich würde sie die Produktion informieren. Gleich. Aber erst einmal fühlte sie, wie ihr Kreislauf wegsackte und ihre Beine nachgaben.

KAPITEL 28

Als sie wieder zu sich kam, sah sie die Decke ihrer Garderobe und davor Marcos aufgeregtes Gesicht. Sie wusste sofort, dass Lillys Mutter entkommen war.

»Sie ist es, Marco«, stammelte Tanya noch benommen. »Lillys Mutter ist die Mörderin! Sie hat mir alles gestanden!«

»Trink das. Für die Nerven.« Marco flößte ihr eine schaumige Flüssigkeit ein, die Tanya aber nicht wach, sondern noch benebelter machte. »Dein Securitymann hat Alarm gegeben. Wir suchen sie schon überall!«

Sie fühlte, wie eine weiche rosa Welle aus ihrem Magen in ihr Hirn zog. »Marco, wir müssen die Show absagen!«

Marco sah sie streng an, und da wusste Tanya genau, was er gleich sagen würde. »Pass auf, Tanya, die Tante versteckt sich irgendwo im Gebäude, aber wir kriegen sie. Wir haben die Security total hochgefahren, die Jungs sind voll alarmiert, es kann nichts passieren. Die Show muss laufen! Wenn du jetzt schlappmachst, mach ich dich regresspflichtig. Dann zahlst du persönlich dem Sender den Ausfall der Werbeeinnahmen, ist das klar? Und jetzt los! Wir bringen dich zur Bühne!« Er hob sie hoch und schob sie zur Tür, hinter der das Team wartete.

Wie in Trance ließ sich Tanya durch das Backstage tragen, gestützt auf die Schultern von zwei Securitymännern. Während zwei Maskenfrauen sie überpuderten, flößte ihr der Aufnahmeleiter Espresso ein, und ein Garderobier zog ihr die hohen Schuhe an. Neben ihr tauchte auf einmal Sascha in vollem Michael-Jackson-Outfit auf, der ihr sorgenvoll die Hand drückte. »Du schaffst das!«, flüsterte er ihr zu. »Tu's bitte für uns! Für mich!«

In diesem Moment brach das Studiopublikum hinter dem Vorhang in einen riesigen Applaus aus, und Tanya hörte noch die letzten Worte des Warm-Uppers: »Und trotz dieser schweren Grippe ist sie heute hier! Und deshalb brauche ich jetzt euren Alarm!« Die kleine Tanja Becker jaulte in ihr auf, die große Tanya Beck straffte sich und ging langsam raus ins Licht.

Noch Tage danach ging Sascha die Show immer wieder im Kopf durch. Er sah Tanya, die wie hypnotisiert an ihrem Tisch saß und ihre üblichen Texte aufsagte wie eine mechanische Puppe. Er sah, wie Pitterchen und Marco Tanyas Schwäche auffingen und sich richtig ins Zeug legten, sodass das Publikum nur noch johlte und tobte. Es war bis jetzt diejenige Show gewesen, die die beste Stimmung im Studio hatte. Er sah die Securityleute, die überall im Studio verteilt waren, hinter den Kameras, alle als Fans der Sendung mit bunten T-Shirts verkleidet, alle heimlich bewaffnet. Und er sah sich, wie er als Erster gleich mit »Man in the Mirror« total abräumte und sogar von Marco großes Lob bekam. Er sah Chantal, die für »This is my life« auf einem Wagen mit römischen Legionären hereingezogen wurde und in einem blutroten Paillettenkleid und einer roten Perücke aussah wie Messalina in Flammen. Er sah Mike D, der sich durch »Staying Alive« kämpfte, aber von seiner inzwischen wohl zwanzigköpfigen Gang im Publikum laut, aber ungewöhnlich zivilisiert unterstützt wurde, weil die wahrscheinlich die Einzigen waren, die all die verkleideten Securityleute und Polizisten erkannt hatten. Und er sah Lilly vor sich mit dem langsamen Anfang von »Don't leave me this way«. In einem ganz schlichten weißen Kleid im Studio-54-Halston-Look sang sie voller Soul und voller Inbrunst die ersten Zeilen des Liedes:

> *Don't leave me this way*
> *I can't survive*
> *I can't stay alive*
> *Without your love*
> *Don't leave me this way*

Ihre Lichtstimmung war extrem dunkel, nur ein weißer Followspot tauchte Lilly ins Licht wie eine himmlische

Erscheinung. Sascha saß zehn Meter hinter ihr auf dem Kandidatensofa und beobachtete, wie jedes Mal, wenn sie anmutig den Arm zur Seite nahm, Lichtstrahlen um sie herumfielen und ihre Silhouette nachzeichneten. Der ganze Publikumsbereich lag im Dunkeln, sie streckte die Mikrofonhand zu einer letzten Gesangspose, bevor gleich zur nächsten Zeile die ganze Bühne wieder im Licht explodieren würde, wie Sascha das in der Probe schon bewundert hatte. Ein super Effekt. Lilly drehte sich noch einmal um, sie schien Sascha direkt anzusehen, als hinter ihr aus dem Publikumsraum plötzlich ein länglicher Gegenstand ins Spotlicht gereckt wurde. Im Gegenlicht erkannte Sascha etwas langes Dünnes, das sich auf Lilly richtete und ihr immer näher kam. Sie konnte es nicht erkennen, denn sie stand mit dem Rücken dazu, und das starke Licht blendete sie. Mit einem schnellen Schwung drehte sie sich um und sang:

Baby, my heart is full of love and desire for you
So come on down and do what you got to do
You started this fire down in my soul
So can't you see it's burning out of control
So come on down and satisfy the need in me
'cause only your good loving can set me free

In diesem Moment fiel der Schuss. Der längliche Gegenstand knickte weg, und im Studio brach Panik aus. Das Publikum schrie, flüchtete aus dem Saal, Stühle stürzten auf den Boden.

Diese Szene brachte Sascha einfach nicht aus seinem Kopf. Wie Tanya weinend über dem Pult zusammenbrach, während Marco wie ein Blitz über die Bühne direkt aus dem Studio spurtete. Wie Pitterchen Tanya tröstete und Chantal, die neben Sascha saß, panisch seine Hand nahm und sie mit harter männlicher Kraft umklammerte. Wie Mike D aufsprang und zu seinen Kumpels rannte und sie sich den Weg durch die Stuhlreihen freischlugen wie Rambo durch den Dschungel, raus aus der Halle. Wie schließlich endlich das Saallicht anging und man im kalten Neonlicht das Bild sehen konnte, das Sascha nie mehr im Leben würde vergessen können: Lilly, kauernd neben ihrer toten Mutter, die mit lang ausgestrecktem Arm immer noch eine Lilie in die Richtung ihrer Tochter hält. Daneben der Securitymann, die Waffe neben sich auf dem Boden, heulend. Und Lillys Gesicht.

WOCHE 7:

MY WAY
(Personal Choices)

E-Mails an die Produktion nach der Sendung, Auszüge:

Wir danken Gott aus tiefstem Herzen,
dass Lilly nichts passiert ist.
Wir trauern mit ihr in dieser schweren Zeit!
Familie Bentrup, Essen

Hören Sie auf mit der Sendung!
Meine kleine Tochter ist
immer noch traumatisiert.
Eine zornige Mutter, Hamburg

Sascha, wir denken an dich.
Mach weiter trotz allem!
saschafans3000

KAPITEL 29

Lilly wirkte in dem viel zu groß wirkenden Krankenhausbett kleiner und zerbrechlicher als je zuvor. Ihre Gesichtsfarbe war immer noch kalkweiß, und obwohl die Ärzte
und Krankenschwestern in den letzten zwei Tagen alles
getan hatten, um sie mit gutem Essen und Vitaminsprit-
zen wieder fit zu machen, sah sie für Tanya aus wie ein
mageres kleines Spätzchen in einem großen Schneebett.
Um das herum eine Art Kirmes aufgebaut worden war,
denn ihr Zimmer war von Blumensträußen und Kuschel-
tieren so vollgestellt, dass sich die Schwestern schmale
Wege durch die bunte Halde bahnen mussten, um zu Lillys Bett zu gelangen. Immer noch kam eine Wagenladung
nach der anderen am Krankenhaus an und kippte wieder
einen weiteren bunten Haufen bester Wünsche direkt vor
Lillys Bett. Doch sie schienen nicht zu helfen.

Plötzlich öffnete Lilly langsam die Augen. Tanya griff
sofort nach ihrer Hand. »Ich bin es, Tanya«, flüsterte sie
schnell.

Lillys durch Beruhigungsmittel verschleierter Blick
heftete sich Hilfe suchend auf Tanyas Gesicht.

»Die Ärzte haben gesagt, du darfst jetzt wieder Besuch
empfangen. Sie glauben, dass du bald wieder okay bist.«

Lillys Blick rutschte ab und glitt ziellos über das Meer an Geschenken und Blumen rund um ihr Bett. Neben ihren Kopf hatten die Schwestern den prächtigsten Strauß gestellt, eine pinke Rosenkonstruktion des Senders und der Produktionsfirma, die fast bis zur Decke ragte.

»Die sind von der Show«, erklärte Tanya und dachte kurz bei sich, dass sie selber noch nie in all ihrer Zeit bei der Show ein so aufwendiges Bouquet bekommen hatte. Aber sie war ja auch nie drei Tage lang auf dem Cover der BILD die größte Schlagzeile gewesen. Gott sei Dank.

»Wann ist die Beerdigung?« Lillys Stimme klang erstaunlich gefasst. Tiefer als sonst – und was Tanya umso mehr erstaunte – ohne eine Spur von Angst oder Trauer. Wahrscheinlich lag das an den Beruhigungsmitteln. Oder am Schock. »Morgen, Mittwoch …«, antwortete Tanya. »Aber ich würde an deiner Stelle nicht hingehen. Die Paparazzi würden dich umbringen … ich meine, sie würden deine Gesundheit zu sehr gefährden.«

Lilly sah Tanya jetzt direkt an, ihre Augen klar und ruhig wie ein See. »Natürlich werde ich hingehen«, sagte sie fast tonlos. »Sie war schließlich meine Mutter.« Plötzlich krampfte ihre Hand sich in Tanyas Hand. »Ich werde doch wohl zum Begräbnis meiner eigenen Mutter gehen. Auch wenn sie …«, Lilly unterbrach sich und schien nach dem richtigen Wort zu suchen. »Auch wenn sie … schon lange nicht mehr das war, was ich als meine Mutter mal kannte.«

Immer noch waren Lillys Augen direkt auf Tanya gerichtet. Tanya hielt fast den Atem an. Es war ganz still im

Zimmer, nur das Ticken einer Uhr und das Summen von ein paar Kontrollleuchten waren zu hören.

Sie war hier, um nach Lilly zu sehen und sich zu vergewissern, ob es ihr auch wirklich gut ging. Sie war nicht gekommen, um sich von der Tochter der toten Frau die Absolution dafür zu holen, dass sie, Tanya, die Sendung nicht gestoppt hatte und vielleicht deswegen dieser schreckliche Unfall mit Lillys Mutter passiert war.

Tanya dachte an das zurück, was in ihrer Garderobe passiert war. Es war ihre Schuld. Statt mit der Polizei zu sprechen, hatte sie die Sache selbst in die Hand genommen. Aber sie war einfach nicht sicher gewesen. Sie hatte einen Verdacht gehabt, aber nicht mehr. Und sie hatte einen Sicherheitsmann vor ihrer Tür stehen gehabt für alle Notfälle. Was nicht gereicht hatte.

»Du weißt, dass ich versucht habe, die Sendung zu stoppen, nachdem mir deine Mutter in meiner Garderobe alles gestanden hatte«, sagte Tanya. Lilly hatte man inzwischen die furchtbare Wahrheit über ihre Mutter beigebracht, so schonend wie möglich, wie eine Ärztin Tanya vorher erklärt hatte. »Die Produktion und Marco wollten das nicht. Sie behaupteten, sie hätten alles im Griff.«

»Niemand hatte meine Mutter im Griff.« Jetzt erst wendete Lilly den Blick von Tanya ab und schaute hoch zur Decke. »Nicht mal sie selber.« Lilly richtete sich langsam auf und goss sich auf dem Nachttisch ein Glas Wasser ein. »Weißt du, Tanya …«, noch nie hatte sie sie so direkt angeredet, »sie war kein schlechter Mensch. Sie ist nur wegen dieser Sendung … meinetwegen …« Das Glas entglitt

Lilly und fiel auf den Boden, wo es zersplitterte. Ein tiefer Schluchzer brach aus ihr heraus, und plötzlich schossen die Tränen über ihr müdes Gesicht wie ein Sturm über einen Gletscher. Tanya gab ihr ein Taschentuch und sammelte die Scherben auf, während Lilly völlig haltlos vor sich hin schluchzte. Die ganze Last der letzten Wochen schien aus ihr herauszubrechen, und ein Tränenstrom floss an ihren schönen Wangen herunter, der nicht enden zu wollen schien. »Wein nur, kleine Lilly. Weine nur!« Tanya nahm Lillys nasse Hände und hielt sie beide fest umklammert. »Es ist alles vorbei. Alles ist jetzt vorbei.«

Diese beiden kleinen Sätze wiederholte Tanya eine halbe Stunde lang, bis Lilly endlich erschöpft eingeschlafen war. Selbst als Tanya auf dem Weg nach Hause wieder in ihrem Auto saß, sagte sie dieses Mantra weiter auf, auch für sich. Es war jetzt alles vorbei.

KAPITEL 30

Die Pressekonferenz am nächsten Tag nach dem Begräbnis von Lillys Mutter hatte die meisten Akkreditierungen aller Pressekonferenzen des laufenden Jahres in Deutschland. Mehr als die Presseerklärung des Außenministers zum Iran. Die Geschichte der mordenden Casting-Mutter, die die scheinbaren Hindernisse ihrer Tochter aus dem Weg räumt, hatte erstmals die Politik aus der ersten Meldung in der Tagesschau vertrieben. Mehrere Angebote für die Filmrechte waren schon beim Sender eingetroffen. Lilly selber würde das Cover der nächsten Woche von *Spiegel*, *Stern* UND *Bunte* sein – das hatte es noch nie gegeben. Sascha oder Chantal waren auf dieser PK zum ersten Mal nur Statisten statt Akteure. Während die Journalisten den Pressesprecher der Sendung, Marco, Tanya und sogar das Pitterchen mit Fragen bombardierten, kümmerte sich heute niemand um die restlichen Kandidaten und die üblichen Fragen nach ihren Lieblingsfarben und Popvorbildern. Lilly war nicht anwesend – sie war nach dem Auflauf der Beerdigung gleich wieder ins Krankenhaus gebracht worden. Aber so oder so – der Fokus richtete sich heute ausschließlich auf die echte Serienmörderin und die Leute der Show, die näheren Umgang mit ihr gehabt hatten. Und die diesen Umgang überlebt hatten.

Und das war allen voran Tanya. Nachdem die Polizei die Mephistomaske und die Quittung über die Bestellung bei »mastersandbeasts.com« im Haus von Roberta Helm gefunden hatte, war endgültig klar, dass Tanya auf Marcos Jacht knapp einem Mordversuch von Lillys Mutter entgangen war. Das Motiv war vermutlich ihr Rauswurf durch Tanya bei den Proben gewesen, den Lillys Mutter als Angriff auf sich und ihre Tochter begriffen hatte.

Die Journalisten befragten Tanya endlos über den Abend der Party, aber auch zu allen anderen Details des Falles, als ob Tanya selber bei der Polizei arbeiten würde. Gott sei Dank sprang ihr der nette Herr Köhler bei. Er erläuterte den Journalisten überraschend geduldig jedes Detail – die Drogen in Mausis Glas, die genaue Voltzahl des Starkstromgeräts, das den Fotografen erledigt hatte,

Peter de Bruyns tödliche Koksbeimischung, das manipulierte Motorrad von Xena und die neuen Zeugenaussagen der Gäste der Weinstube »Bacchus«, die Lillys Mutter an jenem Abend dort gesehen hatten, an dem »Mephisto« Schmidtke die Treppe heruntergestoßen worden war.

Der zweite Akteur im Zentrum der medialen Aufmerksamkeit war natürlich der Securitymann, der den tödlichen Schuss abgefeuert hatte. Er war immer noch in psychologischer Betreuung und ließ sein Statement durch seinen Anwalt verlesen: Er war auf die höchste Alarmstufe und die damit verbundene Schusserlaubnis von seinem Chef gebrieft worden, allerdings sollten sie im Notfall nur auf Beine oder Arme möglicher Aggressoren zielen. Durch die schlechten Lichtverhältnisse im Studio habe er aber nur einen länglichen Gegenstand gesehen, der sich in Lillys Spotlight schob, und musste schnell reagieren. Durch das Licht geblendet, konnte er nicht so genau zielen, wie er es beim Training gewohnt war. Dadurch hatte er zu tief angesetzt und den Körper der scheinbaren Angreiferin getroffen. Erst zu spät war ihm klar geworden, dass Lillys Mutter gar keine Pistole in der Hand gehalten hatte, sondern eine Lilie. Der Mann stand immer noch unter Schock, war aber von der Polizei und allen Behörden von jeder Schuld freigesprochen worden.

Anschließend übernahm der Pressesprecher das Wort. Tanya beobachtete mit gemischten Gefühlen, wie er mit Wiener Akzent jedes noch so kleine Detail der Tragödie an die Öffentlichkeit ausstreute. Natürlich wirkte er dabei nicht gut gelaunt, so viel Profi war er, aber Tanya spürte ganz genau, wie hinter all den dezenten und seriösen Formulierungen nur eins stand: Der Typ konnte sich kaum noch halten ob dieser größten deutschen Presseversammlung.

Formulierungen wie »unabsehbare menschliche Tragödie«, »hasserfülltes Drama einer psychisch gestörten Person« und »unendlich tiefes Bedauern und Trauer seitens der Produktion« waren nicht Alltag im Fernseh-PR-Geschäft, und die Worte tropften ihm von den Lippen, als hätte er gerade etwas Fettiges gegessen. Tanya wusste: Dieser Auftritt war für ihn das Showbiz-Äquivalent zu einer Kriegserklärung im Weißen Haus. Alle Augen Deutschlands waren jetzt endgültig auf diese TV-Show gerichtet. Selbst der letzte Mensch im letzten deutschen Winkel, der sich normalerweise weder für Castingshows noch für das Fernsehen insgesamt interessierte, war angefixt. Und deshalb holte der Moderator dieses medialen Sturms jetzt zu seinem big finish aus: »Natürlich haben wir uns alle hier in der Produktion und beim Sender gefragt, ob wir nach solch einer Tragödie mit der Sendung überhaupt weitermachen können. Wir haben ausführliche Gespräche mit den Kandidaten und auch der Jury darüber geführt.«

Das war Tanya neu. Vielleicht wäre jetzt der richtige Moment, aufzustehen und ihren Ausstieg aus der Show zu verkünden.

»Wir sind zu dem Schluss gekommen, dass nur eine einzige Person diese Entscheidung treffen kann. Und so soll es sein. Hier ist mit einer Videobotschaft – Lilly Helm!«

Sascha fiel die Kinnlade runter. Lilly würde über den Fortgang seiner Popkarriere entscheiden? Ihn hatte keiner gefragt, in keinem Moment der letzten drei Tage. Und tatsächlich erschien jetzt auf einem riesigen Flatscreen das Bild von Lilly in ihrem Krankenhausbett. Dezent geschminkt sah sie klar und direkt in die Kamera, und Sascha brauchte nur einen Blick auf sie zu werfen, um zu wissen, was sie sagen würde.

»Hallo, ich bin Lilly Helm, und ich möchte allen mitteilen, dass ich mich entschlossen habe, mit der Show weiterzumachen.« Ihre Stimme klang ganz ruhig aus dem Lautsprecher. »Ich tue das nicht für – sie –, sondern für mich. Ab jetzt tue ich alles nur noch für mich. Vielen Dank für die Anteilnahme. Wir sehen uns am Samstag.«

Sascha atmete auf, während der Applaus der Journalisten aufbrauste. Der Pressesprecher ließ für einen Moment Tragödie Tragödie sein, grinste breit, fing dann aber seine unverhohlene Freude gerade noch ein, um seinen vorgeschriebenen Text zu Ende zu lesen: »Wir respektieren natürlich Lillys Wunsch und werden deshalb mit der Show am Samstag weitermachen. Aus Pietätsgründen und um Lilly bei ihrem Auftritt nicht zu verunsichern, werden wir die Sendung ohne Studiopublikum durchführen. Die Erinnerungen an letzten Samstag sind für uns alle noch zu stark, und wir möchten weder der Jury noch den anderen Mitarbeitern der Show Flashbacks oder Déjà-vus zumuten. Wir von *Music Star 3000* wünschen unseren vier Kandidaten Sascha, Chantal, Mike D und natürlich besonders Lilly Glück für Samstag! Das Motto dieser Woche heißt ›My way – personal choices‹, jeder Kandidat und jede Kandidatin singt ein Lied, das ihm oder ihr besonders wichtig ist, und widmet es den Opfern der schrecklichen Tragödie. Wie die unglaublich tapfere Lilly eben sagte: Wir sehen uns am Samstag! Danke für Ihr Kommen!«

Aus dem Augenwinkel sah Tanya, wie sich über Saschas Gesicht auf einmal ein leicht dämliches Strahlen ausbreitete und er sich direkt in einen Einzelinterview-Marathon mit verschiedenen Kamerateams stürzte. »Personal choices« – die Frau, die eben wieder einmal ihren verdienten Ausstieg aus der Medienwelt verpasst hatte, rannte an allen Reportern vorbei aufs Damenklo, stürmte in eine Kabine, ging in die Knie und erbrach ihr Frühstück in die Kloschüssel.

Das ist meine »personal choice«, dachte Tanya, als sie sich danach das Gesicht wusch. Ich kotze mich aus.

KAPITEL 31

Als Tanya am Abend in einem Kölner Brauhaus auf Nils und einen Sauerbraten wartete, wunderte sie sich, dass sie überhaupt schon wieder so etwas Deftiges bestellen konnte. Aber das war ihr Plan für heute Abend: Soul Food und die endgültige Entscheidung in der Sache Nils. Nach dem Streit in der Garderobe hatte zwischen ihnen absolute Funkstille geherrscht, und so hatte sie nachdenken können. Wenn sie es schon in ihrem Beruf nicht schaffte, klare Enden zu setzen, dann sollte es wenigstens in ihrem Privatleben so sein. Und deshalb würde sie heute Abend mit ihm Schluss machen. Und dazu brauchte sie einen Sauerbraten.

Tanya war eine merkwürdige Mischung aus erdig und schick, aus Erbsensuppe und Sushi. Sie mochte beides, aber in Krisenzeiten brach bei ihr immer das rheinische Mädchen durch, und keine Misosuppe der Welt konnte sie so beruhigen wie Linsensuppe mit Bockwurst, Frikadellen oder eben Sauerbraten. Und dann gab es nach so vielen kräftigen Kalorien für die Seele wieder zwei Wochen Misosuppe für die gut aussehende Hülle der Seele.

Sie wollte wirklich nicht schon wieder über die Arbeit nachdenken, aber ihr ging Saschas fröhliches Gesicht am Ende der PK nicht aus dem Kopf. Zählte für ihn wirklich nur, dass die Show weiterlief, egal, was passiert war? War er so ehrgeizig und selbstsüchtig, dass er die Erinnerung an die toten Opfer einfach direkt in gefühlvolle Songs und Auftritte umlenkte, die ihm zum Sieg einer dämlichen TV-Show führen sollten? Plötzlich fiel ihr ein, dass Sascha Lilly am Tag vor der PK im Krankenhaus besucht und dort lange mit ihr alleine geredet hatte – hatte er sie vielleicht sogar überredet, mit der Sendung weiterzumachen?

Aber war sie selber einen Deut besser? Warum hatte sie nicht auf der PK ihren Ausstieg aus dem Ganzen bekannt gegeben? Lillys Entscheidung hin oder her – was war denn ihre eigene Entscheidung? Ihre Entscheidung – und das wurde ihr mit erschreckender Deutlichkeit klar, während sie nervös einen Bierdeckel zwischen den gepflegten Fingern zerbröselte – ihre Entscheidung war, dass sie müde war. Zu müde zum Aufhören. Zu müde, um ein neues Leben anzufangen. Sie würde diese Staffel zu Ende bringen, sie würde ihren Vertrag erfüllen, einfach weil sie keine andere Kraft mehr in sich spürte. Tanya Beck war die letzte Rolle, die Tanja Becker jetzt noch einfiel. Vielleicht würde ihre Selbstachtung darunter leiden, aber auch dagegen konnte sie gerade nichts mehr tun. Und in diesem Augenblick wurde ihr der wirkliche Grund klar, warum sie heute Abend mit Nils Schluss machen wollte und musste: Egal, ob von ihm oder von jemand anderem – sie war es nicht wert, geliebt zu werden. Nicht so, wie sie jetzt war. Nicht das Mädchen aus dem Wanderzirkus.

In diesem Moment standen plötzlich der Sauerbraten vor ihr und Nils in der Tür. In einem gebügelten Jackett über der Jeans und mit gefasstem Gesichtsausdruck wirkte er auf einmal richtig erwachsen. Er schaute sich suchend um, und als er sie entdeckte, lächelte er. Hoffnung stand in sein Gesicht geschrieben.

Tanya seufzte. Es würde nicht einfach werden.

Eine halbe Stunde später war es geschafft. Sie waren zusammen durch alle Phasen gegangen – von Höflichkeit über Trauer zur Akzeptanz. Er hatte ihre Entscheidung schließlich akzeptiert, besonders weil sie seine eigenen Argumente aus ihrem Streit mühelos wiederholen konnte – ihr Gedächtnis funktionierte so gut, wie es in ihrem Beruf eben sein musste. Einmal Moderatorin, immer Moderatorin, dachte sie leicht bitter – sie hatte schlichtweg während des Streits ihre eigenen Trennungsargumente memoriert: Er hatte recht, im Moment, mit diesen schweren, emotionalen Belastungen im Beruf, dachte sie erst mal nur an sich. Sie konnte jetzt – um ihn zu zitieren – »niemanden reinlassen«. Und außerdem: Das mit den vielen Bildern im Internet, diesem Altar von ihr auf seiner Facebook-Seite, hatte sie doch nachhaltig verstört. »Und deshalb, Nils, muss ich jetzt wieder zurückkehren zu den Grundsätzen, die ich dir schon bei unserem ersten Treffen gesagt habe: Ich schlafe nicht mit Fans!«

Nils war die ganze Zeit erstaunlich ruhig und vernünftig gewesen, aber nach dem letzten Satz, den Tanya auch wieder etwas zu starmäßig über den Tisch gedonnert hatte, hatte er nichts mehr gesagt. Er war einfach aufgestanden und gegangen. Daraufhin hatte Tanya sich noch ein Kölsch bestellt.

Jetzt saß sie da, leicht angetrunken, und musste losheulen. Was, wenn Nils ihre letzte Chance auf Glück gewesen war? Was, wenn sie allen Leuten unnötig misstraute? Was, wenn sie allein alt werden würde und immer nur in Brauhäusern säße und Sauerbraten essen und dick und unglücklich werden würde? Wie im Film heulte zu ihren Gedanken plötzlich eine Notarztsirene auf, und Blaulicht blinkte durch die Eingangstür mit dem schweren Glas. Jetzt holen sie mich, dachte Tanya nun schon sehr melodramatisch, aber die Sanitäter stürzten in eine andere dunkle Ecke des Brauhauses, luden irgendeinen Mann auf, der vor sich hin krakeelte, und trugen ihn zum Ausgang. Als sie an ihrem Tisch vorbeikamen, erkannte Tanya das fröhliche Pitterchen auf der Trage, das sich gerade sturzbetrunken gegen seine Abreise wehrte und Tanya anstarrte, ohne sie zu erkennen. Deutschlands betrunkenstes Comedy-Urgestein wurde an Deutschlands einsamster Blondine hinausbefördert in die dunkle und gnadenlose Nacht. Jeder geht eben mit sechs Leichen in seiner Nähe anders um, dachte Tanya, plötzlich wieder ganz nüchtern, und bestellte die Rechnung. Jeder auf seine Weise.

KAPITEL 32

Eine Castingshow ohne Studiopublikum war für Sascha noch abstrakter als eine Castingshow in dem Hochsicherheitstrakt der letzten Woche. Die Produktion hatte zwar die leeren Stuhlreihen mit Stoffbahnen abgedeckt – »wegen der Optik«, wie es hieß – und alle auf und vor der Bühne machten ihren Job, aber das Ganze hatte mehr von »Warten auf Godot« als von »Ben Hur«. Es fehlte für alles das Echo – schon beim Einzug in das stille Studio war es so, als hätte jemand insgeheim den Ton abgestellt. Wo waren all die Applausstürme und Jubelgruppen, wo der bestellte »Alarm« des Warm-Uppers? Wo waren die endlosen Marco-La-Ola-Wellen, die seinen »coolen Sprüchen« folgten, und wo war der Zwischenapplaus nach einem besonders guten Gesangsvortrag? Das Ganze bekam jetzt etwas fast Amtliches: vorne die drei Jurymitglieder am Pult mit ihren Notizen, die anscheinend den Antrag auf Beförderung zum Popstar ordnungsgemäß prüfen mussten, dort die Kameras und Tonleute zur Vermittlung des Ansinnens der vier Antragsteller an die entscheidungsbefugte Öffentlichkeit und ganz am Schluss das Urteil über den ordnungsgemäßen Verbleib in Deutschlands wichtigster TV-Show. Selbst Sascha konnte sich kaum auf seine »personal choice« – die halb religiöse, halb Fußballstadien-erprobte »You'll never walk alone«-Powerballade – konzentrieren, weil der Zustand einfach absurd war, umgeben von Trockeneis auf einem Drehpodest zu stehen und in den stillen Raum hineinzusingen. Es war so still, dass er trotz des Halb-Playbacks zwischen seinen Tönen das Zischen der Nebelmaschinen hören konnte, die immer wieder Nebel und Trockeneis mitten in seine pseudo-religiöse Ekstase nachpumpten.

Er wäre fast in lautes Lachen ausgebrochen, als Mike D wirklich »Losing My Religion« performte und Marco ihm »so was Spirituelles« unterstellte. Als ob der Gangster Rapper irgendeiner anderen Religion angehören könnte (oder gar sie verlieren könnte) als der Bikini-Mädchen-am-Pool-Sekte und dem Goldenen-Rolls-Royce-Glauben.

Aber wenn Sascha gelacht hätte, wäre das dieses Mal zu hörbar gewesen, in all diesen stillen Momenten der Show, Momente, in denen alle Protagonisten entweder erstarrten oder hektisch und viel zu schnell irgendeine Aktion brachten, um die Stille zu füllen. Das gelang fast noch am besten Chantal mit »Imagine«, nur mit Gitarre begleitet. Dieses Lied funktionierte ja immer, auch auf dem Level »U-Bahn-Sänger allein im Neonlicht«, und brauchte kein tobendes Publikum. Aber selbst Chantal wollte natürlich bei der selbst erfundenen Zeile »Imagine there's no gender« Applaus heischend ins Publikum schauen, bis sie leicht kurzsichtig begriff, dass da diese Woche gar keiner saß.

Und als Lilly schließlich mit »Moon River« den definitiven Schwanengesang auf ihre Mutter anstimmte und sogar der superharte Mike und sein Idol Marco fast eine Träne wegdrücken mussten, während Sascha, Chantal, Pitter und Tanya offen losheulten, liefen diese Tränen für Sascha irgendwie ins Nichts.

Zu Hause saßen zwar Millionen Menschen an den Fernsehgeräten und fühlten irgendetwas, aber dieses Gefühl kam eben heute im Studio nicht an. Das Studio war nur ein Labor, in dem alle netten Kaninchen sich dumm um sich selbst drehten und alle bösen Ratten Leitern nach oben laufen wollten, die ins Nichts führten. Eine surreale leere Wüste des Gefühls wie ein verblichener Kunstdruck von Dalí.

Auch Tanya schaffte es fast nicht durch die Show, weil auch sie zwischendurch viel zu viel Zeit hatte nachzudenken. Es waren eben zu viele Pausen da, wo sonst der Hexenkessel brodelte. Und natürlich fehlte ihr – genauso wie ihren Mitjuroren – die Zustimmung oder Ablehnung des Publikums, wenn sie ein Urteil über einen Vortrag fällten. Denn darin lag ja die Kunst einer Castingjury, die Buhs oder Bravorufe so in die Urteilsverkündung mit einzubeziehen, dass es dramaturgisch Sinn machte, eine emotionale Beteiligung des Zuschauers zu Hause für oder gegen den Kandidaten oder sogar für oder gegen den Juror. Und heute erschien es Tanya so, als wenn Chantal, als sie von Tanya schlichtweg auf den Kopf zugesagt bekam, dass sie John Lennons Werk auf keiner Ebene gewachsen war, der Meinung der Jurorin einfach hätte widersprechen können. Und daraus hätte sich vielleicht sogar ein interessantes Gespräch über »Imagine« und John Lennon entwickeln können. Denn es fehlte heute das Geschrei der Massen, die Pointierung, die SHOW. Und so sagte selbst Chantal einfach ruhig »Ich sehe das nicht so« und ging dann ohne Applaus oder Buhrufe still wieder an ihren Platz.

Auch Pitterchen schien ohne Publikum überhaupt nicht zu funktionieren. Er saß eingefallen da und war nur noch ein Schatten seiner selbst. Tanya hatte ihn sogar vor der Sendung ansprechen wollen auf seine gestrige behördliche Heimfahrt, hatte es dann aus Höflichkeit doch nicht getan. Wenn sie selber nach dieser Staffel ihr Leben neu ordnen würde, würde er es vielleicht auch tun. Jetzt mussten sie beide noch durchhalten.

Und deswegen passte das sonst so dramatische Schlussurteil genau in diese Stimmung, nämlich ein juristischer Schrieb der Staatsanwaltschaft, dass Mike Ds Vorstrafen nun doch zu zahlreich waren, um ihn weiter auf freiem Fuß zu lassen, und er deshalb direkt vom Studio in die U-Haft müsse.

Dieser Schrieb, der natürlich allen Jurymitgliedern kurz

vor der Show bekannt gegeben worden war und als Ass am Schluss der Sendung gezogen wurde, hätte sicher bei vollem Haus zu Tumulten von aufgeschreckten Mike-D-Gangmitgliedern geführt. Mal ganz abgesehen von einem aufgebrachten Marco Deutz, der wild »der ist halt echt Street, der Typ ist echt der Hammer!« gebrüllt hätte. So wirkte das Ganze aber nur wie eine Formalie, wie ein Schreiben, das irgendein Mitglied der Produktionsfirma drei Sendungen vorher schon hätte zustellen sollen, es aber schlichtweg vergessen hatte.

Mike D wurde ruhig abgeführt, die restlichen Kandidaten nahmen das Urteil ohne viel Emotion an, und als der Abspann gelaufen war, gingen alle Beteiligten fast lautlos in ihre Garderoben.

Nur Lilly blieb einen Moment an der Stelle der Bühne stehen, an der eine Woche vorher ihre Mutter gestorben war. Tanya wollte gerade zu ihr hingehen, als Marco voll Wut neben ihr seine Zettel zusammenraffte und laut und ohne mit der Wimper zu zucken ins Studio zischte: »Also, so ganz ohne Action klappt die Show echt nicht!«

Tanya hoffte, dass er nicht weitere Morde meinte.

Später am Abend sah sich Tanya zu Hause die Sendung in der Spätwiederholung an. Das Ganze hatte wirklich mehr von einem absurden Theaterstück als von irgendeiner Form von Fernsehshow. Sie war sich sicher, dass die Quote wegen dieser Atmosphäre trotz der immensen Presse über Lilly und ihrer anrührenden Fassung von »Moon River« nicht gut genug gewesen war. Das Publikum würde in der nächsten Woche wieder ins Studio gelassen, so viel war jetzt schon sicher. Aber wenigstens war diese Woche nichts passiert. Lillys Mutter war tot, die Mörderin erkannt, und die Sendung konnte nun ihren ruhigen Endkurs auf die letzten zwei Shows nehmen. Tanya nahm eine Schlaftablette für ihre kaputten Nerven und legte sich erschöpft ins Bett.

Sie träumte schwer und wild durcheinander. Bilder der letzten Showwochen (die Lilie im Licht, die davonrennende Roberta Helm im Studioflur) wechselten sich ab mit Bildern aus ihrem Privatleben (Nils' todtrauriges Gesicht bei der Trennung, sie beide als Kriminalduo auf der Jagd nach Mephisto vor der Weinstube) und dumpfen Vorahnungen, die sich auf nichts begründeten. Deshalb hielt sie es erst für einen Teil ihres Traumes, als um halb vier ihr Telefon läutete und sie wieder einmal die Stimme der Produktionsassistentin durch den künstlichen Tiefschlaf hindurch vernahm, und erst sehr langsam die Worte begriff, die die junge Frau immer und immer wieder panisch wiederholte: »Tanya, Pitterchen ist tot.«

WOCHE 8:
YESTERDAY
Die 60er Jahre

E-Mails an die Produktion nach der letzten Sendung, Auszüge:

Lilly, gib nicht auf, du schaffst das!
fansoflilly

Sascha, gib nicht auf, du schaffst das!
saschagirls

Chantal, gib nicht auf, du schaffst das!
diechantals

denn nur er gibt niemals auf
joab

KAPITEL 33

Tanya schaute auf die Uhr und bemühte sich, genau in dem Rhythmus zu bleiben, den ihr ihr Puls vorschrieb. Seit einer Dreiviertelstunde trabte sie nun rund um den See und hoffte, dass die Luft und das zarte Vorfühlingsgrün des Laubwaldes ihr guttun und ihre wirren Gedanken und fast hysterischen Zustände der letzten Tage beruhigen würden. Sie betrachtete aus den Augenwinkeln den Mann, der neben ihr lief. Sein Atem ging ruhig, er wirkte keine Sekunde angestrengt. Sie wunderte sich immer noch, dass sie das Angebot von Kommissar Köhler wirklich angenommen hatte, mit ihm täglich »eine kleine Runde« um den Hürther See zu machen. Obwohl – eigentlich müsste sie sich das Wundern wirklich abgewöhnt haben. Seit sie am Montagmorgen nach einer schlaflosen Nacht gleich wieder direkt ins Polizeipräsidium abgeholt worden war, um alles auszusagen, was sie über die Seelenzustände ihres Jurykollegen wusste, befand sie sich emotional im freien Fall. Plötzliche Müdigkeit wechselte sich ab mit hysterischer Albernheit, und die Unterschiede zwischen der Kargheit des Polizeipräsidiums, in das sie am Dienstag und Mittwoch noch zweimal zurückkehren musste und der Kargheit ihrer Garderobe im Studio, in der sie auf die Wechsel im Probenplan und Neuigkeiten jeder Art wartete, waren für sie völlig fließend: In beiden Locations gab es schlechten Kaffee, schlechte Luft, und man musste immer auf das Schlimmste vorbereitet sein. Warum also nicht mit dem freundlichen Fragensteller joggen gehen? So hatte sie wenigstens jemanden an ihrer Seite, dem sie vertraute.

Eine Viertelstunde später hatten sie beide ihr Pensum erfüllt und stretchten nun ihre müden Beine an gefällten Baumstämmen.

»Ich bewundere wirklich Ihre Fitness!« Der Polizeibeamte lächelte ihr aufmunternd zu.

»Das brauch ich für den Job«, gab sie kurzatmig zurück. »Wer keine Ausdauer hat, kann in meinem Metier einpacken.«

Kaum hatte sie ihren Satz beendet, musste Tanya schlucken. Jeder kleine Satz über das Showbusiness im Allgemeinen schien in den letzten Tagen direkt auf Pitterchens Schicksal hinzuweisen, der nun, leider aus Gründen der Pietät, endlich öfter mit seinem richtigen Namen, Peter Kreymeier, in der Presse genannt wurde. Sein Selbstmord am Sonntagabend war vom Boulevard zur klassischen Showbiz-Tragödie hochstilisiert worden, eine Kölner Version der großen toten Weltstars, bei der trotzdem neben jedem seriösen Foto des »beliebten Komikers« immer ein weiteres abgedruckt wurde, auf dem er aufgedunsen und schwer betrunken in eine zu nahe Kamera glotzte. Meistens war dieses Foto größer als das andere. Daneben die immer gleichen Listen von Schulden, Arzthonoraren und verzechten Gagen und die genaue Zusammensetzung seines letzten »Drinks« – hier nur die einfachen deutschen Schlaftabletten aufgelöst in Wodka, statt der komplizierten Drogencocktails der internationalen Stars. Tanya musste fast stündlich an das nächtliche Bild von Peter Kreymeier denken, krakeelend auf der Bahre der Sanitäter, aber immer noch umringt von schief lächelnden Kölner Kellnern, die das »Unikum« zur Tür des Brauhauses begleiteten.

»Typisch Pitterchen«, hatte einer der Kellner noch gesagt. Und – »Aber der kann dat vertragen«. Nun war der Alptraum jedes Bühnenkünstlers passiert – man war in der erlernten Rolle unter Applaus des umstehenden Publikums verreckt, und alle dachten, jedes letzte Zucken und Wälzen gehöre dazu. »Typisch Pitterchen« – vielleicht hatte dieser letzte Kommentar den privaten Peter sogar dazu gebracht, unter sein letztes Getränk die Schlaftabletten zu mixen. Was tut man nur, wenn man nicht mehr die Rolle sein will, die das Publikum einem gegeben hat?

»Lassen Sie uns fahren, mir wird kalt!«, bat Tanya Herrn Köhler, und sie gingen schnell zum Auto.

In den vielen Verhören dieser Woche war es selbstredend immer wieder um die Frage gegangen, ob Peter sich selbst das tödliche Getränk verabreicht hatte oder nicht. Auch die Presse war zuerst natürlich groß auf »einen weiteren Fall in der Serie der Casting-Morde« eingestiegen, aber dieses Mal hatte wirklich kein anderer Täter etwas damit zu tun als Peter Kreymeier selbst. Türen und Fenster waren abgeschlossen gewesen, die Rezepte für die Tabletten seit Jahren gebunkert und der Abschiedsbrief zweifellos echt. Echt und sehr knapp – in einem kurzen »FUCK YOU, LIFE!« hatte das Pitterchen sich noch ein letztes Mal so geäußert, wie er es wohl selber fühlte, und nicht wie sein Image der tollpatschigen männlichen Ulknudel es von ihm verlangte. Es war eindeutig Selbstmord gewesen, und Tanya war sich nicht sicher, ob ihre nun fast täglichen Besuche im Revier wirklich notwenig waren oder ob der unscheinbare Herr Köhler etwas anderes mit ihr vorhatte. Heute, mitten im Waldlauf, bei Minute 22 und Puls 130, hatte sie es plötzlich verstanden – solange noch nachgewiesen werden musste, dass es tatsächlich Selbstmord war, solange die Laborberichte noch in Arbeit waren und sich eventuell doch ein Trittbrettfahrer zum neuen »Casting-Mord-Monster« aufschwingen wollte, wollte Herr Köhler sie einfach nur beschützen. Sei es durch tägliche Verhöre und/oder Sporteinheiten. Sie sah ihn von der Seite an, wie er sich konzentriert über das Steuer beugte und bei jeder gelben Ampel schon von Weitem abstoppte. Er transportierte offensichtlich eine wertvolle Fracht. Und dieses Gefühl tat Tanya für den Moment gut.

KAPITEL 34

Sascha saß auf seinem Bett in seinem Jugendzimmer und sah sich um. Er hatte sich von der Produktion einen Tag Heimaturlaub erbeten, statt zu Pitterchens Beerdigung zu gehen, und durfte nun endlich mal wieder in seinem eigenen Zimmer schlafen. Was heißt Zimmer – er hatte bisher eigentlich in einem Tempel für seine Pop-Idole gelebt, so überzogen war jede Oberfläche dieses Raumes von schimmernden Bildern und gerahmten Devotionalien.

Es war nicht nur irgendein Tempel, nein, ein Hindu-Tempel. Unter jedem Bild stand noch ein kleiner Altar, und auf diesem Altar wurde einer weiteren Göttin geopfert, sei es in Form einer CD-Special-Edition oder sogar eines Autogramms einer Göttin selber – das war der einzige Unterschied zu den echten Tempeln, die Götter schrieben dort seltener Autogramme.

Das ganze Zimmer strahlte eine kindliche, naive Freude an der bunten Popwelt aus, die ihm inzwischen fremd war. Seit er selber diese glitzernde Welt betreten hatte, seitdem er auf der anderen Seite war (neben ihm auf dem Bett lag das frisch gerahmte BRAVO-Cover mit allen Kandidaten von *Music Star 3000* als Beweis), seitdem er auf der anderen Seite des Spiegels gelandet war, dachte er bei jedem Poster immer mehr an die Arbeit, die das Shooting den Star gekostet hatte, bei jeder Autogrammkarte an Haare, Make-up und müde Finger vom Unterschreiben. Er dachte jetzt an die praktische HERSTELLUNG von Pop, an die Proben, die Fabrik – und er dachte an die Opfer.

Auf seinem Schreibtisch stand eine Schuhschachtel, in der seine Mutter alle Zeitungsausschnitte gesammelt hatte, die seit Beginn der Sendung erschienen waren. Seine Mutter war Hobbyschneiderin und ging auch noch bei dem kleinsten Zeitungsausschnitt ihres Sohnes so akkurat ans Werk, wie sie es sonst beim Säumen oder dem Besticken von Spitzenkrägen war. Sie hatte sogar ein System eingebaut, dass man die Artikel der anderen Kandidaten auf einen Blick von denen ihres Sohnes unterscheiden konnte.

Sascha hatte die Ausschnitte fein säuberlich getrennt auf seinem Bett ausgebreitet. Mit Genugtuung sah er, wie einzelne ehemalige Konkurrenten und Konkurrentinnen nur auf ein winziges Häufchen von Berichterstattung gekommen waren – Stangentänzerin Ayleen zum Beispiel hatte es gerade mal mit einem kleinen Foto in die Testosteron-Ecke der *Maxim* geschafft und mit zweieinhalb Fotos in etwas, das *Tattoo Girls* hieß. Der »ehrliche Ossi« Uwe hatte natürlich vor seinem Nazigegröle mehrere Artikel in der *SuperIllu* abgeräumt und die damals noch glaubhafte Fatima einen absurden Artikel in *Geo Special* als »Gesicht der modernen muslimischen Frau«.

Sascha tat seine Mutter leid, die dieses ganze Sortiment beim Kiosk erstanden haben musste, inklusive *Tattoo Girls*. Dann fiel sein Blick auf den nächsten Stapel, und ihm wurde komisch eng in der Brust – der hübsche Sebastian war anscheinend wirklich auf dem Weg zum echten BRAVO-Boy gewesen. Er hatte in der immer noch klassischen Pop-Gazette eine große Homestory aufzuweisen (»Basti zeigt uns seine Bude«) und ein wirklich attraktives Shooting in einem Kölner Park (»Basti mag den Regen«), in dem seine süße Schüchternheit optimal flankiert wurde von einem karierten Regenschirm und Wassertropfen in seinen langen Wimpern. Aber während Sascha fast schon wieder ein bisschen dahinschmolz, fiel ihm jäh ihr Treffen ein und der angewiderte, ja hasserfüllte Gesichtsausdruck von Sebastian, als Sascha ihn berührt hatte. Dazu passte eher ein Artikel aus einer lokalen Gemeindezeitung, den seine Mutter wer weiß wo aufgetrieben hatte. Unter einem schlecht gedruckten Schwarz-Weiß-Foto, das Sebastian vor einem Kreuz zeigte, stand ein ganzes Interview mit ihm unter der Überschrift »Gläubiger Christ wagt sich ins Fernsehgeschäft«.

Sascha musste über den besorgten Ton des Artikels lächeln, der so tat, als ob der Minigladiator Basti in der Arena der bösen TV-Imperatoren von Medienlöwen zerfetzt werden könnte, aber ein Blick auf den Xena-Stapel ließ sein Lächeln wieder verschwinden. Wenn Xena sich nie bei dieser Sendung angemeldet hätte, wäre sie noch am Leben, das stand fest.

Sascha nahm sich den nächsten Stapel auf seinem Bett vor. Es war der höchste von allen und leider nicht seiner. Eindeutig am meisten Presse hatte Lilly bekommen, und zwar nicht erst durch die Tragödie mit ihrer Mutter. Schon in den Wochen davor war sie quer durch den gesamten Blätterwald gewandert, von BILD zur *Bunten*, von der FAZ zur *Süddeutschen Zeitung*. Irgendetwas an ihr inspirierte anscheinend auch die seriösen Journalisten über 40, wahrscheinlich eine Art Lolita-Komplex, dem Sascha natürlich nichts entgegensetzen konnte. Während er einfach als der typische schwule Popfan charakterisiert wurde (zwar ohne Zweifel talentiert, aber vielleicht ein bisschen zu »glatt«), bekam Lillys Talent mühelos Attribute wie »pur«, »glaubhaft«, ja, sogar »originär«. Ein besonders verliebter Feuilleton-Schreiber ließ sich sogar zu der Formulierung hinreißen: »Lilly Helm ist ein lang ersehntes seelenvolles Lächeln in der grotesk künstlichen Welt des deutschen Castingshow-Wahns.«

Sascha seufzte tief. Als Gegenpol war selbst der Stapel der Egoshooterin Chantal größer als sein eigener – sie bediente zwar fast ausschließlich die Springer-Presse, aber die wenigstens täglich. »Chantals sexy Popo-Show« oder »Chantal – mein Silikon-Traum ist Doppel D!« hatten es immer auf die erste Seite geschafft, und allein die Gerüchte über ihr eventuelles Playboy-Shooting (»Ich werde das erste Transgender-Centerfold!«) waren als News quer durch alle deutschen Publikationen gegangen.

Mit einer Handbewegung wischte Sascha die Ausschnitte vom Tisch und warf sich aufs Bett. Wieder mal stieg dumpfer Jähzorn in ihm hoch. Wie ein kleiner Junge schlug er mit den Fäusten gegen sein Kissen und konnte Tränen der Wut nicht unterdrücken. Er musste sich wirklich etwas einfallen lassen, wenn er die beiden schlagen wollte. Und eines war klar: Er musste sie schlagen!

KAPITEL 35

Während die drei Finalisten einmarschierten, sah Tanya aus dem Augenwinkel hinüber zum Pressechef, der für das verstorbene Pitterchen nun am Jurypult Platz genommen hatte. Wieder einmal war es für die Producer der

Show schwierig gewesen, die Pietät für das verstorbene ehemalige Mitglied des Triumvirats mit den Anforderungen einer hoffentlich quotenstarken Megashow auszubalancieren. So hatte man allen Teilnehmern und Jurymitgliedern zwar empfohlen, sich angemessen zu kleiden, aber beim Motto »Sixties« kam man natürlich um den ein oder anderen Minirock (Chantal) oder eine ulkige Afroperücke (Marco) nicht herum. Tanya hatte sich zu einem schlichten weißen Kaftan entschieden, der zwar an der Seite genug geschlitzt war, um wenn erforderlich Bein zu zeigen, aber sonst viel mehr verdeckte als sonst. Und so wollte sie sich heute auch fühlen – verhüllt. Den Neuling im Bild aus Wien hatte die Stylingabteilung natürlich in den obligaten Beatles-Anzug gequetscht (immerhin in Schwarz) mit dem dazugehörigen Beatles-Topfschnitt, der aus jedem tendenziell runden Gesicht einen Pfannkuchen machte. Und so saßen sie jetzt da – ein dicker, aufgeregter Beatle, der Jimi Hendrix vom Ballermann und die weiße Frau – und begrüßten Kandidaten und Publikum – natürlich mit einem herzerwärmenden Tribut an das »Pitterchen«.

Ein TV-Tribut eine Woche nach einem Selbstmord war immer schwierig, aber ein emotionaler Tribut an einen volkstümlichen Komiker war fast nicht machbar. Es fehlten einfach die »normalen« sensiblen Bilder im Herbstlicht oder mit körnig-niveauvollem Schwarz-Weiß-Effekt – alles, was man im Archiv auf die Schnelle gefunden hatte, waren tausendmal wiederholte Catchphrases (»Isch kann ni mi!«), tausend schrille Outfits mit bunten Krawatten und Schachbrettmuster-Schlipsen und einen Zusammenschnitt seiner schönsten »Hinfallaktionen« beim Warmup. Und so sah Tanya fassungslos auf mehrere Zeitlupen-Wiederholungen eines fallenden Pitterchens, montiert zu dem unerträglichen Song »Smile« von Charlie Chaplin, zu denen auch noch das ganze Studio wie vorher geprobt aufstehen und betreten schauen musste. Tanya hatte Peter Kreymeier nie gemocht, aber diesen medialen Witz hatte nicht mal er verdient. Und selbst auf dem schwer weichgezeichneten Porträtfoto, das zum Schluss mit der Unterschrift »Unser Pitterchen (1957–2012) – im Himmel jibt et jetz Kölsch!« eingeblendet wurde, sah man immer noch hauptsächlich die dicklichen Backen und das verzweifelt übertriebene Lachen eines Alkoholikers, ein Lachen, das schon lange nicht mehr in den Augen ankam. So müde sah er aus, der Herr Kreymeier. Und so traurig.

Nachdem dieser offizielle Teil vorbei war, verlief der Umschwung zur Show natürlich brachial und hemmungslos. Schnell vergessen war das Leid des alten Clowns, VIEL spannender und VIEL bedrückender war jetzt die Stimmung, in der sich nun die drei Endkandidaten der wichtigsten TV-Show DES UNIVERSUMS befanden! Während der Moderator zielstrebig jeden Funken Gefühl aus den drei Finalisten herausquetschte wie ein Großinquisitor in Feuerlaune, wanderte Tanyas Blick seitlich durchs Publikum. Auch dort war inzwischen alles beim Alten. Nach der Absurdität der leeren Stuhlreihen war nun wieder Brodeln angesagt. Die Fans der »drei wichtigsten Menschen der gesamten TV-Welt« (so der Moderator) waren genau so platziert worden, dass sie im Zweifelsfall übereinander herfallen könnten: die attraktivste Gruppe (Saschas Fans: junge Schwule und ihre hübschen Freundinnen und Mütter) natürlich ganz vorn, neben der freakigsten Gruppe (Chantals Fans, alles was Tattoos hatte, dick war, sich vom Leben benachteiligt fühlte oder beides). Die eher braven Fans von Lilly (Mädchen ab zwölf, gerade der My-Favourite-Pony-Welt entkommen) saßen hinter der Jury und gaben Tanya heute ein gutes, frisch gewaschenes und sicheres Rückengefühl.

Apropos Sicherheit – alle Zuschauer waren durch die von Marco eingeführten Durchleuchtungsschleusen ins Studio gelassen und durchgecheckt worden wie am Flughafen. Tote Frau Helm hin oder her – diese TV-Show war »Die Show mit dem Todesfluch« (BILD von heute), und deshalb waren auch überall noch Securityleute, die die Kamera ab und zu in Großaufnahme zeigte. »Für das kleine Horrorgefühl zwischendurch«, wie der Regisseur Tanya zugegrinst hatte. Horror hatte sie eher davor gehabt, Nils bei der Arbeit im Studio zu begegnen. Aber er hatte den ganzen Tag professionell geprobt und war für den Abend sogar als Kabelhilfe eingeteilt worden. Das hieß, dass sie zwar ab und zu in die Kamera schauen musste, unter der er kauerte, aber nicht zu ihm hin. Das würde sie schaffen.

Sascha konzentrierte sich ein letztes Mal, während sein Einspielfilm lief, in dem noch einmal alle seine Höhen und Tiefen in der Show gezeigt wurden. (Seine »Reise«, sagte der Moderator, als ob Sascha auf einen spirituellen Weg gegangen wäre und nicht nur Woche für Woche sportliche Höchstleistung erbracht hätte). Wichtig war in diesem Moment immer, sich auf keinen Fall von den Stimmungen in diesen Filmchen aus der Ruhe bringen zu lassen. Oft war die erste Note des Songs am schwierigsten, und wenn man die verkackte, war die ganze »Reise«-Berichterstattung null und nichtig. Dann war man nur noch das Opfer für endlose »Schon der erste Ton war schief«-Gags der Jury und im Internet. Also gar nicht hinhören, lieber ganz nach innen gehen, an den Song und dessen Botschaft denken. »I want to hold your hand« von den Beatles, in einer ganz langsamen Akustikversion nur mit Gitarre, irgendwo zwischen James Blunt und Michael Bubblé. »Ich will deine Hand halten.« Schon die ganze Woche hatte er sich gefragt, wem er dieses Lied innerlich widmen sollte, damit er es wirklich gut »verkaufen« könnte. Irgendwie war das ein komisches Wort für eine gute Liedinterpretation, ging es ihm durch den Kopf. Verkaufen. Du musst den Song verkaufen können, you got to sell it … Immer wieder waren es diese Formulierungen, die zwar irgendwo stimmten, aber so wenig mit dem zu tun hatten, was er selbst fühlte, wenn er ein Lied gut sang.

Sicher – er musste technisch bereit sein, musste sich warm gesungen haben –, aber am wichtigsten war, dass er mental das vor sich sah, was im Liedtext formuliert wurde. Nur dann war er wirklich gut.

Bis jetzt hatte er bei dem Lied an seine Mutter gedacht, an einen Exfreund, ja sogar an Paul McCartney, wie er das Lied heute vielleicht John Lennon widmen würde. Aber kein Adressat hatte ihm das richtige Gefühl gegeben und damit die richtige Ausdruckskraft in seiner Stimme hervorgerufen. Doch jetzt musste er loslegen, es nutzte nichts. Er senkte seine Lider, um irgendein Bild zu beschwören.

O I'll tell you something
I think you'll understand
When I say that something
I wanna hold your hand
I wanna hold your hand
I wanna hold your hand

Da kam ein Bild. Ganz von unten. Das Studentencafé und der Moment, als er Sebastians Hand nehmen wollte.

Oh, please, say to me
You'll let me be your man
and please, say to me
You'll let me hold your hand
Now let me hold your hand
I wanna hold your hand

Wie Sebastian sich panisch zurückzieht. Die Zurückweisung. Und trotzdem dieses Gefühl ...

And when I touch you, I feel happy, inside
It's such a feeling ·

That my love
I can't hide
I can't hide
I can't hide

In diesem Moment öffnete Sascha die Augen und sah direkt in Sebastians Gesicht. Kurz dachte er, er würde halluzinieren, aber nein, Sebastian saß wirklich da, im Publikum, genau in seiner Augenhöhe und starrte ihn an.

Sascha wurde schummrig, und seine Knie gaben fast nach. Um ein Haar hätte er seinen nächsten Einsatz verpasst, aber er konzentrierte sich schnell auf Tanya, die ihm einen aufmerksamen Blick zuwarf, als ob sie etwas gemerkt hätte. Wie als Rettungsanker widmete er den Schluss des Liedes nur ihr:

I wanna hold your hand
I wanna hold your hand!

Erst als der Applaus aufbrauste und der Saal und die Jury in eine Stand Ovation aufsprang, kam Sascha wieder zur Besinnung. Nach dem dritten Verbeugen traute er sich sogar in Reihe zehn, Mitte, zu sehen. Aber Sebastian war verschwunden.

KAPITEL 36

Saschas Beatles-Version war exzellent, so gut hatte Tanya ihn noch nie erlebt. Zwar hatte er am Schluss einen kleinen Moment der Nervosität gehabt, aber so konzentriert und vor allem so intensiv hatte er noch nie gesungen. Tanya freute sich trotz ihrer Erschöpfung wirklich für ihn. Er hatte sich tatsächlich vom einfachen Popfan zum ausdrucksstarken Sänger entwickelt. Das waren die Augenblicke der Show, die ihr früher immer so viel Freude gemacht hatten.

Um so mehr war sie von Chantal genervt, die es jetzt wirklich wagte, sich an Edith Piafs »Non, je ne regrette rien« zu vergehen. In einem schwarzen Paillettenkleidchen mit übertriebenen Gesten, wie in der billigsten Travestie-Show. Alles zu viel, zu groß, zu falsch. Aber das Publikum tobte, und Marco gab ihr ein »Doofes Lied, aber geil gebracht!«-Lob, und der PR-Fuzzi redete viel zu lang über Edith Piaf und ihr Außenseitertum und Chantals Außenseitertum, als ob er schon die Überschrift seiner PR-Meldung tippen würde. Aber dann machte Lilly alles wieder gut mit einer unfassbaren Version von »Bridge over troubled water«, elegisch, klar und schön wie das Lamento einer Nachtigall oder die großartigste Arie einer berühmten Opernsängerin oder Joni Mitchell. Hier waren sich nun alle einig – das war die beste Performance des Abends, die Jury hämmerte es den Zuschauern ein, und die Zuschauer telefonierten es begeistert zurück. Damit war klar: Lilly war im Finale, und damit der dritte Platz entschieden werden konnte, wurden Sascha und Chantal nun zum Sing-Off verdonnert, einem gnadenlosen Stimmduell, in dem zwei Kandidaten das gleiche Lied gegeneinander singen mussten.

Marco Deutz selber wählte den Song, und in seinem typischen klischeehaften Simpel-Humor hatte er sich für die beiden Stammgäste des *Rainbow* natürlich das Lied ausgesucht, das dort morgens, mittags und abends lief und das Marco selber super fand (»Weil, es ist echt superschwul und superprimitiv und deshalb SUPERGEIL«) – »It's raining men« von den Weather Girls.

Tanya sah sofort an Saschas Gesicht, dass er den Song genauso hasste wie sie selber. Nichts an dem Lied konnte man interpretieren, man konnte es nur brüllen, um diesem Karnevals- und Hüttenzauberschlager überhaupt eine Aussage zu geben, nämlich die Aussage »laut, lauter, am lautesten!«.

Lilly in ihrer Sofaecke sah auf jeden Fall glücklich aus, dass sie nicht in das Discogewitter mit einstimmen musste, und eine siegessichere Chantal griff jetzt schon in innerer Vorbereitung unter ihre neuen Brüste, schob sie hoch und machte sich für das Duell bereit. Tanya tat der kleine Sascha leid, als er in die Mitte des Studios schlich – er konnte nur verlieren.

Wie das nahende Dröhnen einer herankommenden Panzertruppe ertönten die ersten Takte, und das fröhliche Gebrabbel der beiden »Wettermädchen« ergoss sich über die Einleitung. Da dieses Gerede typisch Soulsister-haft vorgetragen werden musste, hatte Sascha keine andere Wahl, als einen Arm in die Hüfte zu stützen und dadurch sofort tuntig zu wirken. Tanya konnte nichts weiter tun, als wenigstens als Einzige sitzen zu bleiben, während der Rest des Studios schon jetzt fast in eine Polonaise ausbrach.

Die erste Hälfte der Strophe war Saschas Aufgabe, und er sang sich tapfer durch den Text über irgendwelche Geister, die aufsteigen, und dass man jetzt als Frau auf die Straße rennen muss. Tanya sah zu Marco rüber, der einen Heidenspaß an dem von ihm angerichteten Mini-CSD zu haben schien, während der dicke Beatle rechts von ihr verzweifelt lustige Regenhand-Bewegungen machte, um nicht als der ungelenke, doofe Spießer rüberzukommen, als der er rüberkam. Tanya musste kurz an das arme tote Pitterchen denken – der hätte natürlich jetzt schon längst die Studiopolonaise angeführt! Ihr Blick glitt weiter zu Nils' Kamera, aber er war gerade nicht zu sehen. Sie wunderte sich kurz – es war nicht sein Stil, während des Jobs nicht an seinem Platz zu sein.

In die zweite Hälfte der Strophe stieg Chantal nun mit der Wucht eines Transen-Tsunamis ein. Alles, was sie eben noch bei Edith Piaf »sensibel« zu drosseln versucht hatte, schoss jetzt aus ihr heraus wie glitzernde Lava aus einem Show-Vulkan. Chantal war jetzt definitiv nicht mehr der kleine dünne Charlie Kraus aus Lippstadt, sie war jetzt eine große schwarze Frau im Gospelfieber, sie war Aretha Franklin, sie war Tina Turner, sie war Donna Summer, die mit ihrem Heer aus muskulösen Legionären in Köln-Ossendorf in dieses Studio einritt, um alle sexuellen Eindeutigkeiten für immer zu vernichten. Als Chantal aufs Jurypult zustöckelte, dachte Tanya noch kurz, die Discoqueen würde sich jetzt live auf Marco, den größten Macho Deutschlands, stürzen und ihn vor laufender Kamera vernaschen, den dicken Beatle zum Nachtisch verspeisen und ihr selbst die Brüste klauen – alles noch vor dem ersten Refrain. Dabei hatte sich Chantal nur gerade entschlossen, die erste Strophe stehend, AUF dem Jurypult, zu Ende zu singen und Marco, ihr und PR-Mc Cartney tiefe Einblicke unter ihren kurzen Rock zu geben, wo bereits ein Glitzer-Stringtanga Discostimmung versprühte.

In diesem Moment ging Sascha einfach vom Set ab. Er gab auf. Tanya war fassungslos. Das hätte sie ihm nie zugetraut, so kurz vor dem Ziel. Aber er war wirklich nicht mehr zu sehen, sie war sich nicht sicher, ob er nun weinend in die Garderobe abgegangen war oder bei Lilly auf dem Sofa Zuflucht suchte. Im Tohuwabohu des Studios gab es jetzt nur noch die Wetterfee Chantal, die nach ihrer Gogo-Einlage auf dem Jurypult zurück auf die Studiobühne gewackelt war, direkt unter die riesige Discokugel, die extra für die Nummer über ihr heruntergelassen wurde. Sie drehte sich in den letzten Takten vor dem großen Refrain-Mitsing-Moment, und sie wusste, diese Nummer war die ihre, obwohl Sascha im selben Augenblick mit einer riesigen Federboa um den Hals auf die Bühne gelaufen kam und nun direkt ins Publikum rannte, um dort verzweifelt doch noch die Polonaise anzuführen.

Tanya machte eine innerliche Verbeugung vor ihm.

Der Junge gab wirklich nicht auf. Er hatte sich nur optische Verstärkung geholt, um gegen dieses wild gewordene Showschwein überhaupt eine Chance zu haben. Was schwer genug werden würde, denn die Technik gab jetzt wirklich Gas! So schnell hatte sich die Discokugel noch nie gedreht!

Und mit diesem Gedanken im Kopf sah Tanya, wie sich, quasi in Zeitlupe, die Discokugel aus ihrer Verankerung löste. Sie sah, wie Chantal sich immer weiter drehte, den Kopf zwar nach oben gehoben, aber die Augen in Ekstase geschlossen. Und noch während Tanya aufsprang, sang sie einfach weiter:

»It's raining men – hallelujah!«

Mit einem Riesenrums knallte die Kugel direkt auf Chantals Kopf. Das Publikum schrie auf wie aus einer Kehle. Das Halb-Playback samt Background-Chor sang weiter:

»It's raining men – Amen!«

Tanya wurde ohnmächtig.

WOCHE 9:

THE WINNER TAKES IT ALL
Finale

E-Mails nach der letzten Sendung, Auszüge:

Chantal 4ever!
Anni, Biggi und Eva

Michael, Amy, Chantal!
The Chantals

We will always miss you and never forget you!
Das Rainbow-Team

seht die hure babylons
joab

KAPITEL 37

Als Tanya wieder erwachte, brauchte sie eine Weile, um ihre Umgebung zu sondieren. Sie lag in einem ihr unbekannten Bett, in einem unbekannten Raum, der komplett in Brauntönen gehalten war. Er wirkte wie ein Hotelzimmer, aber dabei war er schmucklos und auch nicht großzügig genug für die Hotelzimmer, die sie gewohnt war. Es herrschte komplette Stille.

Sie versuchte sich aufzurichten und irgendetwas Telefonähnliches zu finden, als eine weibliche Person leise in ihr Zimmer trat, groß, blond, attraktiv, normal gekleidet, nur ein locker über die schicke Privatkleidung gehängter Kittel und das Namenschild »Sabrina, Night Nurse« gaben endlich Aufschluss. Jetzt wusste Tanya, wo sie war – in der teuersten Klinik von NRW, einer privaten Einrichtung, die als Konzept bewusst versuchte, die Grenzen zwischen Krankenhaus und 5-Sterne-Hotel zu verwischen.

»Wie spät ist es?«, fragte Tanya die Mischung aus Krankenschwester und Butler. »Und welchen Tag haben wir heute?«

»Es ist Sonntagabend, 23 Uhr, Frau Beck«, antwortete die Dame und zog eine Kaschmirdecke hoch über Tanyas Schultern. »Wie fühlen Sie sich?«

»Erschöpft«, antwortete Tanya.

»Das kommt von den Tabletten. Wir haben Sie erst einmal beruhigt, damit Sie schlafen konnten. Den Rest erzählen Ihnen am besten Ihre beiden Wächter.« »Bin ich im Gefängnis? Dann wäre das aber das schickste Gefängnis der Welt!« Tanya merkte, wie ihre Lebensgeister sich leise zurückmeldeten.

»Nein.« Das Medizin-Model lachte und schob ihr noch ein Kissen in den Rücken. »Ich meine die zwei Männer da draußen, die seit gestern hier auf Sie aufpassen …«

In dem Moment öffnete sich auch schon die dick gepolsterte Tür, und im Türrahmen standen leicht verlegen Nils und Kommissar Köhler.

Wie ein Comedy-Duo ohne Text staksten sie herein und setzten sich links und rechts von Tanya auf zwei schicke Designerstühle, die ihnen Sabrina hinschob, bevor sie diskret verschwand. Keiner von beiden wusste anscheinend, wer zuerst reden durfte, deshalb erlöste Tanya sie schließlich mit der Frage: »Was ist denn eigentlich passiert?«, worauf beide gleichzeitig lossprudelten.

»Du bist ohnmächtig geworden, nachdem das mit Chantal passiert ist, und ich – wir – haben dich ins Krankenhaus gebracht, damit du dich erholen kannst«, preschte Nils vor.

»Und dann haben Herr Lehmann und ich abwechselnd Wache geschoben, ich meine, aufgepasst, bis Sie wieder wach werden, damit Ihnen …«

»Damit es DIR gut geht!«

Tanya musste lächeln. Es war fast niedlich, wie formell

der nette Herr Köhler nach einer ganzen Nachtwache blieb und wie eifrig Nils seinen Du-Status betonte. Aber dann fielen ihr wieder die letzten Bilder ein, bevor sie ohnmächtig geworden war.

»Chantal ist ...?«

Jetzt nickte Nils nur, offenbar erleichtert, dem Kommissar das Feld überlassen zu können.

»Ja, auch Charlie Kraus ist ... verstorben«, sagte Herr Köhler und räusperte sich. »Die Discokugel traf ihn aus einer Höhe von drei Metern. Sie wog massive 30 Kilo. Er hatte keine Chance.«

»Wie konnte das passieren?«, fragte Tanya und hoffte, hoffte so sehr, dass sie jetzt eine Erklärung über einen technischen Unfall bekommen würde.

Herr Köhler tat ihr nicht den Gefallen. »Jemand hat den Drehzahlschalter der Kugel so hochgedreht, dass eine Unwucht entstehen musste«, sagte er leise. »Diese Kugeln müssen in Deutschland erst seit einigen Jahren mit einem Sicherheitsseil gesichert werden. Für einzelne Nummern in TV-Studios wird oft keine Genehmigung vom TÜV eingeholt. Und bei der Kugel fehlte das Sicherheitsseil komplett: Sie musste ganz schnell zwischen der letzten Nummer von Lilly und dem Sing-Off aufgehängt werden, deswegen hat man aus Zeitgründen auf das Seil verzichtet.«

»Das bedeutet ...?«

»Jeder konnte backstage den Schalter hochschieben und das Ding zum Überdrehen bringen«, sagte Nils. »Eine Sache von Sekunden.«

Tanya schluckte. »Das heißt, es geht wieder los?« Sie sah Nils hilflos an, aber er wich ihrem Blick aus.

Der Kommissar war es, der die Antwort gab. »Ja, wir haben allen Grund zur Annahme, dass es kein Unfall, sondern ein weiterer Mord war«, sagte er. »Und wenn Sie es so formulieren wollen … oder müssen … es geht wieder los.«

Tanya starrte ins Leere. Wie im Zeitraffer liefen die Bilder kurz vor Chantals Nummer noch einmal vor ihrem inneren Auge ab. Ihr Blick in die Runde, der Tumult beim Anfang der Nummer, die Ecke im Studio mit den Schaltern für Special effects, in der Nähe der Ecke die Kameras und – Nils. Beziehungsweise eben kein Nils. Sie hatte zu ihm hinüberblicken wollen, aber er war nicht auf seinem Platz gewesen.

Ganz automatisch zog sie ihre Decke hoch und starrte ihn an.

Nils schien zu wissen, was ihr durch den Kopf ging. »Ich habe niemanden gesehen«, sagte er schnell. »Ich weiß wirklich nicht, wer sich an dem Schalter zu schaffen gemacht hat.«

Sie sagte kein Wort und schaute ihn nur weiter an. Der mysteriöse Nils. Der so offen war und dann doch so viel vor ihr verborgen hatte. Seine Bekanntschaft mit Chantal. Die Woche, die er einfach verschwunden gewesen war. Der Internet-Altar, den sie auf seiner Facebook-Seite gefunden hatte.

»Aber du warst nicht die ganze Zeit bei der Kamera! Du warst während der Nummer kurz weg.« Sie konnte nur noch flüstern. »Bevor dein alter Schulfreund Charlie anfing zu singen, genau der Freund, den du mir ja wohlweislich verschwiegen hast!«

»Tanya, ich …« Nils stand halb von seinem Stuhl auf.

Tanya zuckte zurück. Plötzlich war sie froh, dass der Kommissar mit im Zimmer war. »Herr Köhler, es gibt vielleicht ein paar Sachen, die Sie über Nils Lehmann nicht wissen«, sagte sie hastig. »Sie selbst haben mir von seiner Verbindung zu Chantal erzählt, aber da ist noch mehr.«

Der Kommissar zückte sein mobiles Aufnahmegerät. »Wenn Sie etwas aussagen möchten, Frau Beck, dann nehme ich es auf.«

»Tanya! Was tust du denn da?«

Tanya fixierte immer noch Nils, der sich zu winden schien wie eine Fliege unter dem Brennglas. »Ja«, sagte sie und holte tief Luft. »Bitte nehmen Sie auf, dass ich diesen jungen Mann erst seit Kurzem kenne, dass er eine Art Altar von mir im Internet hat mit jeder Menge Bildern und Ausschnitten über mich. Er verfolgt mich überallhin, hat sich in meine Arbeit eingeschlichen, und vielleicht denkt er auf eine absurde manische Weise, einen Grund zu haben, alle Menschen, die ich nicht mag, aus dem Weg zu räumen!«

»Tanya, das meinst du nicht ernst! Das sind jetzt die Tabletten!« Nils griff nach ihrer Hand, doch Tanya zog sie blitzschnell zurück.

»Ist es nicht merkwürdig, Herr Kommissar, dass die meisten der Opfer mir unsympathisch waren? Der nervige Maskenbildner, der aggressive Fotograf, der zynische Pressechef ...?«

»Aber Tanya, Lillys Mutter hat doch alles zugegeben! Sie hat gestanden! Und was hättest du gegen Xena gehabt oder das arme Würstchen Mephisto oder jetzt Chantal ...?«

Nils war hochrot geworden und das, was er sagte, war natürlich logisch, aber Tanya konnte nicht aufhören, es war, als ob alle Ängste und Sorgen der letzten Wochen in ihr hochkamen und sich endlich einen Weg bahnten. »Klar, Frau Helm war geisteskrank. Aber vielleicht habt ihr euch ja die Arbeit aufgeteilt. Du hast dich um meine Kandidaten gekümmert, sie um den Rest, inklusive um mich auf dem Boot und ...«, Tanya schlug jetzt auf ihre Bettdecke ein, »... und ich weiß nichts von dir, und du kommst einfach in mein Leben und reißt deine hübschen braunen Augen auf, und ich soll dir einfach glauben ... das willst du doch, oder?« Jetzt liefen Tränen Tanyas Wangen herunter. »Ich soll dir einfach immer alles glauben!«

Nils nahm ihre Hände, drückte sie fest und kam so nah an ihr Gesicht, dass seine Locken über ihre Stirn streiften. Sein Blick war voller Schmerz. »Das stimmt, Tanya. Ich will, dass du mir endlich glaubst, dass ich dich liebe. Und dass du mich dich endlich lieben lässt.«

In diesem Moment stieg eine große Klarheit in Tanya auf.

Hatte sie es nicht eigentlich gewusst? Hatte sie nicht die ganze Zeit gespürt, dass sich mit Nils alles richtig anfühlte? Als sie mit ihm geschlafen hatte, entgegen ihrer sonstigen Vorsicht? Als sie sich im Park mit ihm in der Öffentlichkeit gezeigt hatte, ohne an die Konsequenzen zu denken? Bei ihm hatte sie sich eigentlich zum ersten Mal seit langer Zeit geborgen gefühlt – und ihre Unsicherheit war erst in den letzten Tagen, nachdem sie mit ihm Schluss gemacht hatte, wieder stärker geworden.

Tanya begriff. Sie begriff in dem Moment, als ihre eigenen Zweifel an sich selbst und ihr Hass auf sich selbst verschwanden.

»Es tut mir leid!«, schluchzte sie. »Nils, ich bin …«

»Nichts sagen, mein Schatz. Es wird alles gut. Das verspreche ich dir.« Er strich ihr beruhigend übers Haar, und dann hörte sie nur noch ein leises Klicken, als der Kommissar sein Gerät ausschaltete, und ein noch leiseres Klicken, als er behutsam von außen die Zimmertür schloss. Sie drückte Nils noch enger und überließ sich endlich ihren Gefühlen für ihn. Endlich. Alle Gefahren da draußen mussten bis morgen warten.

KAPITEL 38

Sascha fand, dass das ostentative Turteln von Tanya Beck und ihrem lockigen Studioboy-Toy überhaupt nicht in die letzte und wichtigste Probenwoche passte. Nicht nur, dass es jetzt endgültig überall in den Fluren des Studiogebäudes von Security strotzte (als ob irgendwo im Haus parallel ein »CIA gegen FBI«-Film gedreht werden würde) und allein dadurch die Bedrohlichkeit der Szenerie jede Minute aufs Neue unterstrichen wurde, nein, auch die von den meisten dieses Mal wirklich empfundene Trauer um Chantal empfahl – nein befahl! – ein anderes Verhalten als das, was Tanya und dieser Nils an den Tag legten. Selbst beim Begräbnis und der Trauerfeier von Chantal, die natürlich eine Oper an Blumen, Tränen und Transen gewesen war, hatten sie die ganze Zeit Händchen gehalten. Und bei der danach stattfindenden ironisch bayrischen »Laich« im *Rainbow* – bei der alle Angestellten des Lokals auch noch Dirndl und Lederhosen trugen und die ein alkoholischer Höhepunkt in Saschas Leben gewesen war – hatten sie ihre Finger nicht voneinander lassen können. Sascha hatte das nicht nur unpassend gefunden, sondern es hatte ihn auch daran erinnert, dass er im Leben genauso allein stand wie nun im Finale.

Die paar Worte, die er früher ab und zu mit Lilly gewechselt hatte, waren nun auch versiegt. Sie stand bei der Beerdigung inmitten der Journalistenschar so weit von ihm entfernt wie jetzt hier auf der Probe.

Und sie hatte immer noch mehr Presse als er! Selbst in der letzten Woche, wo sich alles auf die beiden finalen Duellanten zuspitzte und die Berichterstattung einigermaßen ausgewogen sein sollte, schwirrten um Lilly viel mehr Fotografen herum als um ihn.

Natürlich »probten« sie nicht wirklich, die wahren Songs würden ja erst am Samstag live enthüllt werden, aber hier beim täglichen Pressecall mimten beide nun dramatisch ein paar Lieder aus den vergangenen Wochen, alles natürlich nur Balladen im Sinne der immer noch anhaltenden Trauer um Chantal und die anderen Verstorbenen.

Und jeden Abend nahmen beide heimlich und separat den Song auf, den Marco Deutz wie immer produziert hatte und der dann ihre erste Single werden würde. Ihre oder seine. Marco hatte den Song wirklich »No More Dying« getauft – eine Geschmacklosigkeit ohnegleichen, die aber wahrscheinlich beim kaufenden Volk funktionieren würde. Denn der Titel könnte sich natürlich auch auf die Kriege dieser Welt beziehen und nicht nur auf die Opfer der letzten Wochen. Er würde Marco Millionen bringen.

Was die Gefahr anging, war Sascha erstaunlich ruhig. Er fühlte sich jetzt, wo er es so weit geschafft hatte, merkwürdigerweise sehr sicher, trotz der Briefe, die immer noch kamen. Vielleicht hatte er einfach einen guten Schutzengel (eine Art Cher mit Flügeln), oder er hatte sich einfach im Innersten entschlossen, für diese Art der Gedanken keine Energie zu verschwenden. Er musste sich auf seine Performance konzentrieren. Auf seinen Sieg.

Tanya studierte Saschas Presse-»Probe«, während sie sich selber noch mit Nils am Cateringstand ausruhte, bevor sie ihr heutiges Interviewpensum erledigen würde.

Sascha war wirklich außerordentlich ehrgeizig, das war ihr in den letzten Wochen immer deutlicher aufgefallen. Deshalb war er auch von Auftritt zu Auftritt besser geworden, cooler, professioneller. Aber ein Teil von Tanya wünschte sich den kleinen schwulen Popfan vom Anfang der Show zurück mit den zwei Pfund mehr am Körper. Mit dem sie noch ab und zu ehrlich sprechen konnte.

Jetzt war alles an ihm abgezirkelt, genau für die Presse ins Licht gesetzt, frei von jeglichem echten Charme. Sascha hatte sich zu einer erwachsenen perfekten Ich-AG des Popgeschäfts entwickelt, während Lilly auf der anderen Seite des Raumes immer mehr einzugehen schien, wie eine Blume, der man Licht und Wasser entzog. Zwar machte gerade das ihre Songs ausgesprochen eindrucksvoll – ätherisch, schwebend, bewegend –, aber in der grell erleuchteten Wirklichkeit des Proberaumes schien alles in ihr irgendwie Schatten und Ruhe zu suchen. Wahrscheinlich vermisste sie ihre Mutter. Trotz allem.

Der Mann, der gerade gar nichts vermisste, war der Pressechef, der nun wieder die frisch ausgedruckten Presseberichte des Tages an die Wände kleben ließ. Er verbiss sich nicht einmal das Grinsen, unfassbar, wie Tanya fand. Neben jedem Artikel waren die Auflagenzahlen der jeweiligen Zeitung oder die Kontaktzahlen der diversen Radiosender oder Internetportale vermerkt. Und nach dem letzten »Unglück« vom Samstag war klar, dass es in ganz Deutschland, ach was, auf der ganzen Welt kein wichtigeres Ereignis mehr gab als das Finale von *Music Star 3000*.

Beim Produktionsmeeting am Montagmorgen war nur kurz über die Sicherheit der verbleibenden Kandidaten und Mitarbeiter gesprochen worden (noch mehr Security, keine hängenden Objekte direkt über den Köpfen), aber insgesamt hatte Tanya das Gefühl, dass jetzt die letzte offizielle Scheu abgelegt worden war. Nur eine kleine Gruppe der Bevölkerung äußerte sich in Briefen und im Internet, dass man die Finalshow nicht senden sollte. Der Rest war sich sicher: Das VOLK hatte jetzt ein Recht darauf zu sehen, wer GEWINNT. Und wenn dabei Blut fließen würde. Deutschlands Samstagabend war nun endgültig im Circus Maximus angekommen.

Und selbst die Polizei hatte kapituliert. Anscheinend hatte der Ministerpräsident von NRW mit den Inhabern der Sendergruppe telefoniert, und da waren ein paar Abmachungen getroffen worden, die vom Set der Show direkt in die höchste Politik führten. Auf jeden Fall hatte Herr Köhler heute Morgen das offizielle Veto der Polizei öffentlich zurückgezogen.

Tanya selber fühlte sich sicher, seit Nils nicht mehr von ihrer Seite wich. Er war jetzt nicht nur Lover, sondern auch Bodyguard, nahm seinen Blick nicht von ihr, und das fühlte sich gut an. Es fühlte sich sogar perfekt an.

So perfekt, dass Tanya sogar ihre Mutter zur letzten Show eingeladen hatte und plante, ihr im Vorübergehen Nils vorzustellen. Er würde zwar nicht ganz ihr Fall sein (zu wenig Geld und Position), aber in der Hektik des Finales würden sie beide diesen Punkt freundlich umschiffen. Und Tanya und Nils könnten so schnell zu den wirklich wichtigeren Dingen zurückkehren: der absolut letzten TV-Show in Tanyas Leben!

Sie hatten diesen Entschluss zusammen gefasst, in der Nacht in der Klinik, nachdem der Kommissar gegangen war und das Night-Nurse-Model freundlicherweise die nächsten Stunden nicht mehr ins Zimmer gekommen war. Nach dem besten Versöhnungssex in Tanyas Leben (und auch in Nils' Leben, so versicherte er) hatten sie die ganze Nacht wach gelegen und Pläne geschmiedet. Orte wie Patagonien, New York und Vietnam kamen darin vor. Köln-Ossendorf nicht. Sie war jetzt endlich bereit auszusteigen und Deutschlands aufregendste Blondine in den persönlichen Fundus zu schicken. Zu ihren Urkunden von »Model-Hoffnung 85« und »Kinderstar Stolberg 79«.

Der nette Kommissar Köhler war nach dem Sonntagabend in der Klinik nicht mehr aufgetaucht. Vielleicht glaubte er, dass Tanya jetzt genug Schutz hatte. Vielleicht war er auch ein bisschen eifersüchtig. Oder er jagte jetzt wirklich Chantals Mörder, der immer noch hier herumlaufen musste …

Wer konnte es sein? Tanya ging wieder einmal akribisch alle Mitarbeiter im Team durch und die beiden letzten Kandidaten. Als sie Sascha dabei zusah, wie er sich schlau weigerte, für das nächste Pressefoto eine pinkfarbene Federboa umzulegen, stieg ein Gedanke in ihr hoch. Vor ihrem inneren Auge sah sie Chantal in der ersten Strophe ihres letzten Liedes. Sie sah sich selbst, wie sie sich nach Sascha umschaute, der kurz danach mit der Boa zurückkam … wo war er abgegangen? In der Ecke des Studios, wo der Schalter für die Kugel war? Tanya schoss es wie ein Blitz durch den Kopf. Es war undenkbar! Sascha war ihr von Anfang an der sympathischste Kandidat gewesen, der Einzige, mit dem sie öfter geredet hatte. Wäre er in der Lage, nach den irren Taten von Lillys Mutter, selbst zum äußersten Mittel zu greifen, um einen seiner letzten Gegner in der Show auszuschalten? Wollte er den Sieg in dieser Show so sehr? Und was bedeutete das für Lilly? Tanya wurde es eiskalt, als sie einen Blick auffing, den Sascha Lilly in diesem Moment quer durch den Raum zuschoss.

Diese blöde Wasserliliennummer geht mir auf den Sack!, dachte Sascha in diesem Moment. Die wird mir meinen Sieg nicht wegnehmen.

KAPITEL 39

Zum letzten Mal in ihrem Leben sah Tanya einen Warm-Upper, der die Menge in einem TV-Studio in den Ausnahmezustand versetzen musste und dabei gar nicht arbeiten musste, denn die Menge war längst im Ausnahmezustand. Der Kampf um die Studiotickets der Finalshow von *Music Star 3000* war so hart gewesen wie nie zuvor. Schwarzmarktpreise hatten die magische Grenze von 10.000 Euro überschritten. »Um ein Ticket für diese Show zu bekommen«, schrieb ein anonymer Besucher auf der Internetfanseite der Sendung, »würde ich morden … smiley.«

Ganz Deutschland wollte heute in dieser Show sein – überraschenderweise nur Marco Deutz nicht. Der Zampano des deutschen Entertainments, die große goldene Schnauze, *the man you love to hate*, hatte sich gestern Abend klammheimlich nach Mallorca abgesetzt, von wo er heute Morgen eine – wie Tanya fand – äußerst windige Pressemeldung verschickt hatte: »Plötzliche schwere

Grippe, kann am Finale leider nicht teilnehmen, wünsche Lilly und Sascha alles Gute.«

Fakt war: Der Obermotz der Show hatte Schiss bekommen und sich verpisst. Tanya musste schon den ganzen Tag breit grinsen, wenn sie daran dachte, dass sie nun im Finale alleine am Jurypult sitzen würde, mit dem PR-Chef der Sendung rechts und dem schnell eingesprungenen Unterhaltungschef des Senders links von ihr. Sie allein war übrig geblieben. Die Titte in der Mitte hatte die besten Nerven von allen. Das hier war auf jeder Ebene ihr persönliches TV-Finale, und merkwürdigerweise genoss sie es.

Direkt hinter ihr im Publikum saß Nils neben den Ex-Kandidatinnen und -Kandidaten der Show und gab ihr das Gefühl von Sicherheit. Aber das allein war es nicht. Sie spürte ganz deutlich, dass – wer immer es auch war – von ihr die Finger lassen würde. Ihr Moment war der an der Reling gewesen, und sie hatte ihn überlebt. Und deshalb würde sie nicht noch einmal in Gefahr kommen, davon war sie überzeugt. Und: Sie war einfach zu glücklich, um in Gefahr zu geraten. Alle Toten – und das versuchte sie sich gegenüber so zu formulieren, dass es nicht vollkommen herzlos klang – waren unglücklich gewesen, jeder und jede auf seine/ihre Art. Sicher waren die Morde keine Strafe für schlechtes Karma – dazu war Frau Helm sicher zu wenig Buddhistin gewesen –, aber trotzdem: Die neue glückliche Tanya Beck, die nach diesem Abend zusammen mit Nils diesen Zirkus endgültig verlassen würde, diese Tanya passte nicht in die Reihe der Opfer! Die alte Tanya hätte vielleicht gepasst, aber der Moment auf der Jacht schien ihr schon zu lange her zu sein. Wie aus einem anderen Leben.

Sascha stand hinter dem winzigen Stück Stoff, das ihn vom Weltruhm trennte, und zitterte am ganzen Körper. Neben ihm, in einem Meter Abstand, scheinbar ganz ruhig, stand Lilly mit geschlossenen Augen. Ihre Lippen bewegten sich, als ob sie betete oder sich ein Mantra vorsagte, und in diesem Moment überschwemmte Sascha eine riesige Welle von Mitleid – Mitleid mit diesem dünnen kleinen Mädchen, Mitleid mit ihrer verrückten Mutter und sogar Mitleid mit der armen, dummen Chantal. Draußen hinter dem Stoff tobte das Studio gerade in einem gigantischen Beifallssturm, als nun im Vorspann die Bilder aller Teilnehmerinnen und Teilnehmer zum letzten Mal auf die Wand projiziert wurden. Sascha sah auf dem kleinen Monitor die Gesichter seiner ehemaligen Kontrahenten, samt der geschmackvollen Trauerränder rund um die Fotos von Xena, Mephisto und Chantal. Im letzten Moment, kurz bevor sein und Lillys Namen aufgerufen und der Vorhang beiseitegezogen wurde, spürte er den übermenschlichen Impuls, zu Lilly hinüberzugehen, sie zu umarmen und sie für all die schrecklichen Wochen um Verzeihung zu bitten. Für diesen blöden Wettbewerb, für das künstlich hochgezüchtete Konkurrenzdenken, für seine kleinen Gemeinheiten gegen sie in seinen letzten Interviews und vor allem für das, was heute Abend noch passieren würde. Aber als er seinen Namen hörte und der

Vorhang aufgezogen wurde, ging er, ohne sie auch nur anzusehen, geradeaus ins Scheinwerferlicht.

KAPITEL 40

Als Sascha und Lilly die Bühne betraten, explodierte das Publikum. Alle sprangen auf, und hysterische Sprech-chöre brachen los, unterbrochen von den ersten Heul-anfällen der kleinen Mädchen im Lilly-Block. Auch Tanya stand auf, in dieser Standing Ovation für nichts, drehte sich zur Menge um und schaute völlig fassungslos in die aufgerissenen Münder, die die Gesichter zu Fratzen ver-zerrten. Das war es, was die Presseabteilung in jeder Ver-öffentlichung als »pure Emotion« bezeichnete. Und sie war wirklich pur, und pur war eigentlich gar kein schönes Attribut für menschliche Mimik. Man könnte auch sagen roh, enthemmt, grob, brutal – wie Gesichter auf einem expressionistischen Kriegsgemälde. Direkt hinter Tanya, neben Nils, waren nun auch die ehemaligen Kandidaten für ihr Close-up aufgestanden. Sie waren heute zum vor-erst letzten Mal im Blickfeld der Nation – Ayleen hatte an-scheinend immer noch zu wenig Geld für Stoff, Sebastian hatte einen zu engen Anzug an, in dem er aussah wie ein Konfirmand, »unser« Uwe, der inzwischen öffentlich alles rechte Gedankengut bereut hatte und sich wohl in einer Therapie befand, die die *SuperIllu* finanzierte und bezahl-te, hatte sich in eine stonewashed Jeans gezwängt, die ihn endgültig weg von Bruce Springsteen und noch weiter hin zu den Puhdys führte, »Fatima« hatte ihr Kopftuch abgelegt und sah jetzt hip und frisch aus wie die Schauspielschülerin aus Berlin-Mitte, die sie ja nun auch war, und Mike Ds Accessoires des Abends waren natürlich der begleitende Polizist und seine Handschellen, die er jetzt stolz ins Licht reckte.

Was für eine groteske Truppe, sobald sie von einer Bühne runter waren, dachte Tanya. Der Rest vom Schützenfest.

Neben den Ex-Kandidaten saßen mehrere Zuschauer, die heute die besten Plätze im Studio erhalten hatten und die wegen ihres Alters und ihrer biederen Kleidung eigentlich nicht hierher zu passen schienen, mal ganz abgesehen von ihren viel zu ernsten Gesichtern. Tanya wusste natürlich, dass das die Verwandten von Xena (Mutter, Vater, Bruder), Mephisto (Exfrau, Bürokollegen) und von Chantal (Mutter, Oma) waren, die später für Einzelinterviews dem Moderator zur Verfügung stehen mussten, um noch einmal die sicherlich schlimmsten Momente ihres Lebens vor der Nation auszubreiten. Natürlich aus Gründen des Respekts und der Erinnerung an ihre toten Kinder, Männer, Enkel, Kollegen und Geschwister. Aber es würde heute höchstwahrscheinlich auch die höchste Quote der deutschen TV-Geschichte werden, da waren sich die meisten Medienmacher sicher. Eine Mörder-Quote.

Und deshalb konnte der Senderchef, der nun als Erstes in dieser langen, langen Show ein paar seriöse Worte an die Welt richten musste (»Das Trockenholz arbeiten wir vorn ab, da schaltet noch keiner weg«, hatte der Regisseur entschieden), kaum sein ernstes Gesicht beibehalten, als er noch einmal vor allen ausbreitete, warum es DIE PFLICHT des Senders sei, diese Show heute auszustrahlen. Aus Respekt vor der erfolgreichsten TV-Show des deutschen Fernsehens (Schnitt auf Tanya), aus Respekt vor den Toten dieser schrecklichen Tragödie (Schnitt auf Chantals Oma) und ganz besonders aus Respekt vor den beiden letzten übrig gebliebenen Kandidaten, ja den ÜBERLEBENDEN (tobender Studioapplaus, nicht einmal durch den Warm-Upper ausgelöst), die so viel Leistung gezeigt hätten in den letzten neun Wochen, so viel Talent, so viel Disziplin, dass man ihnen diese Entscheidung heute Abend, diesen Sieg – oder natürlich auch die NIEDERLAGE – in der wichtigsten Show der Nation einfach nicht versagen DURFTE! (Wieder Standing Ovations des gesamten Studios.) »Aber …«, und hier hielt nun das ganze Studio den Atem an, »… aber natürlich müsse man sich bewusst sein, welches Risiko die beiden Kandidaten hier heute auf sich nahmen, sie seien ja immer noch in GEFAHR (Lichtwechsel zu Rot auf ganzer Deko), und deshalb würde jeder der beiden, Lilly und Sascha heute nur EIN EINZIGES LIED performen.« (Ein einsames Buh im Publikum, vom Rest des Publikums weggezischt.) Abgang des Senderchefs, Abspiel eines Trailers für ein Gewinnspiel. Als die Make-up-Damen zu Tanya huschten, um sie nachzupudern, spürte sie Nils' Blick auf sich ruhen. Sie atmete tief durch.

Von jetzt an, das war Sascha klar, würde es endlos dauern, bis er endlich seinen Song singen dürfte. Da der wirkliche Inhalt der Show – sein und Lillys Lied, die endgültige Abstimmung und dann die Präsentation des Siegersongs »No More Dying« – auf drei Programmpunkte zusammengestrichen worden war, musste nun mit allem anderen zwei Stunden Strecke gemacht werden, während er und Lilly hinten auf dem Sofa saßen (das er inzwischen als »Freilaufgehege« bezeichnete) und die Nerven behalten mussten. Sie durften sich nicht mal mehr umziehen (sobald sie aus dem Bild waren, könnte die Quote sinken), und so saß er schon jetzt da in seinem schönsten roten Smoking und Lilly in ihrem weißen bodenlangen Pailletenkleid, und es war wie die Bank eines Abschlussballes, auf der merkwürdigerweise die beiden Hübschesten übrig geblieben waren. Oder vielleicht auch nicht merkwürdig – denn nicht abgeholt worden waren, wie so oft, die zu Sensible und der Schwule.

Und während sie da saßen, wurde nun allen Tribut gezollt, denen man Tribut zollen konnte – natürlich den toten Kandidaten, natürlich Pitterchen, aber überraschenderweise auch Michael Jackson, einfach, um Zeit zu füllen.

Die anderen Ex-Kandidaten wurden ausführlich interviewt, wobei Ayleen gestoppt werden musste, bevor sie in einen unpassenden Spagat versinken konnte, Mike D mehr rülpste als redete und Uwe und Sebastian kaum ein Wort rausbrachten. Während Sebastians Interview fiel Sascha der Moment ein, als das innere Bild seiner Beatles-Interpretation auf einmal live im Publikum gesessen hatte.

Irgendwie hatte Sebastian die Tendenz, in Saschas Leben aufzutauchen und wieder zu verschwinden, und Sascha war sich immer noch nicht sicher, was das bedeuten sollte. Aber heute sah Sebastian sowieso nicht zu ihm rüber. Stattdessen starrte er nur Lilly an, die ihn jedoch nicht zu bemerken schien oder ganz in sich versunken war. Sascha spürte einen kurzen Stich von Neid, und dann begrub er das Kapitel Sebastian. Für jetzt.

Eventuell würde er ihn auf der Dernièrenfeier ansprechen. Als Gewinner der Show. Aber jetzt musste er alle Ablenkung aus seinem Gehirn vertreiben.

Tanya musste manchmal fast kichern bei einigen der redaktionellen Einfälle, die die Sendung mit nur drei Songs und einer Abstimmung auf zwei Stunden Länge bringen mussten. Wer in aller Welt war darauf gekommen, eine Live-Schalte zu Marco Deutz nach Mallorca zu machen, wo er – von seiner aktuellen Suzie Wong gepflegt – mit einem falsch großen Wollschal saß und den Grippekranken mimte? Wer hatte die Idee gehabt, die ausgeschiedenen Kandidaten »That's what friends are for« singen zu lassen, mit einer Feuerzeug-Schwenk-Choreografie, die Mike D wegen der Handschellen nicht hinkriegte? Und wer hatte ausgerechnet den »Weltstar« Anastacia eingeladen für einen großen Whitney-Houston-Tribut? Andere Ideen waren einfach nur geschmacklos: Das Interview mit Xenas Oma tat ihr im Herzen weh, so lieb und rührend hatte die alte Dame über ihre Enkelin gesprochen. Und das Interview mit der Ex-Frau von Mephisto, einer Bürofachfrau

aus seinem Amt, war eher grotesk als anrührend gewesen. Immerhin – gut zu wissen, dass Mephisto im Büro
immer die Geburtstagsüberraschungen organisiert hatte
(bei den Männern ein Fass Kölsch, bei den Frauen ein
Flakon 4711). Als schließlich noch die »Rainbow Girls«
zu Madonnas »Vogue« mit einem Tribut an Chantal auf
die Bühne sprangen, zählte Tanya nur noch die Minuten,
bis man endlich zur Hauptsache kommen könnte. Aber
das Studio tobte die ganze Zeit, und in den Werbebreaks
(die so ausgebucht waren, dass jeder einzelne es auf die
erlaubte Höchstzeit brachte) starrte Tanya fasziniert auf
all die Produkte, die sich unbedingt mit einer Sendung
verbinden wollten, in der es immerhin Tote gegeben hatte. Bei den Lebensversicherungen nahm sie heimlich aus
dem Flachmann ihrer Make-up-Frau einen Schluck Wodka. Das war sogar für sie zu viel Ironie.

KAPITEL 41

Endlich war es so weit. In Minute 70 der Sendung moderierte der Moderator nun langsam in Richtung Saschas
Lied, wobei natürlich auch hier noch mal der Vorfilm über
alle seine »bewegendsten Momente« gebracht wurde.

Wenn die wüssten, dachte Sascha ein letztes Mal, während er die zehn Stufen hinunter vom Wartesofa zu seinem Auftritt ging. Er stellte sich hinter die riesige LED-
Wand, die gleich hochfahren würde und auf der wie in
einem totalitären Regime sein Name und sein Gesicht

meterhoch in die Welt leuchteten. Er fühlte sich zum letzten Mal klein, hinter dieser riesigen, teuren Wand aus Licht und Kabeln. Aber dieses Gefühl würde gleich vorbei sein. Das war jetzt der Moment.

Tanya hörte, wie der Moderator Saschas Namen rief, sah, wie er durch die auffahrende Wand kam. Er war bereit, das konnte man ihm ansehen.

Er wirkte konzentriert, aber nicht zu ruhig, wach, aber nicht zu hyperaktiv, präsent ohne Eitelkeit. Er hatte sich als Bühnenbild einen riesigen Spiegel bestellt, in den er nun hineinsang, zu seinem Alter Ego. Und sie verstand, als das erste berühmte Arpeggio seines Songs erklang, dass Sascha jedes Wort von dem wirklich meinte, was er sang, jedes Wort, das man schon so oft gehört, aber vielleicht nie so verstanden hatte:

First I was afraid I was petrified …
Kept thinking I could never live without you by my side
But then I spent so many nights thinking how you did me
*   wrong*
And I grew strong
And I learned how to get along …

Und sie sah, wie Sascha durch den scheinbar zersplitternden Spiegel sprang und sich von seinem kleinen alten Ich frei sang. Alle im Raum spürten es: Nicht nur würde er diese Show überleben, nein, er würde durch die Show ein neuer Mensch werden, selbstbewusst, geliebt, groß.

Oh no, not I

I will survive

For as long as I know how to love

I know I'll stay alive

I got all my life to live

And I've got all my love to give

And I'll survive

I will survive

Hey Hey!

Sascha drehte sich zum Instrumentalteil der Geigen in völliger Freiheit. Er hatte sich noch nie im Leben so lebendig gefühlt und so sicher. Als er sich auf das Sofa setzte, nach dem völligen Ausrasten des Publikums und den Lobeshymnen der Jury, wusste er, dass er das Ding im Sack hatte. Egal, welches Ass Lilly jetzt noch aus dem Ärmel ziehen würde, er hatte bewiesen, dass er der würdige Sieger dieser Show war, ein echter Star, mit echter Star-Ausstrahlung. Er war sich so sicher, dass er sogar noch zu ihr hinübersehen konnte, während sie nun vom Sofa aufstand, um auf ihre Position zu gehen. »Viel Glück!«, flüsterte er.

Aber sie hatte es wohl nicht mehr gehört, denn sie schwebte von dannen, ohne zu reagieren.

Sascha ließ sich schwer atmend ins Sofa sinken und lehnte seinen Kopf gegen die Rückenlehne. Ich bin es, rauschte es immer wieder durch sein Hirn und sein Herz. Ich bin es!

Tanya wusste, wie gut der Regisseur religiöse Momente inszenieren konnte, und Lillys Lied war die Inkarnation aller Religiosität. Das Licht wurde nun ausschließlich blau, von der Decke fielen dicke schwere Strahlen, die durch den Nebel sichtbar gemacht wurden, wie von Gottes Hand gelenkt. Im Hintergrund war eine abstrakte Form auf der funkelnden LED-Wand zu sehen, irgendetwas zwischen Klosterfenster und Kathedrale. Nicht so katholisch, dass die muslimischen Mitbürger nicht mehr für Lilly anrufen würden, aber »spirituell« genug, dass alle im Raum an ihre eigenen kindlichen religiösen Gefühle erinnert wurden, auch wenn die noch so lange zurücklagen. Während die Celli des im Hintergrund agierenden Leihorchesters aus Budapest die ersten gebrochenen Akkorde intonierten, stand Lilly inmitten aller Kerzen von Köln und war nun nicht mehr und nicht weniger als die Gottesmutter, die sie jetzt besang:

Ave Maria
Gratia plena

Ihr weißes Kleid schimmerte im Licht wie eine Erscheinung. Der Spot von hinten oben zauberte auf ihre Haare einen Heiligenschein.

Maria, gratia plena
Maria, gratia plena
Ave, ave dominus
Dominus tecum

Ein 100-köpfiger Kinderchor trat auf.

Shit!, dachte Sascha.

> *Benedicta tu in mulieribus*
> *Et benedictus*
> *Et benedictus fructus ventris*
> *Ventris tui, Jesus.*
> *Ave Maria*

Die ganze Zeit hatte Lilly voll perfekter stiller Inbrunst gesungen und die Töne perlen lassen, als sei sie eine menschliche Querflöte. Nun hob sie zu einem letzten Aufstieg an,
zu einer letzten hohen Note.

> *Ave*
> *Ave*

Und wackelte beim letzten Ton.

Das ganze Studio zog hörbar die Luft ein. Das ungläubige
Entsetzen war greifbar. Lilly, die in der ganzen Sendung
noch nie eine Note verpatzt hatte, hatte ausgerechnet bei
ihrem letzten Ton versagt.

Ihr selbst standen Tränen der Fassungslosigkeit in den
Augen, die von den Kameras in Großaufnahme auf alle
Monitoren im Studio geworfen wurden. Sie hatte es gemerkt. Anscheinend war der Druck der letzten Wochen
jetzt doch zu groß geworden. Sie hatte dem nicht mehr
standhalten können. Der tosende Applaus, der nun ein-

setzte, war eher enormes Mitleid als enorme Begeisterung.

Noch nie war es Tanya so schwer gefallen, ihrer Jurypflicht nachzukommen. Wie ihre beiden Mitjuroren schummelte sie sich eine Minute lang um Lillys letzte Note herum wie ein Radrennsportler um den Dopingtest. Aber sie konnte am Schluss genauso wenig wie ihre Beisitzer vermeiden, das katastrophale Ende der Nummer anzusprechen. Sie lieferte natürlich alle entschuldigenden Argumente gleich mit. Der Zuschauer zu Hause musste doch verstehen, unter welchem Druck Lilly hier stand, nach ALL DEM (Tanya wollte nicht direkt noch einmal auf Lillys Mutter hinweisen). Aber schon während sie redete, spürte Tanya, wie da draußen die Entscheidung gefällt wurde. Und sie würde wie immer in dieser Sendung, seit der ersten Staffel, zu Gunsten von dem ausfallen, der sich nicht versungen hatte.

KAPITEL 42

An den nächsten Werbebreak und die Zeit bis zur Entscheidung konnte sich Sascha später nicht mehr erinnern. Natürlich hatte er Lillys letzte Note gehört, er hatte sogar ihre kalte Hand gedrückt, als sie sich stumm neben ihm aufs Sofa sinken ließ, aber was jetzt in ihm los war, dafür hatte er später kein Gefühl mehr. Diese zwanzig Minuten zwischen dem Ende von Lillys Oberhammergau und der Verkündung der Entscheidung nach den sich immer wiederholenden Fragen des Moderators, wie sich beide nun fühlten, waren aus seinem Hirn verschwunden, weggeblockt wie ein schweres Trauma. Er kam erst in dem Moment wieder zu sich, als endlich sein Name fiel als der Gewinner von *Music Star 3000.* Als alle im Saal zum ungefähr zwanzigsten Mal an dem Abend aufsprangen, als es Konfetti regnete und Assistentinnen mit riesigen Blumensträußen auf ihn und Lilly zukamen. Er dachte absurderweise noch daran, was er mit diesen Blumen machen sollte, ob er sie für den Schlusssong auf den Boden legen sollte oder Tanya schenken oder Lilly oder jemand aus dem Publikum. Aber natürlich war auch das durchgeplant, in dem Moment, als man ihm wieder das Mikro in die Hand drückte, um seine ERSTE EIGENE SINGLE ZU PRÄSENTIEREN (kaufte überhaupt noch jemand Singles – auch dieser Gedanke schoss ihm durch den Kopf), nahm man ihm die Blumen wieder ab und schob ihn nach vorne auf die Marke, auf der er singen sollte. Hinter ihm bauten sich Kinderchor, Cellistinnen, Tänzer, Tänzerinnen, Lilly und die Jury auf für das große Finale, und vor das Jurypult wurde schnell ein Monitor geschoben, auf dem gleich der Text von »No More Dying« ablaufen würde, zur Sicherheit, falls er im Taumel der Emotionen doch etwas vergessen sollte. Aber natürlich würde er das nicht tun. Er war Profi, er war jetzt Popstar, seine Familie (die jetzt hinten im Publikum jubelte), alle seine Freunde und ja, seine FANS erwarteten jetzt von ihm, dass er diesen Song genauso gut ablieferte, wie sein jetzt schon legendäres »I Will Survive«. Er sah noch einmal nach vorne in die Kamera, das Rotlicht seiner Nahaufnahme leuchtete auf, und das Intro des Songs begann. Ohne mit der Wimper zu zucken, stieg er ein in Marco Deutz' spirituellen Discofox:

We have come a long long way
And we've seen the good and bad
Met some friends along the long long way
And some enemies we'll forget

Alle hinter ihm brachen jetzt in eine »spontane« Choreografie aus, das wusste er, das hatten sie geprobt. Und auch, dass er nun Lilly an der Hand nahm und sie an seine Seite zog, so wie sie es im umgekehrten Fall mit ihm gemacht hätte.

We have learned to see the bitter truth
Which in life always prevails
Some will win this game and some will loose
But our wish will never fail ...

Tanya hatte sich gerade in den letzten Sidestep ihrer Karriere eingeschunkelt und sich bei einer undisziplinierten Ungarin samt Cello eingehakt, die sich entgegen des Planes nach vorne geschummelt hatte, um im Schlussbild ihren Eltern zu Hause zuzuwinken, als sie sich suchend nach Nils umschaute. Er war nicht mehr auf seinem Platz, sondern mit den Ex-Kandidaten nach vorne an das Jurypult gelaufen, wo er ebenfalls sehr fröhlich nun das Ende ihrer gemeinsamen »Reise« abtanzte. Rechts und links vom Pult hielten die Securityleute das Publikum zurück, die Gesichter angespannt, der Stress war förmlich greifbar.

Tanya hätte ihnen gern zugerufen, dass sie sich keine Sorgen mehr machen mussten. Der Gewinner war gefunden – sie wusste einfach, es würde nichts mehr passieren. Nicht im Zuschauerraum, und schon gar nicht hier auf der im strahlenden Licht von 1000 Scheinwerfern erleuchteten Bühne, wo sich jetzt alle Beteiligten und Ex-Beteiligten der Show im finalen Freudentaumel befanden.

Und in diesem Moment sah Tanya die goldene Pistole. Sie blitzte auf, mitten im fröhlichen Gemenge neben Nils. Und niemand anders als der kleine Sebastian zielte mit der tödlichen Waffe geradeaus, direkt auf Sascha, den Gewinner von *Music Star 3000*. Sascha sang:

> *No more dying anywhere*
> *No more dying my love*
> *Stop the crying people everywhere*
> *Keep your faith in high above*

In Tanya rastc es, keiner bemerkte in dem ganzen Wirbel die Gefahr, nicht einmal Nils, der direkt neben Sebastian stand, aber nur Blicke für sic hatte.

»Nils!«, schrie Tanya und versuchte das donnernde Playback zu übertönen, was ihr aber nicht gelang. »Neben dir!«

Nils sah sie fragend an.

No more dying anywhere
No more dying my love

Und dann passierte alles gleichzeitig. Gerade, als der Schuss fiel, warf sich Lilly mit enormem Schwung direkt vor Sascha und riss ihn zu Boden. Nils hechtete in Sebastians Arm. Wegen der lauten Musik hörte fast niemand den Knall, trotzdem war allen klar, dass etwas nicht nach Plan lief.

Die Musik stoppte. Während Lilly noch Sascha mit ihrem ganzen Körper deckte, war der zweite Schuss zu hören. Nun brach überall Panik aus. Alle versuchten aus dem Studio zu kommen, nur Tanya rannte direkt zu Nils hin, der sich über Sebastian geworfen hatte. Als sie ihn erreichte, sah er zu ihr auf, schneeweiß im Gesicht.

Er drehte den blutenden Sebastian zu ihr hin und fühlte gleichzeitig dessen Puls. Tanya wusste, dass Sebastian tot war, bevor Nils etwas sagte. Sie blickte zu Sascha hinüber, der hysterisch heulend in Lillys Schoß lag. Direkt vor ihr auf dem Monitor lief immer noch der Text weiter.

No more dying anywhere
No more dying my love.

KAPITEL 43

Das letzte Treffen zwischen Kommissar Köhler und Tanya war nüchtern, fast förmlich. Es war eine Woche nach der letzten Sendung, und anscheinend hatte er das Gefühl, ihr noch einmal alle Beweise und Fakten des Falles abschließend präsentieren zu müssen, vielleicht, weil sie ihm doch am meisten von allen in der Show geholfen hatte.

Sie trafen sich auf neutralem Gebiet, wieder in dem Oma-Café, in dem er sie zum ersten Mal befragt hatte. Er legte seine inzwischen sehr dicke Akte auf den Tisch oder, wie es sich ein bisschen für Tanya anfühlte, ihr zu Füßen.

»Was die Zeitungen wissen, aber noch nicht schreiben dürfen«, begann er mit seiner ruhigen Stimme. »Sebastian Färber war schon länger als fundamentalistischer Christ der strengsten amerikanischen Ausrichtung bekannt. Der Pfarrer in seiner Gemeinde wusste von seinen übertriebenen alttestamentarischen Ansichten. Allerdings hatte er sie öfter in der Beichte ausgebreitet als in der Gemeinde, und deshalb fielen sie unter das Beichtgeheimnis. Als Sebastian sich für die Show anmeldete und genommen wurde, dachte der Pfarrer sogar, er hätte sich etwas beruhigt und wäre den normalen weltlichen Dingen gegenüber jetzt aufgeschlossener. Aber das Gegenteil war wohl der Fall.« Der Kommissar räusperte sich. »Auf seinem Computer haben wir ausreichend Hassmails gefunden, die er mit Gleichgesinnten besonders in den USA austauschte und in denen er über das Fernsehen schimpfte und natürlich besonders gegen Schwule, Transsexuelle und alle, so formulierte er es, ›Abnormitäten‹, die in diesem Medium und besonders im Reality-TV und in den Castingshows vorkommen …«

»Deshalb der Hass auf Chantal und Sascha?« Tanya spürte die ganze schreckliche Logik.

»Richtig. Deshalb war nach den Taten von Frau Helm Chantal sein erstes Opfer. Und er hatte auch die Drohbriefe an Sascha verfasst, während er gleichzeitig Lilly zu einer Art Marienvision hochstilisiert hat, die als ›reiner Engel‹ durch diesen ›Sumpf‹ ging und die unbedingt beschützt und – im Falle ihres Nicht-Sieges – gerächt werden musste.«

»Hat Lilly etwas davon gewusst?«

Der Kommissar schüttelte den Kopf. »Sie sagt, sie hätte öfter Fanmails bekommen, in denen sie zu einer Art Lichtgestalt gemacht wurde, aber sie hat sich nichts dabei gedacht, nicht mal bei dem merkwürdigen Absender.«

»Joab.« Tanya dachte an die Witze der Kollegen in den Fanpost-Meetings und an die Drohbriefe, von denen Sascha ihr erzählt hatte.

»Der biblische Rächer an dem perversen Absalom …« Der Kommissar musste nicht mehr ablesen.

»Und Sebastian wusste natürlich aus seiner Zeit in der Show, wo sich der Schalter für die Special effects befand«, sagte Tanya nachdenklich. »Aber wie konnte er die Waffe ins Studio schmuggeln, trotz all der Security?«

Herr Köhler runzelte die Stirn. »Das wissen wir leider

immer noch nicht genau«, sagte er. »Vielleicht hat er einen Nebeneingang genommen, den nur die Ex-Kandidaten kannten – da sind wir noch dran. Fakt ist: Auf seiner Festplatte haben wir all den üblichen Müll gefunden, was religiösen Wahn angeht – dass ihm himmlische Stimmen die ›Hinrichtung‹ von Chantal und Sascha befohlen hätten und dass er sich danach sofort selber hinrichten müsse auf dem Altar der wahren Werte und dann ins Paradies einziehen würde ...«

»Wo es sicher keine Castingshows gibt ...« Tanya schüttelte traurig den Kopf. »Wenn ich noch an die ersten Wochen denke, in denen er mitgeprobt und mitgesungen hat ... Ich hätte ihm das nie zugetraut.«

»Der einzige Mensch, der etwas gemerkt hat, war wohl ausgerechnet Sascha. Er hat zu Protokoll gegeben, dass es bei einem Treffen einen stark homophoben Ausbruch von Sebastian Färber gegeben hat.«

»Wie geht es Sascha?«, fragte Tanya und trank einen weiteren Schluck von dem guten deutschen, sehr starken Bohnenkaffee, wie ihn die Omas um sie herum mochten und noch aushielten.

»Er ist weiterhin im Krankenhaus, geschockt und traumatisiert. Er ist sehr sensibel, wie Sie wissen ...«

»Ich weiß.« Tanya senkte ihren Blick. »Wir stehen alle noch unter Schock. Ich selber werde mit meinem Verlobten ...«, sie räusperte sich, das Wort fühlte sich einfach noch zu neu an, »... einen Monat nach Thailand fahren, um das alles zu verarbeiten.«

Herr Köhler schloss die Akte. »Tun Sie das, Frau Beck,

tun Sie das …« Er streckte ihr freundlich die Hand hin, und sie schlug ein. »Vergessen Sie das alles. Eine schreckliche Tragödie. Und es tut mir trotzdem leid um Ihre Sendung.«

Tanyas Lippen wurden schmal. »Ach, wissen Sie, ich bin froh, dass sie jetzt endlich abgesetzt und verboten wurde. Das hätte man schon früher machen sollen. Dann würden zumindest Chantal und selbst Sebastian noch leben. Und Sascha und Lilly wären nicht traumatisiert für ihr ganzes Leben. Ich denke, das war es nicht wert.«

»Wie Sie meinen«, sagte der Kommissar und zog seinen Mantel an. »Sie sind da natürlich tiefer drin – in diesem Showgeschäft.«

Als er gegangen war, nahm Tanya noch eine extra volle Gabel Schwarzwälder Kirschtorte und schickte Nils eine Nachricht, dass sie sich jetzt auf den Weg machte.

»Ich WAR da mal tiefer drin …«, sagte sie so halblaut zu sich, dass sich am Nebentisch eine Oma zu ihr umdrehte.

»Entschuldigen Sie, sind Sie nicht Tanya Beck?« Leicht aufgeregte Augen unter einer grauen Pudelfrisur starrten sie neugierig an.

»Heute nicht«, sagte Tanja Becker zu ihr und ging lächelnd zur Tür. »Und morgen auch nicht.«

ZUGABE:

EIN JAHR SPÄTER

LET'S TWIST AGAIN

KAPITEL 44

Tanja hatte die Einladung zu *Music Star 3000: Ein Jahr danach – die große Castingshow-Tragödie und ihre Überlebenden* nur angenommen, weil sie den Moderator mochte. Jörg Jürgens hatte so etwas Nettes, Lausbubenhaftes und dabei doch Seriöses, dass man ihm einfach nichts abschlagen konnte. Und er war natürlich DAS Talkgewissen der Nation, der Altar, zu dem sogar die ersten Frauen und Männer des Staates pilgerten. Vielleicht hatte sie aber auch einfach mal wieder Lust gehabt, die alte Zirkusluft wieder zu schnuppern. Der Monat in Thailand hatte sich mittlerweile zu zwölf Monaten ausgeweitet. Sie hatte sowieso kurz nach Deutschland zurückgemusst, um ihr dortiges Leben zu regeln, und da hatte ihre berufliche Vergangenheit sie an jeder Straßenecke angesprungen. Marco Deutz' neueste Show: *Star 3000* war natürlich überall plakatiert, in der sich nun nicht nur Sängerinnen und Sänger zum Affen machen durften, sondern »Talente« aller Art – das Ganze natürlich »hochumstritten und polarisierend« (»Schafft der Castingshow-Guru nach dem Verbot von *Music Star 3000* einen neuen TV-Hit? Darf er das überhaupt?«). Aber fast noch omnipräsenter war die zweite CD von Lilliane – jetzt nicht mehr kindlich Lilly und definitiv ohne Familiennamen – die nach dem Megaerfolg ihrer ersten CD gerade auf den Markt drängte.

Tanja hatte natürlich Lillianes erste CD genauso gekauft und gehört wie der Rest der Nation und den künstlerischen Wechsel nach der Sendung genauso begrüßt – von Pop zu Indie-Gitarrenmusik, englischen Texten und internationaler Produktion. Sie war wirklich begeistert gewesen von der neuen Lilly. Es war eine der wenigen CDs, die bei ihr und Nils auf Ko Sahmui im Dauereinsatz war, und mehr als einmal hatte Tanja eine inhaltliche Parallele gezogen zwischen ihren eigenen Veränderungen und den neuen Klängen der »Lilliane«. Lieder wie »Out of the limelight« schienen wie für Tanja selbst geschrieben.

Deshalb musste sie wahrscheinlich umso mehr kichern, wenn sie auf Marcos Postern und Anzeigen nun die neue »Titte in der Mitte« sah, eine bis dato völlig unbekannte, leicht pornografisch dreinblickende Backgroundsängerin, die Herr Deutz eigenhändig in die Öffentlichkeit und damit in die totale Abhängigkeit von ihm gehoben hatte. Zufälligerweise hatte sie auch noch leicht asiatische Züge. Nun ja – sie hatte bestimmt irgendwelche »Talente«, die man aber wahrscheinlich wegen des Jugendschutzes in der Sendung nicht zu sehen bekommen würde.

Tanja drehte das Licht im Schminkraum hoch, sah an sich herunter und musterte ihren eigenen neuen Look. Sie hatte zwar nicht so radikal wie Lilly die Haare abgeschnitten, aber nachdem ihre Extensions rausgenommen waren und sie sich mit Nils auf eine neue Haarfarbe geeinigt hatte, die genau zwischen ihrem TV-Star-Blond und ihrem

Natur-Mausgrau angesiedelt war, fühlte sie sich viel wohler in ihrer Haut. Auch ihre Brüste vermissten auf keinen Fall all die Pflaster und Montage-Apparaturen ihrer alten Existenz. Sie – und Sandy und Danny – war jetzt da, wo sie sein wollte. Diese neue Entspanntheit an ihr genoss auch Nils, der inzwischen in Thailand sein eigenes Restaurant schmiss, während sie sich in der Hängematte immer noch einen Monat länger erholen durfte. Und der sie zwischen all dem Stress nach Feierabend immer noch anlächelte, als wäre es der erste Tag ihres Kennenlernens, als er noch Fan war und sie seine Ikone.

Nein – es war wirklich alles gut gegangen für Tanja Becker und ihr neues Leben. Und nur, weil sie jetzt wieder in einem Make-up-Raum eines TV-Studios saß, würde sich daran nichts ändern.

»Ruhig ein bisschen mehr Abdeckung unter die Augen, zwei Jahre gehen da noch runter«, sagte sie und lächelte die Visagistin an. Sie war zwar jetzt entspannt über 40, aber gelernt war schließlich gelernt.

KAPITEL 45

Sascha kämpfte mit Herzflattern, seitdem er in das Auto eingestiegen war, das ihm der Sender geschickt hatte. Wieder einmal warf er sich vor, diese Anfrage angenommen zu haben, und wieder einmal ging er alle seine Gründe durch, warum er es getan hatte. Erstens: Er war seit dem traumatischen Finale von *Music Star 3000* in keinem

TV-Studio, auf keiner Bühne und in keinem Plattenstudio mehr gewesen, und seine Therapeutin hatte es durchaus begrüßt, dass er wieder Kontakt aufnahm zu seinem alten Leben und seinem alten Ego. Teile der Situation seines Traumas wiederzusehen (Kameras, Studiopublikum, Menschen aus der damaligen Situation) könnten ihm in der Therapiearbeit helfen, außerdem würde Frau Dr. Ringner dabei sein und auf ihn aufpassen. Und zweitens: Er konnte das Geld gebrauchen. Das Angebot war so lukrativ gewesen und ein Jahr in ärztlicher Behandlung und ohne Einkommen so teuer, dass er einfach nicht nein sagen konnte. Und drittens: Das fand auch Peter, der hübsche Assistent von Frau Dr. Ringner, den er jetzt immer öfter auch privat traf und dessen Meinung er im Moment sogar noch höher einstufte als die seiner Chefin.

Und trotzdem jetzt diese Beklemmungen, und das nur bei einer Autofahrt mit einem Studiofahrer! Aber wie immer kamen die Erinnerungen genau dann hoch, wenn er sie nicht erwartete. All diese Erinnerungen an den kleinen Ehrgeizling Sascha vor einem Jahr, der innerlich über Leichen gegangen und dann fast selber eine geworden wäre. All das würde nun eine Stunde lang wieder hochgekocht werden, mit den alten Bildern und Liedern, mit den Protagonisten seines Dramas und wahrscheinlich hundertmal mit der Zeitlupe des Moments seiner Traumatisierung: Wie er seinen Mund öffnet für die nächste Liedzeile, wie Lilly ihn runterzieht und wie fast gleichzeitig der erste und dann der zweite Schuss fällt. Und dann später: Sebastians totes, kalkweißes Gesicht.

Sascha spürte, wie sein Herz anfing zu rasen. Auch an Sebastian hatte er schon angenehm lange nicht mehr gedacht. Die Sessions mit seiner Therapeutin, die Sebastian betrafen, waren die schwersten gewesen. Sich selber zu verzeihen – diese Selbstüberschätzung, diesen absoluten Egoismus – war schon hart genug gewesen, aber seinem potenziellen Mörder die Absolution zu geben, in den er auch noch eine Zeit lang verschossen gewesen war, das war eine fast übermenschliche Anstrengung. Erst ein halbes Jahr nach »dem Vorfall« hatte er es geschafft, sich Sebastians wildes Gestammel in seinen nun veröffentlichten Mails durchzulesen und sich dem Hass zu stellen, den dieser so ruhig wirkende Junge in sich getragen hatte.

Hass auf alle anderen, Hass aber besonders auf Sascha selbst. Und diesen Hass zu kombinieren mit der Erinnerung an den Nachmittag damals im Café – dieses Treffen schien Sascha allerdings schon Ewigkeiten zurückzuliegen – war fast unmöglich: Der Junge, der da vor Sascha gesessen hatte, war niemand, der kaltblütig einen tödlichen Schalter hochdrehen oder sich eine Waffe verschaffen konnte – da war sich Sascha so sicher gewesen. Und das war der allerschwerste Teil der Therapie gewesen, sich einzugestehen, dass Sascha in dem Zeitraum der Show alles falsch eingeschätzt hatte. Sich und die anderen.

Mit dem Singen aufzuhören war gar nicht so schwer gewesen, wie er gedacht hatte. Es war ja auch noch nicht sicher, ob er es wirklich nie wieder tun würde (»unter der Dusche werden Sie das sicher können«, so Frau Doktor), aber vor Menschen und als Beruf – das konnte sich

Sascha nun wirklich nicht mehr vorstellen. Denn damit kämen in ihm beide Bilder zusammen, die er von nun an lebenslang vermeiden wollte: Er selber als der wilde Egomane, der sich nur durch den Traum vom »Popstar« wertschätzen und lieben konnte, und der Moment der tödlichen Gefahr. Dass seine *Music-Star-3000*-Sieger-CD nie herausgekommen war, empfand er schon fast als den ersten Schritt zurück in die Normalität. Und Gott sei Dank konnte sein Anwalt auch das Erscheinen der »No More Dying«-Single nach dem Verbot der TV-Show aus ethischen Gründen verhindern. Als »Lilliane« auf ihrem ersten Album den Song coverte, war er zuerst schockiert gewesen und wollte ihre Version lange nicht hören. Aber schließlich hatte er es geschafft – und hatte verstanden, in was Lilly Marcos Trash-Machwerk mit ihrer A-cappella-Version verwandelt hatte: in eine Art reinigendes Gebet, in dem der doofe Text auf einmal wirklich Sinn machte und die Sängerin die Toten der TV-Show abschließend betrauerte und beerdigte.

Das Auto hielt an einer Ampel. Sascha sah zum Fenster hinaus und starrte direkt auf ein riesiges »Lilliane«-Plakat, das vor ihm fast eine ganze Häuserwand einnahm. Lillys Gesicht war immer noch so engelsgleich wie eh und je, jetzt aber durch ihren neuen Look, die kurzen Haare, das Piercing und die »künstlerisch« grobkörnige Schwarz-Weiß-Ästhetik des Fotos ausdrucksstärker und glaubwürdiger geworden. Sie war das Role Model für die vielen jungen Mädchen geworden, die ihre CDs jetzt zu Millionen kauften und ihren Look imitierten. Gut – es hatte sicher auch geholfen, dass der Titelsong ihrer neuen CD von Bono komponiert worden war, der von ihrem Schicksal wohl so inspiriert worden war, dass er ihr das Lied »The Road« schenkte.

Die Ampel stand noch immer auf Rot, und während Sascha immer weiter in Lillys zwei mal zwei Quadratmeter großen Augen starrte, stieg auf einmal in ihm wieder das schreckliche Gefühl hoch, das er aus seinen schlimmsten Momenten kannte: blanke Panik gemischt mit purer Angst. Er konnte es nicht. Er konnte sich nicht wieder zwischen all die Menschen setzen und die alten Bilder ansehen. Er war noch nicht so weit. Ohne dem Fahrer ein Wort zu sagen, öffnete er die Autotür, sprang aus dem Wagen und rannte über den dicht bevölkerten Bürgersteig davon. Die Show musste ohne ihn stattfinden. Für immer.

KAPITEL 46

Nach einem kurzen Applaus-Adrenalinhoch am Anfang der Sendung war Tanja nach wenigen Minuten innerlich wieder in die Beobachterrolle gegangen und betrachtete die Vorgänge in der Sendung distanziert und selbst nach der langen Abstinenz mit dem altbekannten Gefühl von Ironie gemischt mit etwas Ekel. Surrealerweise fand die Talkshow-Aufzeichnung auch noch im selben Studio statt, in dem letztes Jahr »Music Star« aufgezeichnet worden war, und obwohl sie jetzt natürlich in einem anderen

Set saß und in einer anderen Sendung, waren doch viele Leute der Crew, die nun um sie herum arbeiteten, die gleichen wie damals – von den Kameraleuten bis zu den Tonmännern. Das hätte es sicher für Sascha noch schwerer gemacht, hier aufzutreten, dachte sie.

Zuerst war sie enttäuscht gewesen, dass er nicht erschienen war (Sascha war auch ein Grund für sie gewesen, überhaupt zu kommen), aber wahrscheinlich war es so wirklich besser für ihn. Denn diese Betroffenheitsnummer, die jetzt sehr öffentlich-rechtlich von Herrn Jürgens ausgebreitet wurde, war nicht nur langatmig, sondern auch langweilig. Und frustrierend: Tanja war entsetzt darüber, dass manche der anwesenden Kandidaten nach all dem Drama, nach der ganzen Tragödie, trotzdem nichts in ihrem Leben geändert hatten – und damit meinte sie nicht nur Marco Deutz, der natürlich ohne mit der Wimper zu zucken jede Frage zu der »alten« Sendung ummünzte in eine Antwort über seine »neue« Sendung, die am nächsten Samstag startete und die wohl alle Vorzeichen hatte, »wieder eine echt geile Marco-Scheiße« zu werden.

Nein, noch erbärmlicher erschienen Tanja die kleinen Alltagsgeschichten von Ayleen, die immer noch an den Stangen der Nation rauf- und runterrutschte (»jetzt aber für echt mehr Kohle, also das hat die Show schon gebracht!«), und Uwe, dessen Autowerkstatt so »recht und schlecht« lief, der aber durch Gesangsauftritte bei örtlichen Vereinsfesten in Mecklenburg-Vorpommern »die Kasse aufbesserte«. Ob er bei diesen Auftritten noch Nazilieder singen würde, fragte der Moderator natürlich ganz der harte Journalist nach, aber Uwe antwortete natürlich hart zurück, nämlich mit einem aufregenden »nein«.

Fatima war gar nicht erschienen (sie war jetzt in Neukölln bei einer hippen Off-Bühne beschäftigt und lehnte TV ganz ab) und Mike D, der wegen dieses Fernsehauftrittes wieder mal Hafturlaub bekommen hatte, verkündete neben aufregenden Anekdoten aus dem deutschen Knastleben (»ist echt nicht viel los da«) die Veröffentlichung einer neuen Rap-CD mit dem Titel »Don't diss the D« – sicher ein Highlight für alle Weihnachtsgeschenktische des Landes. Was für ein Haufen Trottel, dachte Tanja halb entspannt, halb verärgert, aber sehr klar nach ihrer Asien-Seelenkur. Und was für charismatische, ehemalige, potenzielle Pop-Superstars unserer Nation!

Das brachte sie zu der Person, die auf der Couch ihr gegenübersaß, und das war nun wirklich die andere Seite der Medaille. Nicht nur, weil jede ihrer Äußerungen von schreienden Mädchen im Studiopublikum unterstrichen wurde, die alle genauso angezogen waren wie ihr Idol, sondern auch, weil da nun echte Starquality saß: Bescheiden, barfuß und durch keine Schleimerei des Moderators abzubringen von durchdacht druckreifen Äußerungen, zeigte Lilly/Lilliane nun der ganzen restlichen Runde, wie das ging: ein Star zu sein.

Sie war freundlich, ohne sich anzubiedern, streng, wenn Marco irgendeinen Verdienst an ihrer Karriere kapern wollte (»Du hast mich doch immer nur runtergemacht. Ich war dir nie sexy Püppi genug«), und traurig, ohne tränenrührig zu sein an den Stellen, an denen es um die Opfer ging. Nur an der Stelle der Sendung, als ein Foto ihrer Mutter zusammen mit ihr eingeblendet wurde, es zeigte sie als Kind irgendwo an einem Strand im Urlaub, schien sie kurz aus dem Konzept zu kommen und starrte etwas zu lange ausdruckslos auf das Bild. Tanja spürte, dass die Lilly in Lilliane wieder hochkam und etwas von ihrer alten Machtlosigkeit sie zu überfallen schien.

Aber dann verbat sich der Star Lilliane unter zustimmendem tobendem Applaus ihrer Fans weitere Bilder aus ihrem Privatleben und sagte klar und ruhig: »Das Ganze ist für mich abgeschlossen. Ich schaue nach vorn.«

Als der Moderator nun zum Thema Pitterchen weitermoderierte und die schon bekannte MAZ mit seinen »schönsten« Gags und Stolpereien eingespielt wurde, wandten sich alle der großen Projektionswand zu. Tanjas Blick blieb dagegen an der immer noch sehr schmalen Lilly Helm hängen. Auch sie sah nicht zur Leinwand hinüber, sondern schien noch in Gedanken zu sein, vielleicht bei ihrer Mutter, vielleicht bei der Vergangenheit. Eine Maskenbildnerin zupfte an ihren Haaren herum, und der Popstar »Lilliane« scheuchte sie plötzlich heftig und deutlich weg – nur mit einer kleinen abrupten Handbewegung und einem kurzen bösen Blick. Dieser Blick und diese aggressive, herabsetzende Handbewegung passten so gar nicht zu dem sanften Sound ihrer Musik und ihrem Image, dachte Tanja. Und die Wut ging anscheinend nicht weg – zornig nestelte Lilly an den Knöpfen ihrer Second-Hand-Piratenjacke, als ob irgendetwas sie sehr stören würde, irgendein Dämon von früher. Schließlich riss

sie einen Knopf ab. Und vielleicht war ja sogar Tanja selber der Dämon, denn auf einmal merkte Lilly, dass Tanjas Blick noch auf ihr ruhte und sie nicht unbeobachtet
war. Aber anstatt wieder zurückzugleiten in das freundlich sanfte »Lilliane«-Wesen von vorhin, blieb ihr Blick aggressiv, ja, er steigerte sich noch weiter, während sie Tanja
direkt in die Augen sah – zu purem kaltem Hass.

Tanja fuhr dieser Blick direkt in die Seele. Noch nie
hatte sie Lilly so gesehen, so verzerrt von Wut. Und jetzt
kam noch ein zynisches Lächeln dazu, als ob sie zu Tanja
sagen wollte: »Ich weiß genau, was du jetzt fühlst. Und du
hast recht.« Und in diesem Moment begriff Tanja – nur
ein einziger Mensch hatte von der ganzen Tragödie des
letzten Jahres wirklich profitiert. Nur einer. Und dieser
Mensch saß nun direkt vor ihr.

KAPITEL 47

Es war sicher kein Zufall, dass Tanja und Lilly die Letzten waren, die nach dem Abkabeln ihrer Mikrofone durch
den Tonmann allein beim Abschminken im Schminkraum
übrig blieben. Und es war auch sicher kein Zufall, dass sie
sich allein abschminkten, ohne Hilfe der Make-up-Damen, die von beiden schon nach Hause geschickt worden
waren. Und es überraschte Tanja auch kein bisschen, als
Lilly/Lilliane schließlich zur Tür ging, sie mit einer schnellen Bewegung von innen abschloss und den Schlüssel ein-
steckte.

Tanja stand auf. Nur im Stehen konnte sie tun, was sie jetzt tun musste. Sie musste den ersten Schlag austeilen.

»Du warst es«, sagte sie ganz ruhig, während Lilly sich wieder hinsetzte, einen ungerührten Blick in den Spiegel warf, sich ein Kleenex nahm und sich über ihr Gesicht wischte. »Du hast Chantal umgebracht ... du warst auf dem Sofa, du warst ganz nah an dem Schalter und hast ihn hochgedreht.«

»Warum sollte ich so etwas tun?«, gab Lilly ruhig zurück. Sie lehnte sich vor und nahm sich die Zonen unter ihren Augen vor. »Jeder weiß doch, dass es der Typ aus der christlichen Sekte war. Und der ist ja auch verurteilt worden.«

»Aber nur nach Indizien«, sagte Tanja. »Bis heute weiß keiner, wie er zum Beispiel die Waffe ins Studio gekriegt hat.«

Lilly sah Tanja im Spiegel, lächelte und fing an, ihr Gesicht mit Feuchtigkeitscreme einzureiben.

»Tanja, du bist und bleibst meine Lieblings-TV-Moderatorin! Die Frage brennt dir wohl schon lange auf den Nägeln?« Lilly legte die Creme kurz beiseite, stand auf und schloss ein offenes Fenster. Dann setzte sie sich wieder. »Ja, das war am schwersten«, sagte sie und massierte sorgfältig weiter ihre Stirn. Nicht einen Moment ließ sie Tanja aus den Augen. »Ich hatte die Waffe noch aus der ›Goldfinger‹-Nummer aus der Bond-Show ... damals habe ich bei den Proben eine echte Pistole golden lackieren lassen und gegen die falsche Requisitenpistole ausgetauscht. Sie hing die ganze Zeit gerahmt in meiner Garderobe und wurde nie von jemandem gecheckt.« Sie lachte. »Du weißt ja, Show verbirgt immer das Offensichtliche.«

Tanja versuchte ruhig zu bleiben »Aber die ersten Toten ...«

»Meine Mutter war genauso wahnsinnig, wie ihr alle immer gedacht habt.« Lilly verschloss mit einer kurzen Handbewegung die Abschminkdose und nahm sich eine Haarbürste. »Seit ich denken kann, wollte sie mich groß rausbringen. Weißt du, ich musste Whitney-Houston-Lieder üben, seit ich vier war. Alles in meinem Leben drehte sich immer nur um meine große Popkarriere. Und meine Mutter war wild entschlossen, jeden aus dem Weg zu räumen, der sich mir in den Weg stellte ... Maskenbildner, die mich schlecht schminkten, Paparazzi, die mich nicht oft genug fotografierten, sogenannte PR-Asse, die nichts für mich taten, und natürlich dunkelhaarige Konkurrentinnen mit großen Rockstimmen, die mir gefährlich werden könnten ... ja sogar Deppen, die mit Teufelsmasken die Aufmerksamkeit der Presse auf sich zogen, oder eigentlich nette Moderatorinnen, die aber manchmal nicht ganz auf meiner Seite waren ...«

Ein Schauer fuhr Tanja über den Nacken, und sie spürte wieder die Reling im Rücken. »Aber warum musste deine Mutter – gehen?« Jetzt begab sich Tanja auf gefährlichen Boden, das wusste sie.

Aber Lilly zuckte nicht mit der Wimper, sondern kämmte weiter ihre kurzen Locken durch. »Nun, um ihr ihren eigenen Traum wirklich zu erfüllen. Ich wusste, dass sie sich unvorsichtig auffällig benahm. Und ich wusste, bald würde ihr Plan auffliegen. Es gab nur eine einzige wirkliche Möglichkeit, als Sieger aus der Show hervorzugehen – und sie gleichzeitig endlich loszuwerden.«

Lilly verstummte abrupt und legte ihren Kopf schief. Sie sah Tanja mit einem merkwürdigen Ausdruck an.

»Du wolltest endlich frei sein, oder?« Tanja war klar, dass sie jetzt keinen Fehler machen durfte, wenn sie Lilly dazu bringen wollte, weiterzusprechen. Aber sie schien den richtigen Ton getroffen zu haben.

»Natürlich«, sagte Lilly ganz selbstverständlich. »Ich sagte ihr, dass ich mich über eine Lilie auf der Bühne während meines Liedes freuen würde … und dem nervösesten Securitymann vor der Show hab ich erzählt, wie viel Angst ich hätte, dass etwas passiert.« Lilly legte die Bürste weg und drehte sich zu Tanja um. »Du hast recht, ich wollte endlich frei von ihr sein. Und sie musste sterben, damit ich endlich in Allem gewinnen konnte. Das verstehst du, oder?«

Lillys Augen waren grau und klar und ruhten für einen Moment fragend in Tanjas, als überlege sie, ob sie nicht schon zu weit gegangen war. Aus dem Augenwinkel sah Tanja sich nach einer Waffe um, aber da war nur ein Plastikstuhl in der Nähe. Aber Lillys Blick entspannte sich wieder. Sie drehte sich zurück zum Spiegel und räumte ihre Schminksachen langsam zusammen. »Der Rest war einfach. Ich war ja nie unter Verdacht der Mitschuld, nicht einmal der Mitwisserschaft ihrer Taten. Dabei wusste ich alles.« Sie lachte. »Aber ich war ja schließlich der blonde Engel. Also musste ich nur noch bei der Transe die Discokugel überdrehen und diesem bekloppten Sebastian immer schön himmlische Nachrichten zukommen lassen. Der Teil hat übrigens Spaß gemacht.« Sie verstellte ihre Stimme in ihre tiefste Lage. »Lilly muss gewinnen. Sie ist von Gott gesandt.« Sie kicherte kurz. »Falls sie verliert, stehe auf und schieße auf den Sünder. Die Waffe findest du hinter dem Feuerlöscher an Studio Eingang C.« Ihre Stimme wechselte wieder in die Normallage. »Das war schon sehr trashig, wie im schlechten Horrorfilm. Aber es hat funktioniert.«

»Aber warum hast du nicht einfach so gewonnen?« Tanja begann zu schwitzen, sie schielte wieder nach dem Stuhl.

Lilly zündete sich eine Zigarette an. »Du verstehst es immer noch nicht.« Ihre Stimme klang jetzt so nörgelig, als wäre sie vierzehn Jahre alt. »Ich durfte doch die Show nicht normal gewinnen! Dann wäre ich ja nur eine weitere Castingshow-Eintagsfliege geworden. Eine einzige CD mit blöden Marco-Trash-Songs und dann weg vom Fenster, bevor die nächste Staffel startet. Ich weiß doch, wie es funktioniert – die Show ist der Star und nicht der Gewinner.«

Sie machte eine Pause, und Tanja hielt den Atem an. Aber Lilly war noch nicht fertig. »Um ein echter Star zu werden, musste ich die Siegerin der Herzen sein und damit ›echt‹« – sie machte die Anführungszeichen mit ihren Fingern – »und ›credible‹. Ich musste mich absichtlich bei der letzten Note meines Songs versingen, und dann würde ich Sascha vor dem Attentat des Bekloppten retten und damit ALLES gewinnen – die echte Zuneigung der Zuschauer und damit die der ganzen Welt!«

»Hattest du keine Angst, dabei selbst verletzt zu werden?«, fragte Tanja leise. »Was, wenn Sebastian dich beim Finale getroffen hätte?«

Lilly nahm einen Zug von ihrer Zigarette und sah sie kopfschüttelnd an. »Mein Paillettenkleid an dem Abend funktionierte fast wie eine schusssichere Weste ... – ich wäre auf keinen Fall ernsthaft verletzt worden, selbst wenn dein Boyfriend nicht so heldenhaft gewesen wäre.«

Tanjas Nerven rasten. »Und all das, um zu gewinnen?«

Lilly drückte die Zigarette schnell aus, stand auf und stellte sich direkt vor Tanja. Tanja roch den Geruch von Abschminke und Feuchtigkeitscreme und einen Hauch von Zitrone.

»Nein, nicht nur um eure blöde Show zu gewinnen, Tanyalein. Du selbst hast es gesagt. Um frei zu sein. Frei von meiner verrückten Mutter, frei von der schlechten Musik, die ich mein Leben lang singen musste, frei von den Engelslocken, frei von dem Schmalz, frei von dem Kitsch – denn jetzt bin ich endlich ich selber. Und damit sehr erfolgreich, wenn ich das sagen darf.«

»Aber nach all den Toten ... wie konntest du ...« Tanja wunderte sich, dass sie überhaupt noch etwas herausbrachte.

Lilly lachte laut auf und ging zurück zu ihrer gepackten Tasche am Schminktisch. »Aber Tanya Schatz – ich habe schließlich nur gemacht, was ihr da vorne mir gepredigt habt. Woche für Woche!«

Jetzt wurde Tanja wirklich kalt.

»Du weißt es doch – was hast du immer zu mir vom

Jurypult aus gesagt: Es kann nur einen geben! Setz dich durch! Ich habe getan, was ihr von mir verlangt habt! Wie hieß noch mal das Motto der Show? Nur du allein kannst es schaffen! Das stimmt! Dafür bin ich der Beweis. Der LEBENDE Beweis.« Lilly nahm ihre Tasche und ging zur Tür. Kurz davor drehte sie sich noch einmal um. »Und außerdem – es hat doch nicht wirklich die sympathischsten Mitmenschen erwischt, oder? Einen bösartigen Maskenbildner, einen brutalen Paparazzo, einen zynischen PR-Kokser, einen religiös Wahnsinnigen, meine arme verrückte Mutter und drei Ehrgeizlinge, die alle genauso über Leichen gegangen wären wie ich, um zu gewinnen – nur ich – ich ALLEIN – habe es mich eben getraut. Das nennt man wohl Star-Quality.« Jetzt funkelten ihre Augen wieder.

»Und warum lässt du mich jetzt leben?« Tanja musste diese letzte Frage noch stellen.

Lilly lächelte süß. »Du bist zäh, Tanya, Und das mag ich. Und weißt du … glauben – glauben wird dir die Welt da draußen sowieso nicht. Denn die Welt – liebt den Schein! Die Welt – liebt MICH!« Lilly straffte sich, drehte den Schlüssel im Schloss um, und Lilliane öffnete die Tür. Irgendwo weiter draußen hörte Tanja Fans wild kreischen. Der neue größte deutsche Popstar warf Tanja einen Luftkuss zu. »Man sieht sich … im Showgeschäft.« Eine Sekunde später war der Türrahmen leer.

Tanja atmete aus und ließ sich auf den Stuhl sinken. Ihr Herz raste, und Schweiß brach ihr überall aus. Ungläubig über das, was eben geschehen war, starrte sie in den

Spiegel, um den herum noch lauter alte Autogramm-karten vom letzten Jahr klebten, von Pitterchen, von Sa-scha, von Marco, von Chantal, von Sebastian und auch von ihr. Und dann brach sie plötzlich in Tränen aus und schluchzte, bis sie die Stimme ihres alten Tonmannes hörte, der sie, im Türrahmen stehend, sanft unterbrach.

»Tanya, ist alles okay? Brauchst du das zweite Körper-mikro noch, das ich dir montiert habe? Ich hab den Com-puter einfach laufen lassen und alles bis jetzt aufgezeich-net, so wie du gesagt hast … so ein Spontaninterview mit Lilliane ist sicher toll.«

Tanja trocknete ihre Tränen mit einem Abschminktuch. »Danke dir. Es ist alles okay, wirklich. Gib mir einfach nur die Aufnahmen.«

»Mach ich!« Der Tonmann spurtete los, und Tanja sah sich zum letzten Mal in ihrem alten Maskenraum um, in dem mit der Begegnung von Lilly Helm und Mausi Schmitz vor einer Ewigkeit alles angefangen hatte. Gleich würde sie den netten Herrn Köhler wiedersehen, ihm die Aufnahmen geben und dann zurück zu Nils fliegen.

Wie würde man im Showjargon sagen? Nichts im En-tertainment ist je ganz vorbei. Auch die Wahrheit hat ab und zu ein Comeback.

Sie löschte das Licht und verließ die Garderobe, ohne sich umzusehen.